MEU PRESENTE É
você

Rachael Lippincott e Alyson Derrick

MEU PRESENTE É VOCÊ

Tradução

Mariana Mortani

Publicado mediante acordo com Simon & Schuster Books For Young Readers, um selo da Simon & Schuster Children's Publishing Division.

Título original: *Make My Wish Come True*

Editora responsável **Paula Drummond**
Editora de produção **Agatha Machado**
Assistentes editoriais **Giselle Brito e Mariana Gonçalves**
Preparação de texto **Paula Prata**
Revisão **Luiza Miceli**
Diagramação e design de capa **Carolinne de Oliveira**
Projeto gráfico original **Laboratório Secreto**
Ilustração de capa **Mayumi Takahashi**

Texto fixado conforme as regras do Acordo Ortográfico da Língua Portuguesa (Decreto Legislativo nº 54, de 1995)

CIP-BRASIL. CATALOGAÇÃO NA PUBLICAÇÃO
SINDICATO NACIONAL DOS EDITORES DE LIVROS, RJ

L743m
Lippincott, Rachael
Meu presente é você / Rachael Lippincott, Alyson Derrick ; tradução Mariana Mortani. - 1. ed. - Rio de Janeiro : Globo Alt, 2024.

Tradução de: Make my wish come true
ISBN 978-65-5226-015-4

1. Ficção americana. I. Derrick, Alyson. II. Mortani, Mariana. III. Título.

24-94827 CDD: 813
CDU: 82-3(73)

Gabriela Faray Ferreira Lopes - Bibliotecária - CRB-7/6643

1ª edição, 2024

Direitos de edição em língua portuguesa para o Brasil
adquiridos por Editora Globo S.A.
R. Marquês de Pombal, 25
20.230-240 – Rio de Janeiro – RJ – Brasil
www.globolivros.com.br

Para Poppy

Capítulo 1

CAROLINE

— Caroline!

Acordo no susto, quase caindo da cama quando a voz da minha irmã mais nova, Riley, se mostra mais eficiente em me despertar de vez do que os doze alarmes que adiei esta manhã.

É isso o que ganho por ter ficado acordada até as três da manhã atualizando o meu portfólio para a inscrição na Universidade de Columbia. Incluí uma reportagem que acabei de terminar sobre a receita de biscoitos de Natal da padaria local, que é guardada a sete chaves há cinco gerações. Dizem que uma tia-avó até matou um homem para proteger o segredo, o que faz com que *essa* matéria seja um pouco mais arriscada do que o resto das minhas reportagens sobre a pequena cidade onde vivo e sua obsessão pelo Natal...

Se fosse possível matar apenas com o *olhar*, Riley seria a primeira a conseguir. Ela se afasta do meu ouvido esquerdo, que agora está sensível, se posicionando com os braços cruzados sobre seu moletom verde-floresta gasto, que tem o símbolo o time de futebol da cidade.

— Será que a gente pode, *por favor*, chegar na hora uma vez, para variar?

Resmungo e gemo um "não" em resposta, rolando para me enterrar novamente em meu edredom aconchegante.

— Terça-feira é dia de panqueca — diz ela.

Me viro imediatamente para encará-la.

— Imaginei — acrescenta, antes de me deixar sozinha para dar início a minha rotina frenética das manhãs de terça. Tropeço em uma calça jeans e um cardigã enorme, escovo os dentes enquanto arrumo minha mochila, depois coloco uma ou duas camadas de rímel e uma quantidade suficiente de anéis para que as pessoas saibam que gosto de mulheres.

Enquanto desço na direção da cozinha e das panquecas que são a única coisa capaz de me tirar da cama hoje, Blue, o meu border collie preto e branco, trota atrás de mim, com as unhas das patinhas fazendo barulho no chão de madeira. Sorrio quando viramos no corredor e vejo Riley, que está borrifando uma quantidade de chantilly que desafia a gravidade diretamente em sua boca, e meus dois irmãos mais velhos, Levi e Miles, devorando montanhas de panquecas como se a vida deles dependesse disso. Eles são religiosamente presença confirmada nas terças de panquecas, mesmo que já tenham vinte e poucos anos.

— Vocês dois já não têm sua própria casa? — pergunto enquanto me sirvo de uma xícara de café. Me viro bem a tempo de uma panqueca me acertar bem na cara. Riley bufa enquanto eu a pego e dou uma mordida.

Papai para de cantarolar segurando uma frigideira quente com bacon de peru e se vira, com o avental balançando ao vento, para apontar a espátula para nós quatro.

— Se eu vir mais uma panqueca sendo jogada, vocês quatro podem esquecer as terças de panquecas por um ano!

— Até parece, cara — Levi zomba, balançando a cabeça.

— Vai nessa, garoto — responde meu pai com um sorriso desafiador, mas o impasse é interrompido por minha mãe entrando na cozinha. No mesmo instante, papai lança um olhar rápido para o relógio no canto, pois mesmo depois de vinte e cinco anos, ele ainda se preocupa com a chance de ela estar...

— Atrasada. Eu sei que estou atrasada — murmura minha mãe enquanto rouba a xícara de café das minhas mãos e toma um gole.

Mamãe viaja de Barnwich para Pittsburgh todas as manhãs para trabalhar no escritório de advocacia que abriu com sua melhor amiga da faculdade, e está quase *sempre* alguns minutos atrasada. Meu pai até tentou adiantar nossos relógios em cinco minutos uma vez, mas não fez diferença. Era como se o relógio biológico dela soubesse que algo estava errado. Felizmente existem trens saindo da estação de Barnwich a cada dezessete minutos, do contrário, ela nunca chegaria ao trabalho antes da reunião matinal que *ela mesma* marca.

Acho que herdei isso dela, porque no instante em que meu olhar também se volta para o relógio, vejo que tenho um minuto e meio para enfiar o resto da panqueca que tanto desejei na boca e sair pela porta.

— A gente precisa se alimentar, né — diz Miles, retomando a conversa. — Tenho uma noite movimentada pela frente, com a preparação do bar para amanhã. Comprei uma máquina de karaokê há duas semanas, e o karaokê de quarta está bombando. — Ele percorre um calendário de eventos organizados por cores em seu celular, e percebo marcações em rosa, amarelo e verde rolando.

Miles e Levi economizaram praticamente cada centavo que ganharam desde a pré-adolescência para abrir o Beckett Brothers, um bar na esquina da Main Street com a Pine, resultado da obsessão do meu pai por *Bar Rescue* e do desejo deles de encontrar seu próprio nicho na nossa cidade, que é uma das mais apaixonadas pelas festas de fim de ano em toda a Pensilvânia. Eles renovaram o espaço juntos de forma minuciosa depois de assinarem o contrato de aluguel há dois Natais com um grande desconto do Sr. Burton, que é o proprietário e nosso vizinho. Riley e eu fomos convocadas para ajudar a pintar e desbravar o catálogo do Marketplace do Facebook atrás de bons achados, sendo pagas apenas com sorvete durante o verão e com chocolate quente no inverno. Os dois recém-completaram seu primeiro ano no ramo, e estão dando tudo de si para manter o negócio e começar a lucrar. Já inventaram noites de jogos, encontros temáticos, música ao vivo e agora karaokê, aparentemente. Os dois farão qualquer coisa para continuar de portas abertas. Mas tem sido difícil vê-los se esforçar como tantos outros empreendimentos têm feito em nossa cidade nos últimos anos.

— Bombando é uma boa definição. Minhas orelhas ainda estão sangrando desde a semana passada — Levi resmunga com a boca cheia de comida.

As minhas também, para falar a verdade. Ele me enviou um vídeo de uma garota que estava tentando cantar Celine Dion, só que parecia um galo com dor de garganta.

— Vocês ainda vão na festa de Hanucá, certo? — pergunta mamãe, as pontas dos dedos batendo contra a caneca de café que era *minha*, preocupada, como sempre, por estar atrasada, mas sem fazer nada para realmente chegar mais rápido. — Falei pra vovó que vocês dois estariam lá.

— Óbvio — bufa Miles, clicando em um dia destacado em seu calendário para provar que marcou o compromisso. — Perder a comida da vovó seria um crime.

Sendo filha de mãe judia e pai católico, esta época do ano é sinônimo de uma enxurrada de músicas de Natal, latkes, meias novas e... um limbo bem habitual: existir na fronteira entre as duas religiões.

Não ir à igreja ou à sinagoga, mas caçar ovos de Páscoa e ser despachada para o acampamento judeu no Norte do estado de Nova York que a família inteira da mamãe frequentou. Sair para escolher uma árvore de Natal e trocar suéteres feios, mas reduzir ao mínimo os presentes do Papai Noel.

Acima de tudo: não se sentir suficientemente cristã ou judia, especialmente numa cidade que tem o Natal como alicerce.

Levi e Miles nunca pareceram sofrer com essa situação. Eles encontraram o seu lugar rapidamente aqui em Barnwich. Mesmo com as reportagens que escrevo, sinto que ainda não consegui essa proeza.

— Pronta para ir? — pergunta Riley, enfiando mais uma fatia de bacon de peru na boca antes de se esforçar para alcançar sua mochila.

Concordo com a cabeça enquanto dou meu último pedaço para Blue, depois pego minha xícara de café de volta da minha mãe para tomar mais um gole antes de sair pelo corredor para me agasalhar.

— Até mais tarde! — grito antes de apertar um gorro na cabeça de Riley. Abro a porta da frente e nós duas rimos enquanto escorregamos e deslizamos escada abaixo pela neve em direção à Bertha, o antigo Toyota Camry prateado que trouxe Miles para casa no dia em que nasceu, e que foi passado de mão em mão na linhagem Beckett até chegar a mim. Riley entra e liga o carro já do banco do passageiro enquanto eu raspo apenas o suficiente de gelo do para-brisa.

— Uau, sério, Caroline? Ainda não consigo ver nada através desse gelo — reclama Riley enquanto me sento ao volante.

— Achei que você não queria se atrasar — respondo, jogando meu raspador por cima da cabeça no banco de trás.

— Bem, sim, mas eu também gostaria de chegar lá viva — diz ela, colocando o cinto de segurança. — A escola deveria cancelar as aulas de hoje por causa da neve. — Ela esfrega as mãos enluvadas.

— Cancelar as aulas por causa da neve? Em Barnwich? *Até parece*. — Nossa rajada quase constante de neve é um fator-chave para que Barnwich pareça um globo de neve de Natal.

Viro a chave na ignição e Bertha ganha vida. Seus pneus lutam desesperadamente por tração até que descemos lentamente a rua.

— Você tem alguma prova essa semana? — pergunto.

Riley cantarola em tom de afirmação, com a luva pendurada na boca enquanto corre o risco de congelar as mãos por ficar mandando mensagens para seu grupo do ensino fundamental.

— Precisa de ajuda para estudar?

Ela cantarola outra afirmação, ainda digitando.

Embora estejamos atrasadas, dirijo lentamente pela Main Street enquanto os vidros do carro descongelam um pouco mais. Olho para todas as vitrines coloridas, para os varais de pisca-piscas ziguezagueando diretamente acima de nós, os laços vermelhos e as guirlandas verdes brilhantes em postes de luz. Esse espírito natalino caloroso e aconchegante e *alegre* é impossível de ignorar, como sempre. Não é à toa que este lugar tem sido um destino turístico de férias durante décadas, as pessoas viajando para a nossa cidadezinha todo mês de dezembro em busca de chocolate quente e passeios de trenó, presentes artesanais e uma foto com o Sr. Green, o encanador que posa de Papai Noel. Sem falar que a cerimônia de iluminação da nossa árvore de Natal continua sendo a quarta maior do país.

Mas as multidões diminuíram desde que eu era criança. Diminuíram bastante. E mesmo que Barnwich ainda seja mágica nesta época do ano, não há como negar que todos tiveram que se virar para atrair as pessoas de volta e manter as lojas familiares funcionando ao longo da Main Street. Parece que todo mundo está adaptando as nossas tradições, acrescentando pirotecnia à iluminação das árvores, aumentando os prêmios em dinheiro em nossos concursos de chocolate quente e casas de pão de gengibre e dando fantasias de elfos aos condutores dos trenós puxados por renas que percorrem a costa pela Main Street. É... muita coisa, e ainda assim parece que algo está faltando.

O pensamento traz de volta a onda de melancolia que não consigo evitar sentir junto com a animação desta época do ano.

— Arden foi fotografada saindo *bem* na merda de um clube ontem à noite — diz Riley, ainda olhando para o celular. Aperto forte o volante, e qualquer espírito natalino que eu tinha em mim evapora com a menção à minha ex-melhor amiga, me deixando apenas com a melancolia.

— Olha a boca — murmuro, sem saber se estou reprimindo minha irmã de doze anos por soltar a palavra com M ou o nome da pessoa que é um marco maior de Barnwich do que o próprio Natal.

Já se passaram quatro anos desde que ela deixou a cidade, e a mim, para trás em busca de sucesso em Hollywood, mas, de certa forma, é como se ela não tivesse ido embora. A presença dela, ou seu fantasma inigualável, ainda paira em cada esquina. Está nos tabloides nos caixas de supermercados, em tweets virais, em vídeos do TikTok cuidadosamente editados por seus grandes fãs.

Arden James, Arden James, *Arden James*.

E Riley não me ajuda. Ela insiste em me manter totalmente atualizada sobre qualquer acontecimento que envolva Arden no qual eu ainda não tenha esbarrado, compartilhando todos os detalhes, embora eu não queira ter absolutamente *nada* a ver com ela.

Ainda assim, quando entramos no estacionamento da escola dela, não consigo evitar de olhar rapidamente para a foto que Riley empurra na minha cara. Os cabelos longos escuros e os olhos castanhos de Arden ainda são familiares, mesmo parecendo tão *diferentes*. E não apenas por causa da névoa vítrea e desorientada do que quer que esteja atrapalhado sua visão.

— Você vai ter que voltar de ônibus para casa hoje — digo enquanto a tela escurece e o rosto de Arden desaparece. Paro o carro e Riley desafivela o cinto de segurança. — Vou cobrir um turno na Edie.

O adorado restaurante local da Edie é outro motivo pelo qual não consigo esquecer a Arden, não importa o quanto eu tente. A propriedade é da avó dela, e é conhecida por servir uma pilha incrível de panquecas, que são notavelmente melhores que as do meu pai, e por um café que poderia arrancar suas sobrancelhas de tão quente.

Não dá pra negar que o dinheiro extra é bem-vindo, mas a verdadeira razão pela qual trabalho lá é a Edie. Com a mudança de Arden e os pais dela perambulando pelo mundo, gosto de ficar de olho em Edie, especialmente agora que começou a ficar um pouco mais lenta. Ela é dura na queda, mas às vezes até as pedras precisam de cuidados. Assim como ela cuidou de *nós duas* por muitos anos. Com milkshakes e omeletes suculentos e aval para brincar na cozinha do restaurante.

Este é só mais um motivo para ficar ressentida com Arden: ter deixado Edie para trás também.

— Tudo bem, mas só se você trouxer um cookie de chocolate preto e branco pra mim.

— Fechado.

Riley se despede antes de subir correndo as escadas para encontrar suas amigas do futebol, e eu sigo até a minha escola de ensino médio, um pouco mais adiante na estrada. Gemo quando entro em uma das poucas vagas vazias e vejo que, embora Riley tenha chegado a tempo por pouco, eu estou prestes a me atrasar, como sempre.

Pego minha mochila, deslizo e desvio pela calçada escorregadia de gelo até a Barnwich High, depois caminho direto pelo corredor verde cercado de armários em direção a minha sala de aula. O sinal toca no exato segundo em que minha bunda bate em uma das carteiras do fundão.

— Bom dia — cantarola Austin Becker, colocando um macchiato de caramelo que vem em ótima hora na minha mesa. Essa é a vantagem de ter um amigo que trabalha no primeiro turno do Barnwich Brews.

— Dia — digo, pegando a bebida com gratidão de seus longos dedos de pele negra cobertos por anéis de prata que contrastam com o subtom quente de sua pele, enquanto o Sr. Fisher se levanta para fazer a chamada antes de dar os recados da manhã.

Quando comecei o ensino médio, no outono seguinte à partida de Arden, atravessar as portas duplas no primeiro dia de aula sem minha melhor amiga foi bem intimidador. Mas, felizmente, Becker vem logo antes de Beckett na chamada, e Austin era novo em Barnwich, uma folha em branco que gostava de livros e de Phoebe Bridgers tanto quanto eu. Esse cara de cabelo preto encaracolado, que toca violão, tem pose de legal-demais-para-a-escola-mesmo-ganhando-do-namorado-capitão-do-time-de-futebol-na-competição-para-rei-do-baile tem sido meu fornecedor de café e salvador da pátria desde aquele primeiro dia.

Abro a tampa antes de tomar um gole e, como sempre, há uma nova obra de arte na espuma do café. Um cachorro que quase se parece com Blue. Solto um assobio baixo e ele sorri enquanto tiro algumas fotos. Quando devolvo a tampa, Maya, a última peça do quebra-cabeça do nosso trio, se vira em sua cadeira, deslizando os cotovelos sobre minha mesa.

— Como está a sua inscrição? Você enviou, finalmente? — pergunta ela.

Gemo, e seus olhos azuis deslizam para encontrar os castanhos de Austin. Os dois trocam um olhar.

— Nada ainda?

— É que eu sinto... — Balanço a cabeça. — Sinto como se não tivesse nada nela que realmente seja digno de destaque, sabe?

Austin ri, balançando a cabeça também.

— Você é editora-chefe do jornal da escola desde que estávamos no segundo ano, suas notas são ridículas *e* você ganhou aquele concurso estadual de redação com sua matéria sobre a reconstrução do Barnwich Brews após o incêndio.

— Sim, e aposto que... todas as outras pessoas que se inscrevem no programa de Jornalismo da Columbia têm um histórico parecido. Isso se não tiverem coisa melhor. E se todas as coisas que fiz tiverem... Não sei. Cara de *cidade pequena*? Talvez não sejam impactantes o suficiente.

Até mesmo a reportagem que acabei de adicionar sobre a padaria não me parece suficientemente arriscado.

Mesmo envolvendo um assassinato.

Levanto a mão enquanto o Sr. Fisher chama meu nome e mudo de assunto.

— Então, como está Finn?

Como se tivesse ouvido seu nome ser mencionado, Finn, o namorado de Austin, enfia sua cabeça loira dourada na sala para acenar um "olá" para Austin antes que o Sr. Fisher o mande para sua própria sala de aula. As bochechas de Finn ficam vermelhas e ouço seus amigos do futebol o zoando no corredor. Austin revira os olhos, reprimindo um sorriso.

— O mesmo de sempre. — Ele balança a cabeça. — Vamos andar de trenó na semana que vem, no primeiro dia de férias, caso queiram vir. Finn disse que Taylor Hill, da equipe de torcida, perguntou se você estaria lá. Parece que ela tem uma quedinha por você.

Taylor Hill? Tem uma quedinha por mim?

— Pode ser divertido — digo com um encolher de ombros evasivo, cutucando a luva de papelão do copo de café.

— O trenó? — pergunta Maya, que se inclina para a frente e balança as sobrancelhas. — Ou a Taylor Hill?

Bufo e balanço a cabeça, sentindo as minhas bochechas ficando vermelhas desta vez.

— Eu só... nunca pensei nela dessa forma.

Quer dizer, obviamente já reparei que ela é bonita. Ela é a uma das capitãs da equipe de líderes de torcida. Tem cabelo loiro. Um sorriso perfeito. É só que eu realmente não pensei em ninguém dessa maneira. Já faz um tempo, aliás. Estou aberta para a possibilidade. Apenas não senti...

Penso em Finn e Austin. Em como as faíscas entre eles são praticamente visíveis.

Isso.

— Ainda naquela com a Julie Shapiro do acampamento de férias? — Austin toma um gole de sua xícara de café e me lança um olhar astuto. — A menos que...?

Não.

Olho para ele e dou um tapa em seu ombro vestido de flanela antes que ele possa dizer o nome dela, mas um par familiar de olhos castanhos vítreos iluminados na tela do celular da minha irmã brota em minha mente sem permissão. Tão malquistos como nunca.

Mesmo que Austin nunca tenha conhecido Arden, ele e Maya sabem que ela era mais do que uma mera melhor amiga para mim. Sabem que estou sempre em busca desse sentimento, mas nunca o encontrei de novo.

Me pergunto se é de bom tom acrescentar na minha inscrição na Columbia que não tive *qualquer* experiência romântica nos últimos quatro anos. Talvez isso faça eles me aceitarem por pena.

Meus dentes cravam em meu lábio inferior, mas felizmente as atualizações matinais do professor encerram a conversa. Mantenho meus olhos vidrados enquanto viro minha cabeça para a frente da sala e me forço a focar no que é mais importante.

Columbia.

Mais do que faíscas, ou Taylor Hill, ou *Arden James.*

Desta vez sou *eu* quem vai sair de Barnwich para ir atrás dos *meus* sonhos.

Desejo tanto isso que consigo sentir o sabor da conquista. Porém, quando olho pela janela, para os flocos brancos caindo lentamente lá fora, sei que, por mais que às vezes me sinta presa nessa cidade que parece um globo de neve de Natal perfeito em uma loja de conveniência, nunca conseguirei dizer adeus para sempre. Não é tão fácil para mim deixar as pessoas para trás.

Ou esquecê-las.

***

Depois da escola, atravesso a cidade até o restaurante da Edie. Os sinos tocam quando entro e sou recebida pelo ambiente familiar com pisos xadrez, cabines de couro de um verde-menta gasto e fileiras de banquinhos giratórios. O cheiro vindo da cozinha faz meu estômago roncar, embora o almoço não tenha sido há muito tempo, e sinto meus ombros relaxarem pela primeira vez no dia. Minha mente sempre parece mais tranquila aqui e, embora todo o estresse da minha iminente inscrição na Columbia não desapareça por completo, ele parece bem mais controlado.

— Ei, Edie — grito, me apressando em direção aos fundos do restaurante para tirar as mil e uma camadas de roupa. Ao virar o corredor, quase esbarro em Harley, a estudante universitária nervosinha que trabalha aqui há dois anos, fazendo malabarismos com os dois braços cheios de pratos.

— Olha aí — diz, desviando de mim sem deixar cair nem uma batata frita sequer.

O cabelo grisalho de Edie aparece pela janela de serviço. Ela balança uma espátula em saudação, parecendo visivelmente menos animada do que o normal. Apesar de ser uma avó coreana de apenas um metro e meio de altura, sua presença geralmente preenche todo o restaurante. Enquanto amarro meu avental e prendo meu cabelo loiro em um rabo de cavalo, tudo o que ela diz com seu forte sotaque sulista, cortesia de sua infância na Georgia, é:

— E não é que ela mostrou mesmo a bunda toda dessa vez?

Hesito, o antigo instinto de defendê-la borbulhando na minha garganta.

Mas, em vez disso, eu concordo com a cabeça. Porque ela está certa, e eu não devo nada a Arden. Não mais.

Não voltamos a falar sobre isso durante o resto do dia, mas sei o que se passa na cabeça dela. Por alguma razão, Edie sempre acreditou ter uma parcela de culpa. Quando a família morava aqui na cidade, pelo menos Edie conseguia apoiar Arden enquanto seus pais brigavam dia após dia. Ou eu conseguia, quando deixava Arden entrar pela minha porta, com a mochila nas mãos, para se espremer na minha cama em outra festa do pijama.

Mas Hollywood está muito fora do nosso alcance. Principalmente quando a pessoa que está lá não quer ser alcançada.

Em vez disso, ela encontrou a fama. Não precisa mais de nós.

Enquanto pego um cheeseburger duplo e batatas fritas para a mesa três na janela de serviço, dou um sorriso sutil e tranquilizador a Edie, tentando apagar um pouco de sua culpa. Afinal, ela sempre disse que os pais de Arden nunca conseguiam ficar muito tempo no mesmo lugar. Arden nos deixar comendo poeira era algo que estava fadado a acontecer, já que partir era a única atitude familiar para ela.

Capítulo 2

ARDEN

— **Bom dia! Bom dia!** Tira essa bunda da cama!

Um tsunami de água gelada atinge o meu rosto. Me sento ereta, tossindo, e limpo minha visão até ver olhos azuis e cabelo castanho cacheado e bagunçado. Minha agente me encara enquanto masca um chiclete de hortelã.

— *Sério?* — resmungo, tirando mechas de cabelo molhado do meu rosto.

— Sério. Você está atrasada... *de novo* — acrescenta Lillian enquanto se dirige às janelas para abrir as persianas de bambu.

— A.

Ela abre uma persiana.

— TRA.

Outra.

— SA.

A terceira também.

— DA.

Ela alcança a última, revelando uma vista panorâmica da praia de Malibu, com ondas claras salpicando nas enormes rochas escuras da costa. Paguei milhões de dólares para ter esta vista, achando que conseguiria relaxar na praia de vez em quando, mas não coloco os pés na areia há dois anos.

— É, eu sei separar sílabas.

Um raio de sol rompe a cobertura de nuvens da manhã, e coloco a mão sobre os olhos, tentando controlar a dor que lateja em minha cabeça.

— Não sei se acredito, porque você com certeza não foi capaz de ler sua agenda. Ou qualquer um dos cinco lembretes que te enviei ont... Ah, olá — diz ela, suavizando um pouco o tom de voz. Espio por entre os dedos e vejo uma forma se movendo sob os lençóis ao meu lado. Uma garota com cabelos loiros descoloridos espetados em quase todas as direções coloca a cabeça para fora. Mesmo que ela esteja com a maquiagem de ontem e ostentando uma ressaca que combina com a minha, ainda é uma das garotas mais gostosas que já vi. Esse é um quesito no qual Los Angeles nunca decepciona.

— Arden? Você tem que ir? — pergunta ela, se apoiando no cotovelo e puxando o lençol para se cobrir. — Pensei que poderíamos tomar café da manhã juntas.

Oh, Deus.

— Desculpe... hum...

Miranda? Jackie? Merda. O nome dela começava com um L? Ou... espera. Acho que era com A?

Lillian surge do pé da cama na hora certa.

— Essa querida aqui tem uma filmagem de comercial para a qual já está meia hora atrasada, então se você não se importar de ir embora, meu bem, isso seria excelente. Você pode se servir de um suco natural da geladeira antes de sair.

Lillian me puxa para fora da cama e eu pego o edredom para me cobrir antes de lançar um sorriso de desculpas para a loira enquanto sou arrastada para fora do quarto.

— Você está tentando me matar? — murmura Lillian, balançando a cabeça enquanto seguimos pelo corredor em direção ao banheiro.

— Não de propósito — suspiro.

— Com certeza parece proposital, Arden. Essa coisa toda de ser pegadora era pra ser só uma persona para a imprensa, um lance para chamar atenção para você. Não era para se tornar parte da sua vida real. Você se lembra disso, não lembra?

— Eu sei. Eu sei — respondo, apertando o arco do nariz. Ela diz isso como se fosse fácil. Como se fosse possível passar anos fingindo ser algo que você não quer ser e, de alguma forma, não se tornar aquilo. Como se ela não soubesse o quanto este lugar coloca garras profundas em você.

— E funcionou. Todo mundo te conhece. Todo mundo te quer. *Você* me disse que queria uma mudança radical, queria mudar sua imagem. Se você quer que as pessoas vejam você como uma adulta séria agora, então precisa vestir sua carapuça de menina crescida. Meu Deus, Arden, pelo menos chegue nos compromissos *na hora certa*.

— Eu *sei*, Lil. Eu...

— Se você sabe, então por que acordei esta manhã com fotos suas totalmente louca, se pegando com várias pessoas em alguma festa na noite anterior a uma gravação?

Porque a ideia de ficar sozinha nesta casa grande e vazia por uma noite inteira era insuportável, porra.

— Desculpa. Eu não... — Passo as mãos pelo rosto. — Não sabia que havia câmeras lá. Era para ser uma festa privativa.

— Você é Arden James. Seu nome foi o segundo mais pesquisado dos Estados Unidos no ano passado, perdendo só pra Taylor Swift. *Sempre* há câmeras. Sempre *haverá* câmeras. O comercial de hoje? É para o Super Bowl. Eu podia ter pagado todos os meus três divórcios com o que você vai ganhar só para sorrir e segurar uma garrafa na frente da câmera por uma hora. Passei um mês em ligações com os executivos, convencendo esses caras de que você era a pessoa certa para isso. Se recomponha — diz ela, me empurrando para o banheiro. — Tome um banho. Já pedi o café da manhã pra você no final da rua. Você pode comer no carro, a caminho do estúdio.

Espio pela abertura da porta, lançando um olhar de desculpas.

— Obrigada, Lillian. Te devo uma.

— Pode acreditar que sim — responde Lillian enquanto digita no celular com uma das mãos e me entrega um café e um Advil com a outra. Então ela olha para mim, sorrindo. — E você me deve duas. Também te poupei do trabalho de fingir que sabia o nome daquela garota.

Uma hora depois, Lillian lê minha agenda para o resto da semana enquanto estou sentada no trailer para preparação de cabelo e maquiagem, terminando meu segundo café do dia.

— Hoje você está livre depois desta gravação, mas não enlouqueça de novo — diz ela, olhando para mim enquanto meu longo cabelo castanho-escuro é puxado e penteado e cerca de meio quilo de corretivo é aplicado para cobrir minhas olheiras escuras. — Você tem *o* teste amanhã com o Bianchi.

Bianchi.

— Não vou esquecer — prometo a Lillian, pensando nas centenas de anotações que rabisquei no roteiro que está na minha bolsa com as páginas gastas e rasgadas por conta de toda a preparação que tenho feito.

Ainda assim, minha perna começa a tremer só de pensar.

Não consigo me lembrar da última vez que realmente desejei um papel, mas a preocupação por causa do teste me manteve acordada durante várias noites no último mês. Saí para a festa ontem porque não aguentaria ficar na minha cabeça nem um segundo a mais.

Minha carreira passou de mocinhas da Disney para ser forçada em papéis de protagonista de comédias românticas hétero, especialmente depois que minha estreia na Netflix bateu recordes e me lançou sob os holofotes, há dois anos.

Mas *esse*. Esse é um drama sobre uma garota asiática-americana sáfica de uma cidade pequena que consegue se livrar de sua versão destruída e encontrar uma vida melhor. Parece que esse papel foi escrito para mim, apenas para mim.

Como Meryl Streep está para Miranda Priestly ou Tom Hanks para o Forrest Gump.

Esta personagem é minha.

Sem falar que eu teria a chance de trabalhar com os melhores. Qualquer coisa que o Bianchi dirige vira ouro, é produzida pela A24, aplaudida de pé por dez minutos em Cannes e indicada ao Oscar em mais categorias do que consigo listar.

É exatamente o que venho procurando, é minha oportunidade de levar minha carreira para uma direção diferente. Mas tenho que mostrar ao Bianchi que há mais potencial em mim do que ele viu até agora. Preciso provar que posso fazer mais do que dizer frases engraçadas em personagens cuja personalidade inclui apenas ser atraente e fazer um cara se apaixonar por mim com uma atuação que a revista *Variety* gosta chamar de "adorável, porém facilmente esquecível".

Esta é, aliás, a razão pela qual quero mudar minha imagem.

Bancar a estrela de Hollywood pegadora e problemática me ajudou a colocar os holofotes sob mim, exatamente como Lillian prometeu, mas era para ser um atalho, não a maneira como quero ser conhecida pelo resto da minha vida. Estou pronta para ser levada a sério. Eu *quero* ser levada a sério. Quero um Oscar em vez de outro Teen Choice Award.

Só preciso de uma chance. E para conseguir essa chance, tenho que mostrar ao Bianchi uma performance que seja mais marcante do que minha reputação ou minha filmografia no IMDB. Só não sei por que quanto mais perto estou do teste, mais difícil fica me manter sob controle.

— Sei o quanto você quer isso. Não se decepcione — diz Lillian.

Antes que eu possa responder, o diretor do comercial invade a sala com ninguém menos que o próprio Marc Nicholson, o herdeiro da fortuna da água engarrafada Nicholson.

Tento não estremecer ao som da porta batendo na parede.

— Sinto muito por ter chegado atrasada — digo com doçura enquanto me levanto para cumprimentá-los. O diretor está furioso, mas Marc Nicholson dispensa meu pedido de desculpas com a mão grande e bronzeada antes de apertar a minha.

— Sem problemas — diz ele com um forte sotaque sulista e os olhos azuis enrugando nos cantos enquanto segura minha mão por tempo demais. — Uau, o que dizem é verdade. As câmeras realmente engordam cinco quilos. — Ele ri e seus olhos me percorrem da cabeça aos pés, depois fazem o caminho de volta. Não sei se devo rir, agradecer ou dar um tapa nele, mas antes que eu consiga decidir, ele cutuca o homem magro ao seu lado. — Passe um resumo do que deve ser feito, Richie.

O diretor, "Richie", levanta seus óculos grossos com a mão balançando de forma dramática no ar.

— São cinco cenas diferentes, espaçadas pelo tempo, para mostrar a *lendária* Água Nicholson no passado, no presente e no futuro. No presente, você entra no carro depois de uma premiação e toma um gole refrescante. Há 146 anos, quando a empresa foi fundada, você abre uma garrafa após um longo dia lavando roupas. No futuro, daqui a 146 anos, a garrafa de Água Nicholson aparece em sua mão enquanto seu carro-cápsula dirige sozinho. Você...

Enquanto ele continua, meus olhos examinam o cabideiro de roupas no canto, indo do estilo chique vitoriano até o fetiche de George Lucas, depois avisto Lillian, cujo olhar me diz para reprimir o revirar de olhos.

— Não posso acreditar que *a própria* Arden James está aqui no *meu* set de filmagem. — Marc Nicholson, que é uns trinta anos mais velho que eu, vem em minha direção. Sua mão arrasta pelas minhas costas antes de ele se inclinar para tão perto que posso sentir seus lábios em minha orelha. — Tenho uma reserva na sua boate favorita esta noite, caso queira comemorar. — Ele sussurra para que ninguém mais possa ouvir, mas, mesmo assim, Lillian se senta ereta na cadeira, pronta para intervir.

Balanço a cabeça de forma sutil para ela e saio do alcance de Nicholson, me controlando para não limpar a umidade da orelha.

Em vez disso, preparo um olhar tímido e ensaiado que já usei muitas vezes com muitos homens.

— Adoraria, mas preciso me preparar para um teste importante — respondo antes de me voltar para Richie, que me ajuda a sair dessa tagarelando sobre os detalhes das cenas e o ângulo da filmagem.

Mas já parei de ouvir porque, no fim das contas, nada disso importa de fato. Só estou aqui porque esse velho rico queria a chance de me convidar para jantar. De tentar me impressionar com uma reserva que eu conseguiria por conta própria com as mãos nas costas. Eles podiam ter contratado uma boneca inflável para esse trabalho.

— Entendeu? — Richie finalmente pergunta, e eu aceno com a maior confiança.

Receba seu cachê e meta o pé.

— Entendi.

Com cabelo e maquiagem prontos e depois de trocar minha calça jeans e meu moletom enorme por um vestido brilhante, sou levada para o set de filmagem.

E depois de luz, câmera e ação, eu faço o que tenho que fazer.

Goles dramáticos e sorrisos acanhados, trocas de roupa e diálogos cafonas lidos em um teleprompter.

Depois que as cenas com toda elegância vitoriana e nos anos 1970 estão concluídas, volto para meu trailer para fazer uma pausa para o almoço, com Lillian me seguindo e digitando em seu celular.

— Como está se sentindo? — pergunta ela enquanto me sento na cadeira giratória preta em frente ao espelho bem iluminado.

— Bom, comecei meu dia com um balde de água na cara. Então...

— Você podia ter colocado um despertador — sugere Lillian sem tirar os olhos do celular.

— Você podia ter sido um pouco mais gentil.

— Olha, Arden, depois da décima quinta vez, fica meio cansativo. Ser gentil não faz parte do meu trabalho, querida. Sou sua agente, não sua m... — Ela para e tira os olhos do celular.

Meu corpo inteiro arrepia.

Mãe. Aquela que não vejo há dois anos, assim como o meu pai.

Cujos problemas pensei que poderia resolver com meu sucesso.

E, de certa forma, talvez eu tenha resolvido. Eles pararam de brigar por dinheiro, mas a atenção deles nunca se voltou para mim, e nem assim pareceram satisfeitos. Foi o que me fez entender, de uma vez por todas, que *eu* era a razão dos problemas deles, não a solução. A água apagando a chama da vida nômade dos seus sonhos.

Eu me lembro da primeira vez em que eles foram embora. Minha mãe me acordou com café da manhã na cama, suco de laranja fresco, panquecas em formato de coração e uma omelete chique.

"Ei, querida, seu pai e eu vamos fazer uma pequena viagem, mas voltaremos na segunda de manhã para te levar para o set", disse ela, com a voz quase tão suave quanto sua mão roçando minha bochecha, duas coisas com as quais eu não estava acostumada. Só mais tarde encontrei a sacola no lixo e percebi que meu café da manhã perfeito havia sido comprado na rua. Também demorei a perceber o quanto as coisas estavam prestes a mudar.

Começou com apenas alguns dias na Flórida, ou um fim de semana em Las Vegas para se "reconectarem". Depois eles precisaram de um jato particular para Fiji. E de um mês em um iate em Santorini. Logo me dei conta de que estava passando mais tempo com a senhora contratada para limpar a casa do que com meus próprios pais.

Então, no meu aniversário de dezesseis anos, recebi uma ligação da minha mãe justo quando eles deveriam estar voltando da Itália para comemorar comigo.

— Oi, mãe, tudo bem? — perguntei, torcendo para que o voo não estivesse atrasado.

— Oi, meu bem. Escuta, vamos ter que prolongar nossa viagem por mais algumas semanas — disse ela, como se estivessem lá a negócios e não se divertindo com o *meu* dinheiro.

— Tem alguma outra coisa que você queira me dizer? — perguntei, sentindo meus olhos arderem com as lágrimas.

— Ah, sim. Lillian recebeu outro roteiro para alguma coisa da Netflix. Será filmado em Los Angeles. De março a junho. Dinheiro bom, amor. Falei para ela seguir com as negociações!

Não consegui dizer nada. Não consegui fazer nada além de prender a respiração enquanto as lágrimas escorriam pelo meu rosto.

— *Ciao*, meu be... — Ela desligou antes mesmo de terminar de se despedir, quem dirá me desejar um feliz aniversário.

Essa foi a gota d'água. Não podia continuar permitindo que eles me usassem.

Por isso, me emancipei. Cortei o acesso deles às minhas finanças para ver como eles se sentiam sobre *mim*.

E eles nunca mais voltaram.

— Desculpa — acrescenta Lillian, dessa vez com sinceridade. — Vou pegar um café. Você quer alguma coisa do bufê?

Nego com um gesto de cabeça.

— De boa.

Ela dá um tapinha no meu braço antes de sair e, quando a porta se fecha, solto um longo suspiro. Inclino a cabeça para trás, as placas do teto giram acima de mim enquanto giro na cadeira. Uma vez. Duas vezes.

Olho para o espelho à minha frente e vejo um par de olhos com sombra azul dramática e meu cabelo castanho-escuro enrolado em ondas enormes. Inclino a cabeça para analisar meu rosto antes que eles o mudem novamente. Passo tanto tempo fingindo ser outra pessoa que às vezes é difícil reconhecer meu próprio reflexo.

Não que isso seja *ruim*. Quer dizer, eu adoro isso.

Caso contrário, eu seria *apenas* a Arden.

Já fui essa versão antes, e com certeza prefiro a Arden James.

Todo mundo prefere.

Pego meu celular e entro no Twitter. Mal rolo a página duas vezes antes de ver a legenda em uma foto minha parecendo ter sido atropelada por um caminhão de reboque, tirada quando eu estava saindo da boate ontem à noite.

Arden James foi longe demais?

Ok, bom, eu não amo *essa* Arden James, mas essa não sou eu *de verdade*. É só que os paparazzi sempre sabem como te pegar nos seus piores momentos, porque é isso que vende. Ainda assim, não posso negar que ultimamente tem acontecido mais momentos assim do que o necessário para manter as aparências.

Mas não consigo deixar essa imagem de lado enquanto não tenho outra coisa para preencher o vazio que ela vai acabar deixando.

E algo perfeito para ocupar esse espaço é esse papel no filme.

Balanço a cabeça e migro para o Instagram. Curto a foto de um ator mais velho com quem contracenei no meu primeiro papel em *Setembro Azul* e depois a foto de um músico com quem fiquei uma vez em um pós-festa da *Vanity Fair*. Só faço uma pausa nos toques duplos quando a foto de um local familiar aparece. O restaurante da Edie. Os assentos de couro verde-menta gastos, as garrafas de vidro de Coca-Cola em uma geladeira da marca, uma vitrine cheia de sobremesas.

Mas não é isso que me impede de seguir.

Na frente e bem no centro, segurando um prato transbordando com as panquecas que são a especialidade da minha avó, está...

Caroline.

Amplio seu rosto. É o mesmo, mas... está diferente. Mais maduro. O sorriso dela parece mais reservado, mais suave, não é como o sorriso bobo com aparelho do qual me lembro. Mas seus calorosos olhos castanhos permanecem os mesmos. E seu cabelo loiro acobreado está preso em um rabo de cavalo com alguns fios escapando.

Aparência *natural*, algo que não vejo com frequência em Los Angeles. As meninas nesta indústria iniciam as aplicações de botox antes mesmo de terem idade suficiente para alugar um carro. Mas eu não. Ainda não. Pelo menos minha mãe me deu alguma coisa.

Parei de perguntar à minha avó sobre Caroline em algum momento do ano passado. Não quero ouvir da boca de terceiros sobre suas aspirações universitárias, seu grupo de amigos e uma experiência de ensino médio que nunca tive. E nunca terei.

Isso tudo ficou para trás. *Ela* está no passado. E eu gostaria de mantê-la lá.

Mas a postagem do restaurante me faz perceber que não falo com a vovó há... caramba, quatro meses? Ela costumava me ligar com frequência, mas talvez eu a tenha mandado para a caixa postal tantas vezes que ela desistiu. Sempre que pego o celular para ligar para ela, não consigo evitar de pensar em todas as minhas fotos espalhadas pela internet, e nunca tenho coragem para prosseguir. E quanto mais tempo fico sem falar com ela, mais fácil fica adiar a próxima ligação.

— Quem é a garota?

Dou um pulo, quase jogando meu celular do outro lado da sala, ao notar Lillian espiando por cima do meu ombro enquanto mexe seu café.

— É... — Me recomponho na cadeira, limpando a garganta. — É só minha melhor amiga de infância. Caroline.

— Hum. — Ela toma um gole de café. — Só isso? Você estava sorrindo como uma idiota há um minuto, então pensei que ela podia ser alguém especial. Você não está me poupando dos detalhes, está?

— Nunca. — Toco no botão lateral até que meu celular fique escuro, e o rosto de Caroline desaparece de vista. — Achei que o intervalo para almoço ia durar apenas vinte minutos — respondo, sabendo exatamente como tirá-la do meu pé.

Lillian verifica o relógio e sai apressada pela porta. Ela retorna um minuto depois com os dois maquiadores ainda mastigando os últimos pedaços de comida.

Enquanto sou cutucada e retocada por esses estranhos nesta cadeira giratória, não consigo evitar de pensar que, se as coisas fossem diferentes, eu estaria sentada em uma daqueles assentos verde-menta. Penso em como eu estaria devorando um prato de panquecas da minha avó com muita manteiga e xarope de bordo *de verdade*. Eu estaria na metade do meu último ano. Me preparando para a famosa cerimônia de iluminação da árvore de Natal de Barnwich.

Ainda estaria fazendo tudo isso com Caroline Beckett?

— Senhorita James? Assim está confortável? — pergunta a cabeleireira enquanto ajusta uma peruca prateada reta na minha cabeça.

— Hum? — Me sacudo de volta à realidade e meu reflexo futurista no espelho me assusta por um momento. — Ah, sim. Com certeza.

Não sei por que estou sonhando acordada com Barnwich, sendo que estou aqui em Los Angeles vivendo exatamente a vida que sempre quis.

Capítulo 3
CAROLINE

— **Está quase na hora do intervalo** — Austin geme ao meu lado enquanto entrega uma garrafa de Gatorade para Nicole Plesac, a melhor jogadora do time de basquete feminino da Barnwich High.

Olho para o relógio e vejo que ainda faltam dez minutos inteiros para o intervalo.

— *Quase*? — Bufo enquanto Nicole joga a garrafa em nossa direção e corre de volta para a quadra. Nós dois nos debatemos na tentativa de agarrá-la antes que caia no chão.

Essa proeza atlética estelar é exatamente o motivo pelo qual fomos forçados a ficar no apoio ao time desde o primeiro ano. A Barnwich High é pequena o suficiente para ter um requisito esportivo de "jogar ou apoiar" e apoiar o basquete feminino não apenas nos deixou de fora da aula de educação física, como também parecia a opção mais segura. Em um espaço fechado. Bons lanches. Jogos curtos.

Às vezes não tão curtos assim.

— Psiu! Beckett!

Me viro e vejo Maya rindo e se divertindo com Finn e seus dois amigos do time de futebol, L.J. e Antonio, nas arquibancadas. Ela é bem *boa* no futebol, então não precisa se preocupar em encher garrafas de água e lavar blusões que cheiram a axila fermentada.

Quando nossos olhos se encontram, ela balança a cabeça de forma nada sutil na direção das líderes de torcida e diz:

— Taylor. Tá. Te. Olhando. Toda. Hora.

Finn me lança um grande sorriso e um sinal de joinha, enquanto L.J. mexe as sobrancelhas de forma sugestiva ao lado dele, mas eu reviro os olhos e me viro para encarar a quadra. Apesar de tudo, coloco uma mecha de cabelo atrás da orelha de forma casual e espio o local onde as líderes de torcida estão, vestindo o verde e branco de Barnwich.

De fato, Taylor Hill *está* me olhando.

Ela sorri para mim, e os dentes brancos brilham com a iluminação fluorescente do ginásio.

Dou um aceno estranho e tento meu próprio sorriso brilhante, mas é como se meus músculos faciais tivessem esquecido como se movimentar. Antes que eu possa passar mais vergonha, me inclino para a frente, usando Austin como escudo humano.

— Sutil — diz ele, e eu o encaro querendo que o piso de madeira encerado me sugue, para nunca mais ser vista ou ouvida.

Consigo aguentar até o intervalo sem olhar de novo na direção da Taylor. Enquanto Austin e eu distribuímos água e toalhas para o time, Taylor e o resto das líderes de torcida correm para a quadra, dando cambalhotas e giros que com certeza quebrariam meu pescoço. Por trás do ombro do treinador Gleason, eu a observo se movimentar e, bem...

Sim.

Não há como negar que ela é bonita demais.

Belo rosto, belo cabelo, belos...

Minhas bochechas ficam vermelhas e eu desvio o olhar, me ocupando com a tarefa de colocar as garrafas de volta no carrinho.

Quero dizer, talvez eu *esteja* querendo muita coisa cedo demais. Talvez isto *possa* ser o começo de algo?

Austin levanta os olhos do celular enquanto me sento ao lado dele e me afasto dos pensamentos tomados por Taylor Hill.

— Finn acabou de me dizer que o pessoal vai ao Barnwich Brews depois do jogo para tomar chocolate quente. O que *é ótimo*, porque acho que finalmente consegui a base perfeita para a competição. Encorpada e doce, mas não tão doce, sabe? — pergunta ele com os polegares já digitando uma resposta.

A competição do chocolate quente é um evento importante por aqui. O vencedor ganha um prêmio em dinheiro, notoriedade em Barnwich *e* a honra de apertar o interruptor da cerimônia de iluminação da árvore de Natal. É uma tradição de sessenta anos, mas a honra de acionar o interruptor foi acrescentada no inverno retrasado, na tentativa de atrair pessoas de fora da cidade para a competição. O que acabou não acontecendo.

Uma coisa de que tenho certeza, porém, é que este é o ano do Austin. Ele vem trabalhando incansavelmente para aperfeiçoar sua receita, e já passou por três rodadas de competição acirrada para chegar às finais.

Ele me cutuca, com as sobrancelhas em questionamento.

— Topa?

Abro minha boca.

— Ai. Quero ir, mas tenho que apagar um pequeno incêndio no jornal. Kendall bagunçou a formatação de...

— Oi!

Sou interrompida no meio da frase quando Taylor Hill, sem fôlego, se joga no banco entre nós e seu braço roça o meu.

— Oi — respondo enquanto seus olhos azuis estudam meu rosto sob sua brilhante sombra prateada.

Seu cheiro é bom. Fresco. Como roupa limpa.

— Você vai no Barnwich Brews depois do jogo?

— Estávamos falando *justamente* sobre isso! — diz Austin, me dando um sorriso travesso por cima da cabeça de Taylor. — Ela estava prestes a inventar alguma desculpa sobre algo relacionado ao jornal da escola.

— Você devia ir — diz Taylor, antes de me cutucar. — Adoraria passar mais tempo com você.

— Bem, eu... hum — balbucio. Há algo nessa confiança dela e no jeito como ela está olhando para mim que me pega um pouquinho desprevenida. Algo familiar. Quase... *provocante*.

Por um momento, vejo Arden do outro lado da mesa no restaurante da Edie, se inclinando para a frente, com um desafio em seus olhos antes mesmo de proferi-lo em seus lábios.

Afasto a imagem, mas o desafio permanece. Quero dizer, eu *poderia* pedir a Caleb Harvey para colocar tudo em ordem no jornal. Ele é a primeira opção para ocupar cargo de editor-chefe no próximo ano e sempre está disposto a ajudar. Às vezes um pouco disposto *demais*. Mas seria bacana não ter que me preocupar com minha inscrição, com o colégio ou com o jornal por apenas uma noite. Dar atenção a alguma outra coisa ou outro alguém, para variar. Me lembro novamente daqueles olhos penetrantes, de como aquela pessoa está diferente agora. Talvez eu também possa ser diferente se disser sim ao menos uma vez.

— É, eu, ah... Caleb Harvey? Ele talvez possa...

— Caleb Harvey pode o quê? — pergunta Taylor, com um sorriso divertido no rosto.

— O jornal... ele pode... — Balanço a cabeça, tentando me recompor. — É, acho que posso sair um pouco.

Uau. Que bela forma de agir com calma, Beckett.

— Taylor! — chama a treinadora Stevens, técnica das líderes de torcida, com as mãos na cintura. Ela balança a cabeça na direção do resto do grupo, mexendo o rabo de cavalo escuro.

— Tenho que ir — diz Taylor, estendendo a mão para afastar uma mecha do meu ombro como quem não quer nada. — Te vejo depois do jogo.

— Até lá — digo um pouco tarde demais, depois que ela já virou as costas, e Austin solta um assobio baixo.

— Uh. Isso foi sofrido. — Ele se aproxima, ocupando o espaço que Taylor deixou vago. — Acho que Julie Shapiro não te ensinou nada no acampamento.

Bufo e balanço minha cabeça.
— Ah, cala a boca.

Depois que nosso time vence o jogo, saímos com Maya para encontrar todos na caminhonete de Finn, que está estacionada sob o clarão laranja de um poste de luz.

— Então, Beckett — chama Antonio quando nos aproximamos, trocando um olhar com L.J. Ambos estão sorrindo. — E a Taylor Hill?

— Cala a boca, Antonio — Maya e Finn dizem ao mesmo tempo. Finn estende a mão para puxar o gorro preto de Antonio sobre o rosto, para garantir que ele se comporte.

Austin desliza a mão na de Finn, que olha rapidamente para cima, com os olhos azuis arregalados.

— Amor, sua mão está congelando. Onde estão as luvas que comprei para você?

Sorrio e inclino a cabeça para trás para observar a neve caindo, como manchas brancas em contraste com o céu laranja-acinzentado, enquanto Austin inventa alguma desculpa para não ter que admitir para o namorado que prefere morrer do que usar luvas de couro vermelho.

— Está um gelo aqui fora — murmuro enquanto me mexo de um pé para o outro, desejando não ter decidido usar uma saia para vir à escola hoje como se minhas meias-calças pretas realmente tivessem capacidade para manter minhas pernas aquecidas.

— Demais, né? — uma voz diz atrás de mim. Antes que eu possa me virar, uma jaqueta quente desliza sobre meus ombros. Taylor aparece ao meu lado com Lindsay, namorada de L.J., e outra capitã das líderes de torcida.

L.J. solta um assobio baixo enquanto coloca o braço em volta de Lindsay.

— Hill, eu tiro meu chapéu para você. Essa foi sagaz.

— É mesmo — diz Lindsay. Ela olha para ele, dando tapinhas em seu peito. — Quem sabe você não aprende alguma coisa.

Ele abre e fecha a boca enquanto todos riem. Lanço um olhar de soslaio para Taylor, que está esfregando os braços com um pequeno sorriso no rosto, ainda irradiando confiança enquanto eu coro da cabeça aos pés.

Finn acena para sua caminhonete.

— Prontos?

— Finn. Não tem como todo mundo caber aí — diz Maya, por mais que Antonio esteja abrindo a porta do banco de trás e mergulhando lá dentro.

— Claro que tem! E é rápido, tipo... oitocentos metros de distância.

Nos amontoamos lá dentro, rindo enquanto lutamos por espaço no assento. Sendo a mais baixa, acabo ficando por último, para me encaixar por cima, com o rosto pressionado contra a janela fria enquanto todos nos ajeitamos em nossas posições: L.J. está com Lindsay no colo, Antonio está com uma pontinha do assento, Maya praticamente embaixo dele, e Taylor...

Taylor está meio que debaixo de mim.

— Se segurem, pessoal — Finn avisa do banco da frente, e meus olhos encontram os de Austin no espelho retrovisor enquanto Taylor posiciona os braços em volta da minha cintura, levando a sugestão de Finn a sério.

— Tudo bem eu ficar assim? — sussurra ela em meu ombro, e eu concordo com a cabeça, mas minhas bochechas ficam vermelhas novamente quando a caminhonete avança e, por puro reflexo, minha mão agarra seu braço em busca de equilíbrio.

— Desculpa! — Finn fala antes de sair do estacionamento e descer a estrada para a cidade bem mais devagar. Rapidamente retiro minha mão do braço de Taylor, porém seu aperto em mim não vacila.

O percurso não é longo, mas me sinto distraída demais durante todo o tempo para prestar alguma atenção nas conversas ao meu redor. *Meu cabelo está na cara dela? Me lembrei de passar desodorante? Minha bunda está esmagando a coxa dela? Por que deixei o jornal nas mãozinhas delicadas de Caleb Harvey? Deixei o forno ligado?*

Finalmente me lembro de respirar quando paramos em um espaço bem em frente ao exterior preto e moderno do Barnwich Brews, com uma placa envolta em pisca-piscas balançando levemente por causa da brisa.

Abro a porta da caminhonete imediatamente, mas os braços de Taylor esperam um pouco antes de me soltar. Assim que o fazem, me jogo de forma nada graciosa para a calçada. Aceno para um grupo de elfos que passam pulando depois de terem embrulhado presentes na loja de brinquedos enquanto me endireito e aliso minha saia.

Maya enrola seu braço no meu enquanto entramos, se inclinando para sussurrar:

— *Relaxa*, Caroline.

Eu? *Relaxar*? Essa seria a primeira vez em dezoito anos de vida. Mesmo assim, faço um esforço e respiro de forma longa e profunda, e o cheiro acolhedor de café preenche meu nariz.

— Você não *tem* que namorar com ela. Você não precisa gostar dela! Só vê se rola alguma coisa, sabe.

É. Tá. Acho que posso fazer isso.

Concordo com a cabeça, e ela aperta meu braço.

Austin começa a preparar nossos chocolates quentes, misturando e medindo um pó que ele tira de um saco plástico que, por acaso, estava guardado no bolso de sua mochila. Sua testa se franze em sinal de concentração enquanto ele trabalha, seus movimentos são cuidadosos. Precisos.

Finn solta um assobio enquanto observamos do outro lado do balcão, e Austin não consegue evitar de sorrir. Então ele tira os olhos de sua mistura com um olhar indiferente.

— Finn. Juro que te deixo sem um desses se você me fizer errar a temperatura.

Os olhos de Finn se arregalam e ele finge trancar os lábios e jogar a chave fora.

Observamos Austin servir e peneirar até, por fim, adicionar a quantidade perfeita de chantilly em cada caneca antes de pegarmos cada uma delas e as colocarmos em uma mesa nos fundos. Taylor se senta ao meu lado e a vejo tomar um gole, depois erguer a mão rapidamente para limpar o bigode de espuma de leite que ficou marcado.

Eu me lembro de pensar em como ela era legal quando se assumiu. Uma das garotas mais populares da escola, da equipe de líderes de torcida, com potencial para rainha do baile, se assumiu *lésbica*. E agora ela está agindo de forma doce e casual, colocando uma jaqueta aconchegante nos *meus* ombros. Por um momento, consigo imaginar isso acontecendo. A experiência clássica do ensino médio, só que com um toque sáfico. Os beijos entre uma aula e outra na escada ou no intervalo depois de ela se apresentar, os encontros para estudar no Barnwich Brews com Taylor lendo minhas reportagens na mesa do canto, as panquecas que compartilharíamos no restaurante da Edie com nossos amigos, nossas mãos dadas na cerimônia de iluminação da árvore de Natal e o brilho das luzes se tornando, talvez, um pouco menos melancólico.

Então, quando a perna dela encosta na minha, eu...

Não me afasto.

Tento continuar pensando no que isso poderia se tornar, mas, de alguma forma, o contato me faz pensar em algo que já foi. Penso no joelho de uma garota de cabelos escuros batendo no meu, em seus olhos castanhos brilhando com malícia em um dia de inverno, nos trenós em nossas mãos depois de termos matado aula, nossos narizes vermelhos e nossos dedos gelados. Penso na época em que eu tinha não só uma melhor amiga, mas também uma paixão tão grande que parecia que não seria capaz de contê-la dentro de mim. Como se um dia meu coração fosse parar por causa do peso de sentir algo tão intenso por ela.

Parte de mim é grata por ela ter ido embora naquele momento, porque não tinha a menor chance de eu conseguir manter aquele sentimento em segredo se tivesse que ficar perto dela durante mais um inverno. E se eu tivesse contado, ouvi-la dizer que não sentia a mesma coisa teria sido mais doloroso do que ver o carro dela partindo.

Capítulo 4

ARDEN

— **Bem na hora** — diz Lillian, impressionada, quando abre a porta e me vê já sentada em uma cadeira de plástico preta, esperando ser chamada para entrar na sala de testes.

— Cheguei adiantada — corrijo com um sorriso, tomando um gole rápido do meu latte enquanto repasso meu roteiro desgastado pela última vez.

Ela se senta ao meu lado, e a cadeira range alto enquanto ela se move para a direita e para a esquerda, tentando ficar confortável.

— Jesus Cristo — murmura. — Estamos lidando com o *Bianchi* aqui. Era de se esperar que as cadeiras não parecessem ter sido roubadas do escritório de um orientador escolar.

Bufo e olho para o relógio para ver que ainda tenho cinco minutos antes do, veja bem, suposto teste que mudará minha vida. Respiro fundo, sentindo meu coração bater rápido demais para me permitir atingir o desempenho que sei que tenho de entregar hoje.

— Vou ao banheiro — digo, apontando para uma porta no meio do corredor de azulejos brancos.

— O roteiro! — Ela estende a mão, os olhos mal desviando do celular. Olho para baixo e vejo que estou apertando as folhas de forma ansiosa. — Não quero que você derrube na privada. É melhor deixar sua bolsa também.

— Preciso de um absorvente — minto, mas quando passo por ela, ela estende a mão e agarra a alça da minha bolsa.

— Sua menstruação só vai descer daqui a uma semana.

— Ok. Você sabe coisas *demais* da minha vida. — Puxo a bolsa, mas ela não afrouxa o aperto. — Ai, meu Deus. Lil, é um bloqueador beta-adrenérgico, não cocaína. — Mesmo assim, ela não desiste e, finalmente, solto um suspiro e vou para o banheiro de mãos vazias.

Fecho a porta de madeira e a tranco atrás de mim, soltando um longo suspiro enquanto descanso minha cabeça contra ela e fecho os olhos com força.

— Relaxa, Arden. Você consegue — murmuro.

Já fiz *centenas* de testes. No entanto, em muitos aspectos, este parece muito com o meu primeiro. Como se eu tivesse treze anos de novo e estivesse em uma fila de garotas para um teste público em Pittsburgh. Era para o papel da irmã mais nova em um filme em que duas crianças perdiam os pais em um incêndio. Queria tanto essa personagem que parecia que eu *morreria* se não conseguisse. Fiquei cada vez mais nervosa à medida que a fila diminuía, e a única coisa que me acalmou foi minha avó parada ali o dia todo com a gente.

A gente.

Eu e Caroline.

Ela não tinha nenhum interesse em atuação. Meus pais também não, não antes de eu começar a ganhar dinheiro com isso, mas, ao contrário deles, ela me acompanhou mesmo assim, porque, bem... nós nunca fazíamos nada uma sem a outra.

Não consegui o papel naquele dia e não morri, mas chorei a noite toda. Entretanto, Caroline ficou acordada comigo e não pareceu se importar quando minhas lágrimas encharcaram seu travesseiro. Eu já sabia, mesmo naquela época, que queria fazer parte de um desses filmes que você sente na alma. Do tipo que contém cenas que te fazem olhar por cima da tela para as lágrimas não transbordarem e diálogos que te levam a esquecer que algum roteirista inventou tudo.

Um filme como este aqui.

Quando meu batimento cardíaco finalmente se acalma, vou até a pia do banheiro para esfregar as mãos com água fria e depois olho para meu reflexo na luz fluorescente do banheiro. Optei por uma maquiagem leve hoje, apenas algumas pinceladas de rímel, um hidratante com cor e um toque de blush. Bianchi é conhecido por gostar de coisas que parecem ser mais... autênticas. Naturais.

Essas não são exatamente as palavras que eu escolheria para descrever minha imagem pública, mas é para isso que serve a atuação. Quando ele vir a performance que estou prestes a entregar, quando me vir me transformar em sua personagem, vai me implorar para aceitar o papel.

Ele se dará conta de que este não é o filme dele. É o *nosso*.

Fecho a torneira e pego algumas folhas de papel para secar a mão, antes de voltar para Lillian, que me entrega meu roteiro, mas fica com minha bolsa.

— Você está bem? — pergunta ela.

Assinto e fecho os olhos, seguindo minha rotina de sempre de repassar mentalmente a cena do teste, praticando minhas inflexões, minhas pausas.

— Arden? — A porta preta à nossa frente se abre. A cabeça de um assistente de produção aparece com um boné de beisebol e cabelos pretos cacheados escapando para todos os lados.

Nós duas nos levantamos e Lillian me empurra para segui-lo até a sala.

— Me dê isso — sibila Lillian, pegando o roteiro e o guardando na minha bolsa. — Não vai querer dar a impressão de que está se esforçando demais.

— E se eu esquecer minhas falas?

— Arden, esse negócio já está em marca-texto puro. Você vai se sair bem.

Estampo um sorriso no rosto quando cruzamos a porta e lá dentro, sentado à mesa com uma diretora de elenco, está Bianchi. Reparo no cabelo castanho com traços prateados, nos óculos de arame e na jaqueta de tweed. Seus braços estão cruzados na frente do peito.

— *Arden James* — diz ele, com uma breve risada, estendendo a mão com um anel no dedo mindinho. — Não posso dizer que esperava ver você em um teste como este.

Não deixo o comentário me atingir.

— Bom, eu sou uma grande fã do seu trabalho. Eu amei muito *Inacabado*.

— *Inacabado*? — pergunta ele, erguendo as sobrancelhas em surpresa, enquanto aperto a mão da diretora de elenco também. — Pouca gente conhece esse. Ninguém realmente se dá ao trabalho de assistir nada que veio antes de *Céus Azuis*.

— Então estão perdendo algumas das suas melhores obras — digo, e ele balança a cabeça, impressionado, antes de examinar o roteiro à sua frente.

— Vamos fazer a cena em que Anna confronta sua irmã depois de voltar para casa para o funeral da mãe. — Ele olha para o assistente de produção, que está segurando uma folha de papel, e depois para mim. — Você precisa do meu roteiro ou...?

— Eu memorizei a cena — digo, voltando minha atenção para o assistente, e balanço a cabeça. — Estou pronta, quando quiser.

— Anna? O que você está fazendo aqui? — diz ele, lendo o papel com um tom monótono.

— Eu... eu soube da mamãe.

— Você chegou tarde demais. Ela está morta.

— Não voltei por causa da mamãe. Voltei por causa de *você*.

Estou envolvida na cena enquanto nós dois seguimos o roteiro. Apesar de seu tom monótono, na minha cabeça, o assistente *se tornou* minha irmã que não vejo há anos, que deixei com meus pais caloteiros para poder me mudar para um lugar onde minha namorada e eu finalmente pudéssemos ficar juntas.

Ainda assim, sei que preciso de algo a mais. Tento desbloquear uma memória para criar uma emoção que seja suficiente para me levar até o final da cena.

A morte do cachorro em Marley & Eu.

O garotinho perseguindo a avó em Minari.

Os primeiros cinco minutos de UP – Altas Aventuras.

Tento de tudo, mas nada está funcionando hoje.

Minhas palmas começam a suar. Se quero conseguir esse papel, tenho que fazer Bianchi *sentir* minha performance.

Justamente quando penso que não vai rolar...

Uma imagem surge de repente na minha cabeça.

Uma garota de catorze anos com um casaco rosa fofo e uma calça jeans com um buraco no joelho esquerdo, por causa da vez que a fiz subir em uma árvore comigo naquele verão, parada na calçada em frente à minha antiga casa. Me vejo acenando para ela pelo vidro traseiro do carro dos meus pais enquanto eles me levavam para o aeroporto para começar uma nova vida em Los Angeles.

As lágrimas enchem meus olhos, a sala fica confusa na minha frente e, finalmente, sinto a personagem se estabelecer em meus ossos, porque eu a *conheço*. Eu *sou* ela. Também deixei minha cidade para trás. Saí da minha casa. Deixei minha melhor amiga e minha avó e todo o resto para vir para cá, porque tinha um sonho louco... e mais a perder do que eu imaginava.

— Eu nunca *quis* ir embora — digo. Pelo bem dessa cena, me permito acreditar que é verdade. Faço uma pausa, deixando um respiro nesse momento, permitindo que haja silêncio e expectativa retumbante.

Meu peito palpita. Me recordo da minha mão pressionada contra o vidro enquanto minha melhor amiga chorava do outro lado. Lembro de dizer: *Te vejo no Natal*, porque embora eu não achasse que voltaria, não conseguia dizer adeus.

E então... ela sumiu de vista.

Lágrimas caem pelo meu rosto e minha respiração está irregular quando digo minha última fala.

— Mas ninguém nunca me disse que eu *podia* ficar.

Permaneço na personagem por um segundo a mais antes de trancar aquela memória de volta em sua caixa, onde ela precisa permanecer. Me endireito e enxugo as lágrimas dos meus olhos.

Olho rapidamente ao redor da sala, tentando avaliar as reações de todos. A diretora de elenco e sua assistente se entreolharam, boquiabertas e com olhos brilhando. O assistente de produção que leu as falas comigo está sorrindo com uma expressão de descrença, mas não sei se é porque sou eu ou se ele realmente acha que me saí bem. O maior sinal é Lillian. Ela está sentada em sua cadeira de plástico perto da porta, a tela do celular acesa, mas, pela primeira vez, ela não está olhando para o aparelho. Quando encontro seus olhos, ela me dá um aceno breve, porém firme.

Ainda assim, só há uma pessoa nesta sala cuja opinião importa.

Finalmente, meu olhar pousa em Bianchi, sentado na frente, bem no centro. Seus braços ainda estão cruzados sobre o peito, seus pés estão firmemente plantados no chão e sua expressão é completamente ilegível.

No entanto, me recuso a permitir que isso me intimide. Sustento o olhar dele, até que ele finalmente fala.

— Sabe, Arden, estou sentado nesta sala há cinco horas, assistindo teste atrás teste. — Ele acena para as portas atrás de mim. — As melhores entre as melhores passaram por ali, atrizes que sempre pensei serem, sinceramente, mais talentosas que você. Atrizes com quem eu sempre quis trabalhar. E então você entra aqui, a queridinha da Netflix, e... — Ele olha para baixo, balançando a cabeça.

Merda.

Ele odiou. É isso. Eu sabia que seria um exagero me permitir...

— Você supera todas elas — ele conclui olhando para mim, com o canto de sua boca se abrindo em um meio sorriso.

O quê?

Meus olhos se voltam para Lillian, que está radiante, o que confirma que eu realmente ouvi direito.

Puta merda.

Puta merda.

— Mas — continua ele, levantando a mão antes que eu possa dizer qualquer coisa — não posso te dar o papel.

— Espere, *o quê*?

Ele está brincando? Ele deve estar brincando. Procuro algum sinal de que ele está apenas tirando uma com a minha cara, mas não encontro nada em seu rosto.

— Não entendo. Você acabou de dizer...

— Sei o que eu disse. — Ele se recosta na cadeira, uma postura casual demais para alguém que acabou de, veja bem, cuspir metaforicamente na minha cara. — Mas eu também não moro debaixo de uma pedra. Sei o que dizem por aí sobre você, Arden James.

Ele mostra o roteiro que passei semanas, não, *meses* memorizando.

— Este roteiro é a melhor coisa que apareceu na minha mesa em cerca de uma década. Uma *década*. Não posso permitir que você estrague tudo por não conseguir sair da cama na segunda-feira de manhã para ir ao set.

Meu estômago embrulha. Isso não pode estar acontecendo.

— Estou sendo completamente profissional desde o momento em que entrei por aquelas portas.

Ele se levanta da cadeira e finge que está arrumando alguns papéis sobre a mesa.

— Sinto muito, Arden. Talvez daqui a alguns anos, quando você já tiver crescido um pouco.

Minha reputação não será o obstáculo que vai ficar entre mim e esse trabalho.

— Você só pode estar brincando comigo. — Balanço a cabeça e dou um passo à frente. — Sei o que dizem sobre *você* também. Um alcoólatra severo que mal conseguiu terminar o último filme?

Ele sorri, porque nós dois sabemos que isso foi apenas besteira de tabloide no ano passado.

Aproveito minha oportunidade.

— Você, dentre todas as pessoas, deveria saber que não se pode acreditar em tudo que está na internet.

Ele apenas inclina a cabeça, parecendo entretido.

— Mas as fotos não mentem. Então, se de alguma forma não é verdade, por que você *gostaria* de ser vista e fotografada como alguém que se diverte com uma garota diferente a cada fim de semana?

Bingo.

— Porque — começo a falar enquanto minha boca se curva em um sorriso — isso me estabeleceu como um dos maiores nomes de Hollywood. Não sou idiota. Praticamente cresci nesta indústria, e aprendi exatamente como ela funciona. Você quer ser rentável para um estúdio? Fazer com que os fãs continuem assistindo aos seus filmes? Então tem que se manter em alta. Tem que se mostrar interessante.

Não é tecnicamente mentira. No começo, pelo menos, era tudo fingimento.

— Bem — diz Bianchi. — Esse é o outro problema. Para este papel, Arden, estou buscando alguém com mais... cara de cidade pequena. Alguém mais genuína. Mais caseira, menos Hollywood. Ok? Alguém que possa encarnar melhor o papel. Olha, não há como negar que você tem talento. Você sabe disso, mas isso não significa...

— Barnwich, Pensilvânia, Michael — interrompe Lillian, se levantando da cadeira no canto. — Já ouviu falar desse lugar?

Ele semicerra os olhos e balança a cabeça, embora eu não tenha certeza se é em resposta à pergunta dela ou porque ela acabou de chamá-lo pelo primeiro nome.

Por alguma razão, Lillian ri. Os saltos estalam enquanto ela caminha lentamente até mim.

— Acho que você não fez sua lição de casa. Esse foi o lugar onde encontrei essa aqui, trabalhando no restaurante da avó dela, no meio do nada. Acabei presa lá a caminho de um casamento. A cidade inteira é do tamanho de um maldito selo postal. — Ela dá um tapinha no meu ombro, a mentira saindo de seus lábios de forma tão amena que quase acredito, sendo que sei que ela não assinou comigo até eu vir para Los Angeles. — Criar esse tipo de imagem para ela foi uma das coisas mais difíceis que fiz nesta indústria, porque ela é o oposto disso. Você não vai encontrar alguém mais caseira do que Arden. Alguém menos parecida com a pessoa que aqueles tabloides pintam sobre ela. Ela adora as panquecas da avó, o ar puro da Pensilvânia e a namorada de longa data que deixou na cidade-natal. Caroline.

Minha...

Minha *o quê*?

Tento evitar que meus olhos saltem do rosto enquanto Lillian e eu nos encaramos.

— Sim — consigo dizer, enquanto tento não desmaiar. — Minha... namorada.

Bianchi solta uma risada.

— Sua... *sua namorada de longa data?* Por que nunca li nada sobre *isso*, então? — pergunta.

Sim, Lillian. Nos esclareça. Por que não lemos nada sobre isso, então?

— Você não leu... ainda — diz ela.

— Ainda? — falto alto, e Lillian me dá uma olhada.

— Isso! *Ainda*. Ouça, Michael. Se eu estivesse no seu lugar, também ficaria apreensiva em contratá-la. Quer dizer, vamos lá, a última leva de fotos foi uma verdadeira bagunça.

Ok. Não acho que cagar em cima de mim vá ajudar agora, Lil.

— *Mas!* — continua ela, me lançando um olhar tranquilizador. — É porque estamos prestes a mudar a imagem de Arden.

Ela está pronta para seu momento de transformação, para amadurecer e se tornar a mulher que realmente é. E que melhor maneira de fazer isso do que com a primeira e única entrevista exclusiva de Arden, contando tudo sobre ela e a garota que ela sempre amou, finalmente prontas para enfrentar o mundo? O relacionamento será apresentado como algo novo para o público, mas Arden e Caroline? Elas estão juntas desde sempre. Como unha e carne — diz ela, com os braços cruzados sobre o peito de forma confiante.

Sei que ela está salvando minha pele. Sei que pode até funcionar. Mas uma *entrevista* sobre uma namorada que nem existe? Ela está enlouquecendo?

Bianchi está me olhando com expectativa, como se esperasse que eu confirmasse tudo. Então eu faço o que sei de melhor. Entro na personagem.

— Sim, na verdade vou embarcar amanhã para vê-la. Voltar para casa para as festas de fim de ano. A boa e velha Barnwich praticamente se transforma no cenário de um filme de Natal nessa época do ano. Nunca perco a oportunidade de ir ver.

É a vez de Lillian se surpreender. Posso ver o calendário todo organizado por cores piscando em sua mente ao ser repentinamente arruinado. Mas ela entra na onda.

— Haverá uma matéria na *Cosmo* e tudo a respeito disso. Quero dizer, vamos lá, Michael! O que há de mais "genuíno" e "caseiro" do que essa nossa estrela de Hollywood — ela joga um braço sobre meu ombro — finalmente sossegando, passando o fim de ano em sua cidade natal com a namorada de infância e depois conquistando o papel principal no filme mais esperado de Bianchi, *Estou aqui de novo*?

Olho para Bianchi e vejo que ele está mordendo o lábio. Parece pensativo, com olhar calculista. Meu coração martela no peito, partes iguais de esperança, medo e antecipação.

— Bem — diz ele, finalmente —, não vamos iniciar a pré-produção até o ano novo. Não há necessidade de apressar o processo. Estou ansioso para ler a matéria. — Ele levanta uma sobrancelha e dá um tapinha no roteiro à sua frente. — Se acontecer um milagre de Natal, talvez possamos conversar.

Não acredito.

Não acredito.

É apenas um "talvez", mas é muito melhor do que o "não" que eu tinha até agora há pouco.

— Nós vamos — digo quando Lillian aperta meu ombro com mais força. — Bom, eu tenho um voo para pegar!

Depois de uma última rodada de apertos de mão, Lillian e eu saímos pela porta da frente e entramos no estacionamento.

— Não acredito que funcionou — digo, e ela me bate com a bolsa.

— Que ideia foi essa de *passar o Natal fora*, Arden? — diz ela. — Vou ficar no celular o resto do dia pra consertar isso!

— E cobrar todos os favores que você já acumulou pra conseguir essa matéria na *Cosmopolitan* — acrescento.

— Oh, meu Deus. O que nós acabamos de fazer? — pergunta ela, já pegando o celular.

— *Nós*?! — Eu rio. — Foi você quem inventou a merda da namorada! Eu só concordei com tudo.

— Bem, eu não tive escolha. — Ela balança a cabeça e me entrega minha bolsa. — Faz anos que não vejo esse tipo de fogo em você. Além do mais, o resultado valerá a dor de cabeça.

Sorrio para ela, colocando minha bolsa no ombro.

— Estou reservando um voo para Pittsburgh amanhã de manhã. Vou te buscar às...

— Epa, epa, epa. — Estendo minhas mãos na minha frente, franzindo o cenho por causa da confusão. — Você não vai comigo.

— Pode *crer* que eu vou — responde ela, olhando do celular para mim.

— Lil. Sem ofensa, mas não vou levar minha agente para casa nas festas de fim de ano. Como isso vai soar para qualquer jornalista que eles enviarem para cobrir a história? Não vai me fazer parecer muito caseira. — Sem mencionar que não consigo imaginar Lillian e vovó no mesmo ambiente, muito menos na mesma casa.

— Mas... e se você precisar de alguma coisa? — pergunta ela, parecendo genuinamente preocupada comigo.

— Então vou pedir ajuda para minha avó. — Dou um passo mais para perto e coloco minha mão em seu ombro. — Garota da cidade pequena, lembra?

Ela respira fundo e segura o ar enquanto pensa.

— Beleza — diz ela. — Tudo bem.

— Obrigada.

— Além disso, você terá Caroline — acrescenta.

— Hein? — pergunto.

— Se precisar de alguma coisa, você sempre pode pedir ajuda para sua melhor amiga, Caroline — diz ela. — Você vai ter que pedir ela em namoro de qualquer maneira.

Assinto, embora algo me diga que "melhor amiga" não é mais o rótulo que Caroline usaria para me descrever.

Solto um longo suspiro, pensando na garota da foto do Instagram. Ela ainda é a mesma garota com quem passei todos aqueles anos perambulando por Barnwich? A garota que me convidava para passar a noite com ela durante a semana, quando meus pais gritavam tão alto que eu nem conseguia me concentrar no dever de casa? A garota cuja família sempre me tratou como se fosse parte dela? Que estava sempre disposta a entrar em qualquer esquema que eu inventasse?

Éramos Arden e Caroline, grudadas uma na outra, sempre um combo. Achei que ela estaria presente na minha vida para sempre. Mas mesmo depois de todos os anos que se passaram desde aquela época, ainda sinto nossa conexão. Quando se tem uma amizade tão forte quanto a nossa, ela não some assim tão fácil.

Só me pergunto se Caroline concordaria.

Capítulo 5

CAROLINE

— **Ela te deixou responsável** pelos pisca-piscas! — grita Harley enquanto tira uma bandeja de café do balcão para levar em direção a um grupo de turistas.

— Pisca-piscas...?

Me inclino sobre o balcão, para ler a lista de tarefas que Edie deixou para fazermos antes de voltar para casa depois da correria do café da manhã.

Ao lado do meu nome, escrito em tinta vermelha, está *Pendurar os pisca-piscas do lado de fora.*

Lá fora? Faço uma careta ao espiar a neve que cai constantemente, minhas mãos mal tendo se aquecido do trajeto para cá.

É verdade que eu percebi que os pisca-piscas ainda não estavam lá, mas, nos últimos anos, Edie não tem entrado muito no espírito natalino. Faltam apenas duas semanas para o grande dia e, enquanto olho ao redor da lanchonete, posso sentir a mudança se comparar aos anos anteriores aqui dentro também. Este lugar costumava ser cheio e alegre, vibrava a alegria natalina desde o início de novembro. Agora, em uma mesa perto do jukebox, a Sra. Tucker tenta não chorar por causa de sua papelaria que foi à falência.

Agora, Barnwich está lutando para se manter como já foi um dia.

— Eles estão no armário de limpeza — diz Tom, colocando a cabeça calva para fora da janela de serviço. — Na prateleira de cima.

Tom trabalha na cozinha desde que eu era criança. Ele é a única outra pessoa a quem Edie confia sua espátula, além dela mesma. Ele acena em direção à porta da frente.

— A escada está na parte traseira da minha caminhonete. Os ganchos do ano passado ainda devem estar lá, então você só precisa...

Ele faz um movimento circular com a espátula, o que não significa nada para mim.

— *Pisca-piscas*, Edie? — murmuro enquanto pego minha jaqueta e a coloco de volta, indo em seguida até o armário de limpeza. Abro a porta e me apoio em esfregões, vassouras e baldes para chegar à prateleira onde há um carretel de luzes de Natal em cima de uma caixa aberta e cheia de enfeites cobertos por uma espessa camada de poeira.

Os favoritos de Arden. Um Papai Noel brilhante e desbotado. Uma rena inflável. Uma guirlanda que fizemos no quarto ano.

Percebo que a coleção completa de Edie não viu a luz do dia desde que Arden se foi.

Saio com os pisca-piscas, coloco meu gorro e estico o pescoço para trás para ver os ganchos que Tom mencionou já instalados na fachada. Solto um longo suspiro que faz minha respiração condensada pairar ao meu redor antes de pegar a escada da caminhonete vermelha e surrada de Tom e arrastá-la para um dos cantos a fim de começar a ajeitar tudo.

— É *claro* que eu ia esquecer as luvas logo hoje.

Subo a escada com cautela, quase escorregando em um degrau de metal. Quando tenho certeza de que não vou cair de cara, me estico para pendurar os primeiros metros de pisca-piscas, mas o fio escorrega do gancho cerca de oito vezes antes de finalmente ficar no lugar. Com os dentes batendo, lentamente, porém com segurança, desço a escada, movo-a para o lado e começo tudo de novo. Repito isso várias vezes ao longo da fileira de janelas, até que finalmente alcanço os dois últimos ganchos do lado oposto.

Ouço uma batida na janela e olho para baixo. Vejo Harley segurando uma caneca fumegante de chocolate quente com a tampa transbordando de chantilly, uma recompensa tentadora que espera por mim no fim do varal de pisca-piscas. Ela me faz um sinal de joinha e tento retribuir, mas minhas mãos estão dormentes demais para conseguir.

Encaro os dois últimos ganchos e me estico para enrolar o fio de luzes no primeiro. Mas quando tento o segundo, percebo que está fora do meu alcance por pouco.

— Merda. — Eu realmente não quero reposicionar a escada de novo. Minha mente já está tomada pelo chocolate quente que estou prestes a beber.

Me aproximo da beirada do degrau da escada e fico na ponta dos pés, com meu braço estendido, enquanto me esforço, tentando prendê-lo, e...

Consegui!

Espera.

Merda.

A escada começa a balançar embaixo de mim e, antes que eu possa fazer alguma coisa, a coisa toda tomba para a direita, me lançando em direção a um monte de neve que sobrou de quando o estacionamento foi arado.

Fico ali deitada por alguns segundos, deixando os flocos de neve se acumularem em meus cílios enquanto olho para o céu e para... Arden James?

— Oi, Caroline — diz ela. O canto direito de sua boca se curva em um sorriso torto chocantemente familiar.

Jesus. Quão forte eu caí? Devo ter batido a cabeça na queda.

Mas então ela se ajoelha e estende a mão para que eu a pegue, e quando olho para seu rosto, emoldurado pelo cabelo castanho-escuro e com longos cílios cobrindo seus olhos ainda mais escuros, percebo que ela é a mesma, porém está... diferente. Mais velha. *Mais bonita*, uma voz sussurra em algum lugar dentro de mim. Olho para sua mão estendida, noto seus anéis e unhas pintadas, mas o que me convence de que ela é real é a tatuagem que nunca vi antes que está escapando por baixo da manga de sua jaqueta jeans.

Ela está... aqui. Está mesmo *aqui* em Barnwich.

Afasto a mão dela enquanto me levanto e arrumo meu gorro.

— O que... *o que você está fazendo aqui?*

— Vim passar o Natal em casa — responde ela como se fosse óbvio, enfiando a mão de volta no bolso da jaqueta. — O que você acharia de ser minha namorada?

Eu a empurro no monte de neve.

Enquanto Arden se debate na neve, eu espano as minhas roupas com as mãos e, em seguida, ligo as luzes para que irrompam em uma pequena tentativa de espírito natalino. Balançando a cabeça com satisfação, eu me forço a me concentrar no chocolate quente que me espera como recompensa, em vez de no que quer que esteja acontecendo aqui.

Devolvo a escada para a caminhonete de Tom e entro, mas Arden me persegue.

— Caroline, me *escuta* — diz ela, alcançando a porta enquanto eu a empurro. — Você conhece Michael Bianchi? O diretor?

Claro que eu conheço, meu cérebro responde imediatamente, mas eu a ignoro e sigo em frente para dentro do restaurante. Cabeças se viram e olhos se arregalam ao avistar Arden. Os poucos turistas param de comer para pegar seus celulares e tirar fotos, o que só me deixa mais irritada, mas ela continua falando.

— Ok, então, tem um filme. Um papel. A personagem dos meus sonhos, tá? E eu arrasei no teste, mas ele está procurando alguém um pouco menos, hum... — Sua voz desaparece quando eu empurro as portas para os fundos.

— Idiota? — Sugiro enquanto tiro meu gorro e minha jaqueta com força. Arden apenas bufa.

— Eu ia dizer menos confusa e polêmica, mas sim, serve. Pode ser isso também. Tom! Ei! — Tom se aproxima para envolvê-la em um abraço enquanto eu prendo meu cabelo em um rabo de cavalo e amarro meu avental. Aproveito a distração para sair da cozinha e me afastar dela.

Mal deixei águas e cardápios em uma mesa antes que ela reapareça, me seguindo.

— Ele está procurando alguém que seja mais "genuína" e "caseira". Então minha agente, Lillian, teve uma ideia. Tecnicamente é uma mentira, mas é para mostrar que, na verdade, venho mesmo de uma cidade pequena.

Pego uma lata de lixo e começo a limpar uma mesa enquanto Arden para de andar para cumprimentar a Sra. Clemente, nossa professora do segundo ano, e autografa um jogo americano de papel para a neta dela.

Empurro os talheres, pratos e guardanapos para dentro da lixeira e tento me equilibrar, mas tudo o que consigo pensar é *lá está ela*. Na verdade, está *aqui*. Lanço um olhar de soslaio para vê-la encostada casualmente na mesa, toda charmosa e com sorrisos calorosos, sua atenção voltada para a Sra. Clemente, fazendo-a se sentir como se fosse a única pessoa em toda o ambiente. Suas mãos se movem enquanto ela fala, o nariz enrugado, a cabeça inclinada. Tão familiar que faz meu estômago revirar.

Quando começo a limpar a mesa ao lado, Arden, ainda mais alta que eu, aparece ao meu lado e continua o monólogo como se nunca tivesse sido interrompida.

— Ela disse a Bianchi que sou da capital natalina da Pensilvânia. E que haverá uma matéria na *Cosmopolitan*, que seria a minha primeira matéria exclusiva, sobre os doze dias mágicos de neve que estou passando em casa com minha, hum... minha namorada de longa data, Caroline.

Deixo um punhado de canecas caírem de volta na mesa. Minhas sobrancelhas se projetam através do maldito teto enquanto minha cabeça se levanta para olhar para ela.

Arden acena com a cabeça com um brilho travesso nos olhos. É tudo muito familiar, de um jeito dolorosamente nostálgico.

Ela quer que *eu*, Caroline Beckett, finja ser sua suposta namorada de longa data? Se eu não estivesse tão irritada, estaria rolando no chão de tanto rir.

Até a Sra. Clemente, que ainda não aprendeu a ligar um computador, muito menos a entrar no Instagram, provavelmente já viu uma foto de Arden totalmente bêbada e saindo cambaleando de um bar com seu mais novo affair do mês. Ou da semana. Ou da última hora. Quem vai cair nesse papinho?

Ela provavelmente repara na minha expressão, tentando computar toda essa besteira, porque começa a se explicar.

— Pelo menos é isso que Bianchi pensa que é verdade. Para o público, será uma mudança provocada pelo meu amor, hum, finalmente correspondido pela minha melhor amiga de infância.

Finalmente correspondido?

Acho que vou passar mal.

Ela se inclina para mais perto de mim, com o rosto a centímetros do meu, e odeio o fato de que, depois de todo esse tempo, ela tenha o mesmo cheiro. Quente, abundante e terroso, não é como algum perfume caro que ela poderia ter comprado na Rodeo Drive.

— Escuta — pede ela, com a voz mais suave agora, enquanto olha para além de mim, para a sala cheia de pessoas. Seus olhos pousam na Sra. Tucker perto do jukebox. — Não precisa fazer isso por mim. Faça pela cidade! Pense em quanta publicidade isso pode trazer. Uma história fofa de inverno como essa fará com que todos venham aqui para a alegria do feriado! Só de vir até aqui pela Main Street, deu para perceber que houve uma queda no movimento. Barnwich não é mais o que costumava ser.

Pego a lixeira e volto para a cozinha, meu coração martelando de raiva no peito por ela estar usando *isso* como uma tática: meu amor por uma cidade que ela abandonou.

Arden continua.

— O que você quer? Posso te pagar uma...

Essa é a gota d'água. Bato a lixeira no balcão e me viro para encará-la.

— Deixa eu ver se entendi. Você desaparece por *quatro* anos. Você não me liga. Você não me manda mensagens. Você não volta para casa nem uma vez, nem mesmo no Natal, como prometeu que *sempre* faria. E agora você volta, pensando que pode me subornar para concordar com a ideia de ser sua *namorada de mentira* e contar ao mundo inteiro sobre isso? — Rio e balanço minha cabeça. — Você enlouqueceu?

Ela não responde. Nós duas nos encaramos por um longo momento antes de eu me virar e pegar um pano para higienizar com raiva o balcão já limpo.

Quando paro de esfregar e olho para ela, não tenho certeza do que mais parece um fantasma: Barnwich ou Arden James. Ela pode ter o mesmo rosto, o mesmo cheiro, a mesma voz, mas eu não *reconheço* a garota que está na minha frente.

— E como ousa fingir que se preocupa com esta cidade e com as pessoas, Arden?! Você já foi visitar a Edie?

Ela olha para baixo por uma fração de segundo, e isso basta como resposta. Balanço a cabeça, jogando o pano na água suja.

— Foi o que eu pensei.

Arden abre a boca como se fosse responder algo, mas antes que qualquer palavra possa sair, ela fecha os lábios formando uma linha reta, se vira e vai direto para o estacionamento, indo embora de forma tão repentina quanto chegou.

Capítulo 6

ARDEN

— **Foda-se.**

Bato com a mão no volante e ela praticamente se estilhaça por causa do congelamento que provavelmente sofri depois de dez minutos em Barnwich.

Foda-se o frio. *Foda-se* essa matéria estúpida. *Foda-se*... bom. Eu mesma.

Por pensar que Caroline ia querer me ajudar com qualquer coisa que fosse. Por achar que havia uma pequena chance de reacender a nossa amizade depois de todos esses anos.

Suspirando, coloco o aquecedor no máximo antes de olhar pelo espelho retrovisor. Meu olhar pousa em Caroline do outro lado da janela da lanchonete, bebendo algo de uma caneca branca enquanto conversa com uma garota de cabelo rosa-choque.

Elas estão... namorando? Não consigo imaginar as duas juntas. Mas pode ser que eu esteja tão focada no plano que só não queira enxergar. Nunca nem cogitei que isso pudesse ser uma possibilidade, que ela talvez nem conseguisse fingir uma relação comigo caso estivesse namorando outra pessoa de verdade. Eu a observo por um longo momento antes de engatar a ré para sair do estacionamento em direção ao lado oposto da cidade, onde vovó mora. A casa dela é um pequeno bangalô entre a fazenda de árvores de Natal e a Cemetery Hill, onde todo mundo anda de trenó no inverno. Ou costumava andar há quatro anos, pelo menos.

Enquanto dirijo, espio pela janela os pisca-piscas em todas as vitrines e as guirlandas penduradas em postes pretos, perfeitamente espaçadas ao longo da Main Street, como um cartão-postal de Natal. As pessoas circulam e algumas cabeças se viram para encarar quando passo, porque *é claro* que Lillian me alugou um Corvette vermelho como um caminhão de bombeiro em vez de um carro nor... *Merda*!

Tento pisar no freio no semáforo, mas não há tração, e acabo deslizando até o meio do cruzamento antes que o carro pare.

— Você não está mais em Los Angeles, Arden — murmuro para mim mesma enquanto dou um aceno envergonhado de agradecimento à mãe dirigindo uma minivan que se esquiva de mim como uma verdadeira profissional.

Olho para ver se há mais carros vindo, mas em vez disso avisto uma nova placa, balançando suavemente com a brisa. BAR DOS IRMÃOS BECKETT.

Sem chance.

Meus dedos batem animadamente no volante. Levi e Miles. Eles realmente conseguiram?

Alguém buzina atrás de mim e desvio o olhar para ver que o sinal está verde. Lanço outro gesto como um pedido de desculpas antes de pisar no acelerador com suavidade desta vez.

É tão...

Estranho estar de volta. Estar *em casa*.

De muitas formas, é como se alguém tivesse apertado um botão de pausa enquanto eu estava fora e tudo tivesse congelado e parado no tempo. Mas, assim como a placa dos irmãos Beckett, quando olho com mais atenção, vejo que essa não é a verdade. A nova funcionária de cabelo rosa no restaurante da Edie. O tom grisalho das costeletas de Tom. As vitrines vazias e apagadas.

A forma como Caroline olha para mim, como se eu fosse a última pessoa que ela gostaria de ver, e não a primeira.

E agora, a casa da minha avó. Toda apagada, exceto pela luz da cozinha que escapa através das persianas. Nem uma única fileira de pisca-piscas. Não há uma guirlanda ou coroa de flores sequer. Nem sinal de seu gigantesco boneco de neve inflável ou de um Papai Noel pulando no jardim da frente. E o pior de tudo, não há nem mesmo uma árvore, decorada com enfeites que contam cinquenta anos de histórias, brilhando na janela da sala.

Engulo em seco quando saio do carro e analiso o cenário inteiro da entrada, deixando minhas malas caírem aos meus pés e sentindo meu peito pesar com a culpa. Claro que ela não colocou nenhuma das decorações. Como ela conseguiria fazer isso sozinha? Eu a deixei aqui sem mais ninguém. Eu e meus pais partimos, todos de uma vez. E nenhum de nós voltou. Também nem deixamos que ela me visitasse em Los Angeles, porque meus pais não queriam que ela visse que eles nunca estavam em casa, e até quando as coisas ficaram complicadas, eu não suportava a ideia de ver aquela parte da minha vida, que agora é... a minha vida inteira.

Será que ela sequer vai me querer aqui depois de eu ter ficado longe por tanto tempo? Eu não devia ter presumido que ela me deixaria ficar, como presumi que Caroline ia gostar de me ver.

Mas, agora, só há uma maneira de descobrir. Me abaixo para pegar minhas coisas e caminho lentamente até a porta da frente. Bato e meu coração acelera ao ouvi-la se arrastando lá dentro.

— Um minuto — grita minha avó. Ouvir seu sotaque sulista pessoalmente faz com que lágrimas inesperadas brotem em meus olhos.

Nem tenho tempo de piscar antes que a porta se abra e ela apareça ali.

Vovó.

Cabelo grisalho. Mais grisalho depois de tanto tempo. Pés de galinha ao redor dos olhos castanho-escuros. Um cardigã grosso, porque ela nunca se acostumou totalmente com o frio de Barnwich.

Nós nos encaramos pelo que parece ser uma eternidade. É a primeira vez em quatro anos inteiros.

Olho para meus pés, franzindo as sobrancelhas enquanto luto para encontrar as palavras, mas ela as encontra primeiro.

— Ah, Arden.

E então ela se aproxima, me envolvendo em um abraço sem que eu precise dizer nada.

Fecho os olhos com força e sinto sua respiração falhar uma vez sob minhas palmas. Minha avó que nunca chora lutando para continuar assim.

Finalmente, ela se afasta e me dá um tapinha no rosto.

— Vamos, vou fazer aquele bolo de carne que você gosta. — Ela espia o Corvette na frente da casa, sorrindo enquanto entramos. — Bem, se você ainda gostar de comida caseira. Olhe para você, Senhorita Extravagante.

Rio e deixo minhas malas perto da porta, em seguida, mostro as chaves.

— Ia ver se você quer dirigir pelas próximas duas semanas, mas se não quiser...

Ela tira as chaves da minha mão tão rápido que meu cabelo é levado pela brisa que surge com o movimento.

— Ah, bem, não vamos tirar conclusões precipitadas.

Entramos na cozinha e não consigo deixar de sorrir para os armários brancos familiares, a copa de madeira no canto, a geladeira coberta de cartões de Natal, fotos e recortes de jornais.

Observo enquanto ela despeja, espalha e salpica todos os ingredientes em uma tigela de metal, medindo tudo de olho, exatamente como eu lembro.

— Bom, vamos lá — diz ela, virando-se para me encarar. — Esse bolo de carne não vai se misturar sozinho.

Dou um suspiro de alívio com a tranquilidade em sua voz e arregaço as mangas para ajudar. Lavo as mãos e depois as posiciono na tigela para misturar carne, ovos, leite e tudo o mais que ela coloca ali para tornar a receita tão deliciosa.

— Como está, hum... como o restaurante está indo? — pergunto enquanto entramos em um ritmo familiar.

Ela bufa.

— O mesmo de sempre, sem novidades. O Tom é um pé no saco. Os números caíram ainda mais este ano, e os turistas que vêm agora aparecem com exigências estranhas, querendo coisas como "leite de aveia" e couve. Você sabia que agora se faz um hambúrguer sem carne? Se não leva carne, o que diabos é isso?

— Pior que eles são bem...

Fecho a boca antes que o olhar que ela me lança *me* transforme em um hambúrguer.

— Tirando isso, as coisas estão indo bem. Sempre tem algo que precisa ser consertado, sempre tem uma conta a pagar, mas aquela lanchonete já está de pé há trinta e cinco anos e continuará assim por mais trinta e cinco.

Ela coloca o bolo de carne no forno e começa a descascar batatas.

— Você sabe que eu posso...

Ela levanta a mão, me interrompendo. Enviei-lhe um cheque todos os meses desde que saí, e nenhum deles foi descontado.

— Por quê? — pergunto. Quando ela não responde, tento novamente. — Por que você não aceita a minha ajuda?

Ela solta um suspiro, balançando a cabeça.

— Porque não — diz sem olhar para mim. A famosa frase da minha infância. O fim da conversa. Gostaria que ela aceitasse o dinheiro, mas ninguém, e falo sério, *ninguém* é mais orgulhoso do que a vovó. Ela acha que precisa dar conta de tudo sozinha.

Ficamos ambas em silêncio enquanto ela coloca as batatas para ferver.

Quando fala novamente, ela muda de assunto.

— Vi o novo filme que você fez. Aquele em que eles ficam presos no tempo — comenta ela.

Minha boca se abre de surpresa.

— Você viu *Operação Sparrow*?

— Assisto a tudo o que você faz, Arden — diz ela, espetando uma batata com um garfo.

— O que... hum... O que você achou?

Ela dá de ombros.

— É...

— Também acho — digo, me inclinando para a frente de forma conspiratória, e nós duas sorrimos uma para a outra. — Quero dizer, e aquele final?

— Ai, senhor. Quando você se apaixonou por aquele idiota? Simplesmente ridículo. — Ela me dá um tapinha — Pegue o leite para o purê de batatas.

Vou até a geladeira para pegar, mas minha mão congela na alça quando vejo não apenas os cartões de Natal de clientes fiéis, mas também matérias de jornal sobre mim, e até mesmo resenhas de alguns de meus filmes e séries. Felizmente, nenhuma das minhas fotos dos tabloides foi colocada aqui. Mas estendo a mão para tocar no canto de uma foto diferente. Somos eu e Caroline, sentadas nas banquetas da lanchonete, com cookies de chocolate preto e branco nas mãos, banguelas dos dentes da frente e com as bochechas rosadas por causa do frio. Levanto-a para revelar a matéria de jornal por trás dela, mas esta não é sobre mim. É uma reportagem sobre o restaurante de Edie, e abaixo do título está *escrito por Caroline Beckett*.

— Você já a encontrou? — chama vovó, me olhando de soslaio enquanto coa as batatas.

— Sim, eu... bem...

Bufo e solto o canto da foto para poder levar o leite para ela. Subo no balcão para contar a ela tudo o que aconteceu no meu teste com Bianchi e Lillian enquanto ela amassa o purê.

— Então eu perguntei a Caroline, e ela...

— Te mandou pastar?

— Bem, sim. Tipo isso. Me disse que foi muita cara de pau da minha parte aparecer aqui depois de quatro anos e pedir isso a ela.

Balanço as pernas, as panturrilhas batendo levemente nos armários.

O cronômetro apita e eu desço do balcão para tirar o bolo de carne do forno e trazê-lo para a mesa.

— E agora? — pergunta vovó enquanto nos sentamos e dou uma mordida na minha refeição favorita em todo o planeta, sentindo os sabores derretendo na minha boca.

É doce, suculento e picante.

E é ainda melhor do que eu me lembrava nas noites em que ficava acordada em minha mansão vazia em Malibu, me convencendo de que não sentia falta daquele bolo de carne ou de todos aqueles pequenos momentos sentada em frente à vovó, em sua cozinha aconchegante.

— Não sei — digo, encolhendo os ombros. — Ela não aceitou.

— Você realmente esperava que ela fizesse isso?

— Meio que... sim?

— Arden. — Ela abaixa a sobrancelha e olha diretamente para minha alma.

— Eu não sei, vovó — respondo, pousando o garfo.

— Bem, não posso falar por Caroline, mas posso falar por mim mesma. — Ela olha para baixo, como se não conseguisse olhar para mim, o que me deixa enjoada. — Você se foi há quatro anos e, finalmente, *finalmente*, volta para nos visitar... e só por fingimento para uma matéria de revista? Como você acha que isso faz Caroline se sentir? Como você acha que isso faz *eu* me sentir? — Ela me encara com os olhos brilhantes.

— Eu... eu não sei — respondo, com a garganta doendo demais para dizer qualquer outra coisa. A vergonha que eu estava tentando tanto evitar me consome por inteiro.

— Bem. — Justamente quando penso que ela vai me pedir para sair, ela estende a mão sobre a mesa para colocá-la nas costas da minha. — Talvez você tenha que passar algum tempo refletindo a respeito disso.

Coloco minha outra mão em cima da dela para que elas fiquem imprensadas, e por mais difícil que seja para mim agora, a olho diretamente nos olhos.

— Sinto muito, vovó — digo a ela, mesmo sabendo que não é o suficiente. Mesmo que eu devesse ter dito isso no segundo em que entrei.

— Sei que você sente. — Ela tira a mão da minha e coloca outro pedaço de bolo de carne no meu prato. — Vamos comer antes que esfrie.

Pego meu garfo e ela alivia a tensão me contando sobre as novas opções do cardápio da lanchonete, mas não consigo parar de pensar em Caroline e em como o dia de hoje deve ter sido para ela. Como cheguei achando que ela fosse continuar topando meus planos como antes, como se ela me devesse alguma coisa.

É aí que percebo que há uma coisa que devo *a ela*. Uma coisa que lhe devo há muito tempo.

Um pedido de desculpa.

Capítulo 7

CAROLINE

Abro o armário da cozinha, tentando organizar meus pensamentos enquanto encaro a pilha de pratos à minha frente.

Arden.

Não acredito que ela está aqui em Barnwich. Parte de mim ainda pensa que devo ter batido a cabeça muito forte na queda da escada, porque é inconcebível que ela realmente tenha estado no restaurante de Edie, me pedindo para...

— Terra para Caroline — chama Riley através de um rolo de papel toalha vazio, pressionando um lado contra minha orelha.

Eu a afasto e pego os pratos. Coloco um na frente de cada cadeira à mesa, enquanto Miles vem atrás de mim colocando um copo ao lado de cada.

— Você tá bem? — pergunta Levi, fazendo malabarismos com os braços cheios de talheres.

— Aham. Só estou...

Irritada? Chocada? Me perguntando se o universo está pregando alguma peça gigante em mim?

— Cansada — finalizo, enquanto meu celular vibra no bolso de trás. Espero ver o nome de Taylor, já que estamos trocando mensagens despretensiosamente desde o jogo de basquete. Ou melhor: ela está enviando mensagens despretensiosamente e eu estou me arrancando os cabelos de tanto estresse a cada palavra que escrevo. Nós gostamos das mesmas séries sáficas canceladas, do mesmo tipo de pizza do Taste of Italy (*com* abacaxi), das mesmas músicas. E a verdade é que aos poucos, mas com certeza, esse contato está começando a parecer *bom*. Talvez ainda não esteja no patamar de um romance, mas é bom.

Em vez do nome de Taylor, porém, é a mensagem de um número desconhecido que aparece por cima das orelhas pretas e felpudas de Blue.

está ocupada?

Pergunto quem é, embora tenha quase certeza da resposta. Meu celular vibra novamente, e uma selfie de Arden aparece na minha tela, confirmando minhas suspeitas com um sinal de joinha e um sorriso atrevido.

peguei seu número com a vovó :)

Sinto uma pontada de aborrecimento porque, durante todos esses anos, meu número nunca mudou. Só o dela. Deixo escapar um longo suspiro e começo a digitar que estou prestes a jantar quando ouço uma batida na porta da frente.

Desvio o olhar lentamente para cima do meu celular, franzindo as sobrancelhas. Meus pais também trocam olhares interrogativos por cima da enorme travessa onde estão despejando o macarrão.

Não. Não pode ser. Olho para a selfie que Arden acabou de enviar, reconhecendo os pilares brancos da nossa varanda, a Bertha desfocada e estacionada bem perto de sua cabeça.

— Eu atendo — grito, andando rapidamente pelo corredor.

Quando abro a porta, é claro que eu a vejo, parada sob o brilho da luz da varanda, neve em seus longos cabelos castanhos. Ela para de soprar as mãos para sorrir para mim e eu reviro os olhos.

— Você só pode estar brincando comi...

As palavras sequer saem da minha boca antes de Blue passar por mim, se jogando em Arden, seu corpo parecendo um borrão de tanto se mexer.

— Traidor — murmuro, balançando a cabeça enquanto ela se abaixa para coçar as orelhas dele e Blue a cobre de beijos. No fundo, isso não devia me surpreender: foi ela quem o deu para mim.

— Ele ficou tão grande — diz Arden, e me lembro de como ele era pequeno no dia em que ela o resgatou na beira da estrada. Da cabecinha saindo do decote do moletom de Arden, dos dois encharcados e tremendo de frio na chuva.

— Engraçado como o tempo passa — digo, em vez de ficar lembrando. Ela estremece e se levanta, limpando as calças.

— Escuta, Caroline. Queria te dizer... — começa ela, mas então uma voz grita alto da cozinha.

— Quem é?

Tento freneticamente pensar em uma maneira de escondê-la antes que eles a convidem para entrar, mas antes que eu possa bater a porta na cara dela ou agarrar seu braço e empurrá-la para o armário do corredor, Levi espia, seguido por Riley e Miles.

— Caramba! — diz Levi. — É a Arden!

Mal tenho tempo de sair do caminho antes que todos venham correndo até a entrada, um coro de passos e vozes.

— Ah, Arden! Olhe para você!

— Você ficou mais alta?

— Por que você está *Barnwich*?

— Scarlett Johansson é tão gostosa pessoalmente quanto na TV?

Meu pai dá um tapa em Levi por causa dessa última pergunta antes de puxar Arden para dentro, e logo todos estão se abraçando e rindo como se fosse manhã de Natal e o próprio Papai Noel tivesse entrado pela nossa porta.

— Você tem que ficar para jantar! — diz minha mãe, apertando o rosto de Arden entre as mãos.

— Ah, eu comi na casa da minha avó — tenta ela, mas minha mãe já está sorrindo, com uma sobrancelha levantada.

— Marc fez os famosos brownies de mousse de chocolate.

Os olhos de Arden se arregalam e ela olha para meu pai, que balança a cabeça.

— E fiz duas porções.

— Bem, então... nesse caso...

As palavras mal saem de sua boca quando Miles a ajuda a tirar a jaqueta Saint Laurent, que ele joga em minha direção para pendurar no armário.

— *Inacreditável*. — Balanço a cabeça depois que a jaqueta me acerta como um golpe no rosto. Mas todos já estão na metade do corredor, me abandonando na entrada enquanto a levam para jantar.

Penduro a jaqueta e fecho os olhos com força, respirando fundo para me acalmar. Expira... inspira...

Abro um olho e encaro a jaqueta à minha frente, mas minha tentativa de ter um momento de paz é arruinada pelo cheiro de sândalo de Arden irradiando do tecido caro.

Gemendo, fecho a porta do armário e caminho pelo corredor para encontrá-la espremida ao lado de Riley, que já está falando sem parar, bem em frente à minha cadeira vazia.

— Meu time de futebol? Nós somos as melhores. O técnico acha que temos *boas* chances de chegar ao campeonato estadual no próximo ano, já que temos muitas jogadoras experientes.

— O estadual, é? — diz Arden, seus olhos permanecendo focados em Riley enquanto eu deslizo para meu assento. Ela sempre teve esse talento de dar atenção total à pessoa com quem está conversando, como fez mais cedo no restaurante, mas isso se tornou ainda mais magnético com seu tempo em Hollywood. — Isso é bem impressionante. Vocês devem ser muito boas.

Ela é uma ótima atriz, isso eu admito.

— Você acha que, se chegarmos ao campeonato estadual, você pode ir assistir? — pergunta Riley.

— Ah, sim. Talvez! — diz Arden, e não posso deixar de rir em meu copo de água.

— Não crie tanta expectativa.

Levi me chuta enquanto me entrega um prato de macarrão, e eu o encaro. Claro que eles estão agindo como se nada tivesse acontecido. Como se ela não tivesse me abandonado, e abandonado a todos nós, aliás, voltando só quando é conveniente para ela.

Como é evidente que ninguém mais vai dizer nada, faço o possível para me concentrar no meu macarrão, em vez de na garota à minha frente, mas isso se mostra uma tarefa... bastante difícil. Ela conversa com Miles e Levi sobre o bar, insistindo que precisa passar lá para ver. Fala com minha mãe sobre o escritório e descobre que, pelo visto, ambas conhecem o mesmo advogado insuportável da indústria do entretenimento. Debate com meu pai sobre a nova receita de macarrão que ele testou esta noite, comentando que os pratos do restaurante italiano frequentado por celebridades na rua da casa dela nem chegam perto de serem tão gostosos.

E tudo o que posso fazer é me sentar aqui e vê-los acreditar nessa encenação, enquanto conto os segundos para que o jantar acabe. Para que ela saia desta casa, levando embora essa risada familiar e esses movimentos familiares e esse cheiro familiar, mas uma vida completamente desconhecida.

Não, melhor ainda: contando os segundos até que ela saia de vez de Barnwich e eu possa simplesmente continuar me lembrando dela como a Arden que um dia existiu, em vez da Arden que ela é hoje. Essa volta está acabando com a imagem dela que um dia sonhei em reencontrar.

— Então — diz minha mãe enquanto abaixa o garfo e entrelaça os dedos. — O que uma grande estrela famosa de Hollywood está fazendo aqui em Barnwich?

— Bem... — Levanto os olhos quando a cabeça de Arden se vira para mim. Ela evita meu olhar, limpando a garganta.

— Estou aqui, hum... por causa de uma matéria. Para a *Cosmopolitan*.

Eu rio, e a atenção de todos se volta para mim.

— Que forma conveniente de deixar de lado a parte sobre como você mentiu para um diretor e agora precisa que eu "finja ser sua namorada" para salvar sua reputação por causa de um papel em um filme.

Arden dá um sorriso tímido para a mesa, e Levi e Miles tentam não rir, escondendo o rosto nos guardanapos.

Riley, por sua vez, é muito menos sutil.

— Quem acreditaria que *você* está namorando a Arden?

Minhas bochechas queimam, e pego meu copo de água para tomar um longo gole.

— Ei — diz meu pai, me dando um sorriso entusiasmado. — Talvez você possa encontrar uma maneira de colocar isso nas suas atividades extracurriculares para sua inscrição na faculdade!

Claro. *Namorar Arden James*. Uma atividade extracurricular. Vou colocar isso ao lado *editora-chefe*. Quer dizer, eu quero *escrever* reportagens, não ser mencionada nelas.

Cruzo os braços sobre o peito, inclinando a cabeça para trás para encarar o teto enquanto minha mãe aperta o braço de Arden.

— Bem, seja qual for o motivo, vamos brindar à Arden! E seu retorno para o Natal.

Eu... não aguento mais.

— Sim — bufo, empurrando minha cadeira para trás e me levantando da mesa. — Mais ou menos uns quatro Natais atrasada. — Meu prato e talheres fazem barulho quando os deixo cair na pia da cozinha antes de ir para o meu quarto.

Capítulo 8
ARDEN

Sem pensar duas vezes, me afasto da mesa e corro em direção à cozinha, me arrastando atrás do rabo de cavalo loiro acobreado de Caroline escada acima.

— Não me siga — diz ela, sem olhar para trás.

Continuo mesmo assim, pelo corredor familiar até a porta do quarto, onde ela se vira para olhar para mim com os olhos castanhos em chamas.

— Arden. Coloque uma coisa na sua cabeça: nós não somos amigas. — Caroline aponta para si mesma e depois para mim, batendo levemente o dedo no meu peito. — Nós *éramos* amigas, mas não somos mais, ok? Você deixou isso claro quando foi embora.

Ela bate a porta do quarto, e a madeira quase roça a ponta do meu nariz.

Respiro fundo e encosto a testa na porta, pensando nos motivos pelos quais nunca voltei para casa, nas razões pelas quais não liguei. Coisas que Caroline não entenderia.

Parte de mim quer ir embora de novo, abandonar meu plano e seguir para Hollywood Hills. Mas penso no que vovó disse e me forço a estender a mão e girar a maçaneta. Me preparo para esquivar de qualquer coisa que ela possa atirar em mim enquanto entro, mas, em vez disso, a encontro digitando ruidosamente em sua mesa no canto.

— Caroline, me escute. Não vim aqui para me meter no jantar da sua família. Vim pedir desculpas. E eu sei que essas palavras não são suficientes, mas eu sinto muito. E se vale de alguma coisa, aposto que seu pai está certo. Esta poderia ser uma grande oportunidade para nós duas, e eu odiaria que você perdesse essa chance porque está brava com... — me interrompo, esperando que ela diga alguma coisa, que reconheça minha presença de alguma maneira, mas ela só continua de costas para mim, digitando.

— Você me ouviu? — insisto. Nada ainda. — Caroline. Você pode olhar para mim? Falar comigo? Estou tentando...

— Me dar um pedido de desculpas horrível? — murmura ela baixinho.

— Ai, meu Deus. — Jogo minhas mãos para cima, exasperada. — Só estou tentando conversar. *No que* você está trabalhando aí? — pergunto, andando para trás dela.

— No meu portfólio para minha inscrição na Columbia.

Portfólio?

Olho por cima da mesa dela e encontro um monte de reportagens emolduradas penduradas na parede e, ao lado, uma placa de primeiro lugar de um concurso estadual de jornalismo da Pensilvânia. E então me lembro da matéria de jornal pendurada na geladeira da vovó.

— Todos esses prêmios pelas suas reportagens... Você deve estar praticamente garantida na faculdade.

— É, bom, esses prêmios podem não ser impressionantes o suficiente. Eles têm uma taxa de aceitação de quatro por cento. Não tenho garantia de nada — retruca.

Levo um segundo para digerir.

Não posso forçá-la a aceitar minhas desculpas, mas talvez ela não precise fazer isso por mim. Talvez só precise ser um acordo bom para os dois lados.

Dou mais um passo à frente enquanto penso em algo que fará com que ela concorde. Algo que ela seria louca se recusasse.

Mas Lillian vai me matar.

— Você pode escrever — deixo escapar.

Seus dedos finalmente param de bater nas teclas.

— O quê? — pergunta ela, inclinando a cabeça ligeiramente para o lado, embora ainda esteja olhando para o computador.

Te peguei.

— Você pode escrever a matéria para a *Cosmopolitan* — digo.

Ela dá meia-volta em sua cadeira giratória para me encarar.

— Você está blefando. Eles nunca me deixariam escrever.

Continuo rapidamente, metendo os pés pelas mãos antes que Caroline mude de ideia e me enxote novamente.

— Eles deixariam se fosse um pedido de Arden James — respondo, porque ambas sabemos que é verdade. — Como você acha que uma matéria assinada por você em uma das revistas mais bem distribuídas do mundo ficaria em seu portfólio? A Columbia imploraria para que você estudasse jornalismo lá.

Olho para ela com expectativa enquanto ela fica sentada ali, parecendo chocada com minha proposta.

— É *isso* o que você quer, certo? — pergunto, e ela assente. — Viu só, você e eu! Goste ou não, somos as únicas que podem ajudar uma à outra agora.

Ela gira de volta na cadeira e afunda a cabeça nas mãos. Seus cotovelos repousam sobre a mesa e seus dedos passam pelos cabelos como se fosse a decisão mais difícil que já tomou.

Qual é, Caroline.

— Nem precisamos ser amigas de novo — acrescento, só para garantir que isso equilibre as coi...

— Tudo bem — diz ela imediatamente, como um soco no rim esquerdo.

— Tudo bem? — pergunto. — Sobre a matéria ou sobre não sermos amigas?

Ela me encara novamente, com alguns fios de cabelo soltos do rabo de cavalo, mas ignora meu questionamento e pergunta:

— Qual é o prazo?

— Hum... — digo, tentando me lembrar da minha ligação com Lillian no avião. — Até a manhã do Natal, para ser publicado no mesmo dia. Vou embora e paro de te perturbar no dia seguinte, e minha agente já decidiu o título: "Doze Dias de Arden James", já que temos doze dias até lá, se começarmos amanhã. A ideia era que o repórter nos seguisse durante doze encontros mágicos durante o feriado. — Certifico-me de fazer o gesto de aspas no ar quando falo em "encontros". — Nós duas sabemos que fui fotografada com garotas uma ou duas vezes... — Caroline bufa e levanta as sobrancelhas, mas eu a ignoro. — Então, para que eu não pareça uma traidora, vamos pintar uma imagem como se fôssemos melhores amigas de infância que finalmente estão juntas depois de sonharem uma com a outra durante todo esse tempo. Então você pode só... não sei. Escrever sobre como é bom finalmente estarmos juntas, passar as férias se apaixonando por alguém tão humilde, real, uma garota da cidade pequena como...

— Pode ir parando — ela me interrompe de novo. — Não vou escrever nenhuma baboseira brega pra você. Se eu for fazer isso, será dentro dos meus termos.

— Está bem, está bem. — Levanto as mãos em sinal de rendição. *Caramba, ela realmente leva isso a sério.*

— E obviamente vai ter que rolar algum tipo de término falso no futuro. Não tenho nenhum interesse em ser sua noiva de mentira. Muito menos sua esposa de mentira.

— *Óbvio* — respondo. *Caroline Beckett, minha esposa. Há!* — Então, qual é o plano, Rachel Maddow?

Eu a vejo balançar a cabeça com o apelido, mas pela primeira vez há uma pontinha do canto de sua boca se levantando. Mas ela demora a responder de novo, então, enquanto digita sabe-se lá o quê em seu notebook, dou uma volta por seu quarto.

Está muito diferente de como eu me lembro. As paredes passaram do branco para um verde profundo. Polaroides de nós duas foram substituídas por fotos de seu novo grupo de amigos olhando para uma câmera que provavelmente estava no chão, a julgar pelo ângulo. O flash estourou neles e não dá para distinguir um rosto do outro, mas, a julgar pelas poses, dá para ver que eles são amigos *de verdade*. Essa é uma coisa que não encontrei em Los Angeles. Me aproximo e toco levemente o canto de outra foto, com Caroline toda sorridente enquanto um garoto de cabelos pretos e pele marrom está com um braço pendurado confortavelmente sobre seu ombro. Do outro lado, uma garota com olhos azuis brilhantes apoia a cabeça no outro ombro de Caroline. Acho que a reconheço das aulas de artes do ensino fundamental, mas não penso nessa época há tanto tempo que é difícil ter certeza.

— Tudo bem. Então, gosto do título e da ideia dos doze encontros — Caroline finalmente fala de onde estava digitando, mas meus pensamentos ainda estão na foto.

— Quem são eles? — pergunto, apontando para a moldura.

Ela solta um longo suspiro.

— Meus amigos, obviamente.

Fica claro que não vou conseguir mais do que isso, então vou até a estante. Meus dedos percorrem a prateleira de cima, onde mais alguns prêmios de jornalismo e placas estão encostados na parede.

— Impressionante. — Pego um, o prêmio de primeiro lugar em um concurso de jornalismo de Pittsburgh, e mostro para ela. — Quando você ficou tão interessada em jornalismo?

— No verão depois que você foi embora. — Ela clica com a caneta algumas vezes. — Tem *um monte* de atividades fofas que poderíamos fazer em Barnwich. Quer dizer... mesmo com a queda no movimento, a cidade está repleta de atividades temáticas. Então não teremos escassez nesse quesito. Mas como podemos... — Sua voz desaparece enquanto ela bate no queixo, pensativa.

Pego a caneca de café da Columbia na mesa de cabeceira.

— Por que Columbia?

— Arden. Sou *eu* quem deveria estar entrevistando *você*.

Me dando por vencida, coloco a caneca de volta no lugar e me sento na beira da cama para esperar em silêncio enquanto ela pensa. Depois de um tempo, ela sorri para si mesma e começa a digitar novamente, tão concentrada que nem percebe quando uma mecha de cabelo cai em seu rosto.

— Vou elaborar doze perguntas, uma para cada encontro. Doze perguntas profundas e pessoais que irão proporcionar às pessoas uma visão da verdadeira Arden, não apenas de "Arden James".

— Há, boa sorte com isso. Nem *eu* sei quem é a verdadeira Arden — digo, antes de perceber o que acabei de admitir. — Quer dizer... deixa para lá. — Balanço minha cabeça.

Caroline espia por cima do ombro e me dá uma olhada. Então ela fecha o notebook e se levanta, e eu faço o mesmo. Caminhamos uma na direção da outra até nos encontrarmos no meio, bem na direção da porta de seu quarto.

— É bom que você descubra, se essa matéria for me garantir a vaga em Columbia — responde ela, e então me guia com firmeza para fora do quarto, de volta para o corredor.

— Espera aí. — Estico a mão e seguro a porta antes que ela possa fechá-la na minha cara de novo. Ela olha para mim, irritada, mas isso é importante. — As pessoas vão me reconhecer quando estivermos na rua, então teremos que fingir que estamos namorando o tempo todo, não apenas nas suas palavras escritas. Temos que soar convincentes. — Envolvo meus dedos na maçaneta da porta e encontro seus olhos. Meus batimentos aceleram com... entusiasmo? É. Acho que estou realmente ficando um pouco animada com esse novo papel que preciso desempenhar. — Acha que consegue fazer isso? — pergunto.

Ela assente, mas dá para ver que está mordendo a parte interna da bochecha, um sinal de nervosismo.

Finjo que não percebo.

— Que bom — digo, enquanto volto para o corredor. — Vejo você amanhã.

Sigo pelo corredor, diminuindo a velocidade à medida que me aproximo dos degraus que desci centenas de vezes, com uma avalanche de lembranças me invadindo. As vezes em que corria por eles para pegar o ônibus escolar. Que me arrastava lentamente para assistir a uma comédia romântica em vez de fazer o dever de casa. Que andava na ponta dos pés para fazer um lanchinho no meio da madrugada, tentando não pisar no degrau que range. A mão de Caroline roçando a minha pela última vez. . .

Por um breve momento, uma sensação estranhamente familiar invade meu estômago. Uma espécie de calor de que mal me recordava, porque não o sentia há quatro anos.

Porque eu não quero mais sentir, lembro a mim mesma. De que adiantaria consertar as coisas? Minha vida nunca mais será aqui.

Então começo a descer as escadas e sigo em frente como sempre fiz. Como sempre farei. Sabendo que o tempo e a distância irão afastar esses sentimentos novamente assim que esses doze dias acabarem.

Capítulo 9

CAROLINE

DIA 1

Na sexta-feira, o sinal mal toca e eu já saio da aula de cálculo, a última do dia. Tiro meu celular do bolso enquanto caminho pelo corredor até meu armário, franzindo a testa quando vejo que não tenho nenhuma notificação nova me dizendo o que diabos esperar hoje.

Eu sabia que deveria ter assumido o controle do planejamento dos encontros. Claro que não posso confiar na...

— Ainda nada da sua namorada? — pergunta Austin, apoiando-se em seu armário enquanto abro o meu e olho para ele.

Fiz um resumo para ele e Maya ontem à noite no FaceTime e, como esperado, eles não ficaram nada tranquilos com a situação. Por diferentes motivos. Maya porque é tão Team Taylor que acho que já está mandando fazer camisetas, e Austin porque tem uma ilusão romântica de que isso levará a um relacionamento *verdadeiro* com Arden.

Mesmo assim, eles prometeram não dizer nada. Os dois são as únicas duas pessoas, além da minha família, que podem saber que todo esse esquema é falso.

Bem, na verdade serão *três* pessoas além da minha família, porque sejamos honestos, Austin definitivamente não vai conseguir passar um dia sequer sem contar para Finn.

— Em primeiro lugar, *pode parar* — digo, pegando meu livro de história e colocando-o na bolsa. — E em segundo lugar, não. Nada ainda.

— Espere. *Ainda*? Sua *namorada* já está te deixando no vácuo? — diz Maya, aparecendo ao meu lado, torcendo a boca em desdém enquanto se refere a Arden. — Você já contou para a Taylor?

Me inclino para a frente, batendo a cabeça na porta do armário em resposta. Acho que vão ser quatro pessoas.

— Me contou o quê? — pergunta uma voz, e eu imediatamente levanto a cabeça para ver Taylor parada ali, absurdamente linda já com seu uniforme de líder de torcida, pronta para o jogo de basquete masculino que acontecerá daqui a uma hora.

Ela sorri para mim como se eu fosse exatamente a pessoa que quer ver, e isso torna tudo um milhão de vezes pior. É a cara da Arden brotar na cidade e arruinar meu primeiro romance com algum potencial de verdade.

Embora uma parte de mim esteja um pouco aliviada por não ter que me esforçar para entender meus sentimentos, ainda é irritante que, agora, provavelmente nem terei essa chance.

— Eu... só... — Coloco minha bolsa por cima do ombro e agarro seu braço para puxá-la para um canto perto da escada, Austin e Maya me lançando expressões de apoio enquanto faço isso. — Escute, Taylor, eu... Gosto de você.

Não é mentira. Agora que estou tendo a chance de conhecê-la, é difícil não gostar dela. É por isso que quase todo mundo na escola gosta. Ela é o tipo de pessoa que você *quer* ter como amiga. É divertida, me faz rir, e é fácil conversar com ela. Será que algum dia vou sentir que meu coração vai parar por causa do peso de tantos sentimentos? Provavelmente não. Mas talvez isso seja só um drama pré-adolescente alimentado por uma playlist da Taylor Swift e muitos filmes de romance, em vez de amor. As coisas com Taylor poderiam ser fáceis. Divertidas. Sem complicações. Quem disse que isso também não pode se transformar em amor?

Seus olhos azuis se iluminam e eu quero que o chão me absorva, mas me forço a continuar antes que ela possa dizer qualquer coisa.

— Mas eu... bem... — Não tenho ideia de como dizer nada disso de uma forma que não pareça realmente insana, então apenas deixo a verdade escapar. — Pelos próximos doze dias, vou fingir que estou namorando Arden James para poder escrever uma matéria sobre isso.

— *Arden James*? — Ela ri, mas para quando percebe que estou falando sério. — Espere. Isso é sério?

Aceno, fazendo uma careta.

— Nós éramos melhores amigas quando crianças e ela voltou para a cidade ontem, me implorando para fazer esse favor pra ajudar a melhorar a imagem dela. Eu *realmente* não quero ajudá-la, mas isso pode fazer uma grande diferença para minha inscrição na Columbia, sabe? Uma matéria assinada por mim em uma revista tão grande quanto a *Cosmopolitan*? E obviamente não espero que você, tipo... que você espere até que isso acabe ou...

— Eu posso — responde Taylor com um encolher de ombros.

Paro, franzindo a testa.

— O quê?

— Eu te espero — afirma ela com facilidade.

— Você espera?

— Sim. — Ela me dá um sorriso e, pela primeira vez, penso que poderia me apaixonar. — Gosto de você há mais tempo do que só este ano, Caroline, mesmo tendo levado um século e meio para realmente ter coragem de falar com você. Se eu tiver que esperar mais algumas semanas, posso fazer isso.

Ouvir isso me faz gostar mais dela, embora seja difícil acreditar que essa garota extrovertida e confiante, sem dificuldade para conversar com ninguém, tenha sido tímida demais para falar comigo.

Comigo.

Gemo e enterro meu rosto em minhas mãos.

— Isso é muito fofo. Você está fazendo eu me sentir ainda pior.

Taylor ri e afasta minhas mãos, depois me puxa de volta para o corredor.

— Vamos. A gente pode ir andando juntas.

Enquanto nos dirigimos para a saída, ela puxa levemente a manga da minha jaqueta.

— Então — continua com um sorriso. — Quando é o primeiro encontro?

— Era para ser hoje, mas ainda não tenho notícias. — Verifico meu celular em busca de alguma mensagem que tenha aparecido milagrosamente nos últimos cinco minutos. Nada. Solto um suspiro frustrado enquanto empurro as portas com raiva. — Isso é tão típico da Ar...

Paro derrapando quando a vejo encostada na antiga perua azul de Edie, com um enxame de pessoas ao seu redor. Ela sorri quando me vê e levanta o teto do carro, colocando uma das mãos para fora para dizer oi.

Tantas cabeças se voltam na minha direção que sinto vontade de morrer imediatamente.

— Ai, Deus.

Me viro para voltar para dentro da escola, mas Taylor me impede.

— Ei, ei, ei. Você tem uma matéria para escrever, Beckett! — diz, arregalando os olhos azuis. Ela se inclina para sussurrar em meu ouvido, e sinto seu aroma floral de roupa limpa me envolver calorosamente. — Só não se apaixone pela Arden James, tá bem? Porque estou contando com um beijo seu no Ano-Novo.

Eu rio e ela se afasta, seu rosto roçando levemente o meu antes de me empurrar na direção do carro e do teatrinho caótico que faremos nas próximas duas semanas.

Quando chego ao final da escada, Austin agarra meu braço, me ajudando a passar pela multidão. Um caminho se forma quando Arden se move para nos encontrar no meio.

— Minha nossa... — murmura ele enquanto nos aproximamos. — Ela é ainda mais bonita pessoalmente.

Odeio o fato de Austin estar certo.

— O que você está fazendo aqui? — pergunto, cruzando os braços enquanto sou empurrada na direção dela.

Arden me pega, fingindo choque com meu tom.

— O que você quer dizer, amor? Estou aqui para te levar pro nosso encontro — reponde ela, chocando a multidão ao nosso redor de forma perceptível. O canto de sua boca se levanta enquanto ela bate no relógio. — Temos que ir.

Ela só pode estar brincando comigo.

Seus olhos desviam para trás de mim e me viro para ver que Maya e Taylor se juntaram a Austin. Ela levanta a mão em saudação

— Oi. Eu sou a Arden.

— Óbvio que é — diz Austin, e os dois riem como se fossem velhos amigos.

— Me lembro de você na aula de artes — fala Arden, se virando para Maya, que a olha de volta. — Aula da Sra. Schultz. Você fez aquele modelo bem legal de um pássaro com papel.

— É — responde Maya, sua resistência obstinada desmoronando brevemente. — Você me ajudou a lançá-lo pela janela do segundo andar.

— Éééé. — Arden balança a cabeça. — Acho até que ele voou por alguns segundos antes de, você sabe, *bater*.

Minha cabeça balança para a frente e para trás entre as duas, e agora Maya está realmente abrindo um sorriso, embora tente disfarçá-lo rapidamente. Como eu não sabia disso? Quero dizer, já falamos sobre a Arden antes, mas apenas o que ela significa, ou melhor, *significou* para mim.

Então vejo o olhar de Arden pousar em Taylor, e algo acontece silenciosamente entre elas, mas não consigo dizer o quê.

Mal tenho tempo de processar isso, porque Arden dá um passo em minha direção, agarrando meu pulso e me puxando para mais perto para que possa deslizar um braço em volta do meu ombro. Irritantemente, meu estômago se agita, e faço uma careta, prestes a empurrá-la, mas ela se inclina para mais perto de mim, o nariz roçando minha orelha.

— As pessoas estão olhando, tá? Sei que isso te irrita, mas só vai na minha onda. Como eu disse ontem à noite, são apenas doze dias.

Olho para cima e vejo que, com certeza, algumas pessoas na multidão estão tirando fotos nossas de maneira nem um pouco sutil. O flash do celular de Arthur Thompson até dispara antes que ele se atrapalhe para colocá-lo de volta no bolso.

Olho para Arden, seu rosto ainda próximo. Por fim, concordo.

— Bem, é melhor irmos embora — declara Arden, olhando para Austin, Maya e Taylor, que está balançando a cabeça.

— Divirtam-se! — diz Austin, passando o braço em volta de Maya, que cruza os braços com raiva.

— Cuide dela — avisa Taylor com um sorriso confiante no rosto que é assustadoramente parecido com o de Arden. Isso me faz corar, e Arden faz uma pausa de apenas um segundo antes de abrir a porta do carro para mim. Assim que entro na perua enferrujada, a observo enquanto dá a volta pela frente do carro, acenando para a multidão, que começa a se dispersar com relutância.

Reviro os olhos e estendo a mão para colocar o cinto de segurança.

— Então, para onde estamos indo? — pergunto enquanto ela entra.

— Para a fazenda de árvores de Natal.

Bufo.

— Já temos uma árvore de Natal. Ou você não percebeu ontem quando se convidou para jantar?

Arden não diz nada. Ela apenas liga o carro e verifica o retrovisor antes de sair lentamente da vaga de estacionamento.

Olho pela janela e vejo que as pessoas *ainda* estão dando um jeito de tirar fotos.

— É para a vovó — explica ela apenas quando entramos na estrada principal. — A casa dela está um pouco vazia. Achei que isso poderia animar um pouco o ambiente.

Desvio o olhar, odiando o quanto isso soa como... *Arden*. Ela é tudo ou nada.

Quando está aqui, é como no jantar de ontem à noite: ocupa muito espaço. Sempre me perguntei como uma pessoa poderia ter pedaços suficientes de si mesma para dar a todos. Sempre se lembrando de aniversários, formaturas e datas marcantes, mesmo de pessoas que não conhece tão bem. Ela aprendeu a tricotar apenas para fazer um gorro para o bebê recém-nascido da nossa professora do quarto ano. Quando tínhamos dez anos, ela me convenceu a ficar acordada até as duas da manhã para preparar de surpresa para Jessica Gallagher um crème brûlée, mousse de chocolate e bolo de aniversário de baunilha que ela comeu uma vez em Pittsburgh e sobre os quais passou uma semana falando *oito meses* antes, só porque os pais de Jessica tinham acabado de se divorciar.

E então Arden foi embora e eu parei de me perguntar, porque Hollywood me mostrou a verdade. Sempre houve uma parte de mim que sentia que ela nunca poderia ser *minha*, porque muito dela pertencia a todos os outros. Mas agora sei que aqueles pedaços não eram todos genuínos. Que grande parte de Arden James nada mais era do que um ato cuidadosamente construído.

Assim como isto aqui agora.

Sua cabeça gira quando um Corvette vermelho passa voando por nós pela Main Street, e um sorriso torto aparece em seu rosto enquanto ela o observa desaparecer de vista.

— Falando na vovó — murmura ela, balançando a cabeça —, nós trocamos de carros.

A ideia de Edie andando pela cidade em um Corvette me faz sorrir, apesar de tudo. Olho pela janela para tentar enxergá-la.

Passamos pelo mercado de Natal ao ar livre no estacionamento da igreja, e tenho que olhar duas vezes, porque há tão poucas pessoas andando por lá que nem parece aberto.

Caramba, este ano está ainda pior que ano passado.

Arden estende a mão para ligar o rádio. "All I Want for Christmas Is You" começa a tocar nos alto-falantes abafados, e ela bate no volante no ritmo da música.

— Para não precisarmos conversar — diz com um sorriso breve.

Me arrepio porque *é óbvio* que eu não estou com vontade conversar, mas é irritante ela saber disso. E talvez também me incomode um pouco o fato de que Arden não se importe.

Mariah Carey canta durante todo o trajeto enquanto nos dirigimos para uma parte mais afastada da cidade, passando pela casa de Edie, até a fazenda de árvores de Natal. Mas quando embicamos para o estacionamento, uma corda está suspensa na entrada, e a placa pendurada nela diz: VOLTO MAIS TARDE.

— O que fazemos agora? — pergunto quando o carro para. Arden morde o lábio, pensativa, enquanto espia pelo para-brisa.

Então, sem aviso, ela simplesmente dá ré no carro. Minha mão voa para segurar a alça de segurança enquanto ela nos leva um pouco mais adiante na estrada, a perua quicando quando fazemos uma curva fechada à direita em direção à grama.

— O que a gente...?

— Vamos lá — diz ela, saltando do carro.

Desafivelo o cinto e a sigo até o porta-malas, arregalando os olhos quando ela puxa um *machado* de verdade da traseira.

— É para emergências — afirma, encolhendo os ombros com um sorriso travesso.

— *Emergências?*

Eu a sigo enquanto corremos floresta adentro, ao longo dos limites da fazenda.

— Arden. O que estamos fazendo? — sibilo, agarrando seu braço.

— O que parece? — responde ela, levantando o machado quando se interrompe para inspecionar um abeto-de-douglas, uma das espécies mais comuns de árvore de Natal. — Quer dizer, meu Deus, Caroline. Tenta observar a situação.

— A gente vai *roubar* uma árvore? — grito.

— Você e eu sabemos que a vovó dá torta de maçã de graça para os Swanson há anos — continua ela, desistindo do abeto e se concentrando em um bálsamo duas fileiras acima. Ela atravessa a neve para chegar lá enquanto corro atrás dela. Quando a alcanço, Arden está assentindo em aprovação enquanto dá a volta a árvore. — É esta.

— Mas estamos em plena luz do dia! — afirmo. — Não podemos voltar mais tarde?

— Não se quisermos decorá-la antes que vovó chegue em casa. Além disso, não tem mais ninguém aqui.

Quando vê que não me convenceu, tenta de outra forma.

— Caroline, precisamos de conteúdo para a matéria. Você quer que seja boa, né?

Solto um suspiro, porque *é claro que eu quero*, essa é a única razão pela qual estou fazendo isso.

— Tudo bem. Mas você vai voltar mais tarde pra fazer uma doação. E se formos pegas, é melhor você estar pronta para dar uma carteirada de celebridade, porque eu *não* vou...

Sou interrompida pelo golpe do machado.

Ela mal arranha a base da árvore.

— Você nunca cortou sua própria árvore de Natal antes, é? — digo, e ela olha para mim, largando o machado para se ajoelhar e inspecionar seu feito, um pequeno risco do tamanho de um corte de papel.

— Pelo visto você não assistiu ao meu grande sucesso natalino, *Machado da Gentileza*.

Olho para ela.

— Você nunca fez um filme natalino.

Arden sorri para mim.

— Você andou monitorando meu IMDB?

Reviro os olhos, mas sinto as bochechas corarem. Arden apenas ri, então se levanta e limpa a poeira das roupas antes de pegar o machado de novo e voltar ao trabalho.

Deixo que ela se esforce por cerca de um minuto com pancadas fracas, o cabelo caindo em seu rosto vermelho pelo esforço, antes de finalmente estender minha mão.

— Me dá aqui.

Suas sobrancelhas se erguem de surpresa.

— Caroline, eu vi você levar boladas na cabeça trinta e quatro vezes *em um só mês* na aula de educação física do quinto ano. Você se lembra de quando tropeçou naquele passeio escolar e...

Pego o machado da mão dela antes que me faça reviver esse trauma.

— Você *sabe* que meu pai sempre nos obriga a ajudar a derrubar a árvore de Natal. Ele diz que é uma experiência de criação de vínculo...

— *Essa* é uma experiência para criar um vínculo? — pergunta Arden.

Bufo e balanço o machado em direção à árvore, um pouco mais alto do que Arden estava mirando, e sinto o metal cravar na madeira com uma pancada satisfatória. Dez golpes depois, a madeira finalmente se estilhaça, fazendo a árvore tombar lentamente.

Arden me dá uma olhada enquanto me apoio no cabo da ferramenta.

— Impressionante.

Nós nos encaramos por um longo momento, até que o som de um caminhão sendo ligado no extremo oposto da fazenda rompe o silêncio.

— *Merda* — diz Arden, se agarrando à base da árvore. — Vai, vai, vai!

Tropeçamos na neve, arrastando a árvore durante o caminho até o carro. Tentamos enfiá-la às pressas na parte de trás, já que não temos tempo para amarrá-la na parte de cima, mas a árvore é grande demais para caber lá dentro.

— Segura lá atrás! — grita Arden, enquanto os galhos superiores se curvam em volta do para-brisa. — Vamos ter que deixar o porta-malas aberto.

Congelo e olho para trás para ver a caminhonete do Sr. Swanson aparecendo no horizonte. Sua buzina emite um toque de "Jingle Bells" que torna esse momento ainda mais absurdo.

— Entra! — Arden me empurra na mala e eu agarro a árvore como se minha vida dependesse disso.

Enquanto Arden pula no banco do motorista e acelera a perua de Edie para a saída, meu peito é preenchido por risadas inesperadas. Quando olho para Arden por cima dos galhos da árvore, ela também está rindo, com aquele sorriso torto de volta no rosto.

E odeio que meu coração comece a bater um pouco mais rápido. Odeio o quanto senti falta dela.

O ar frio arde em meus olhos enquanto as lembranças de aventuras como essa tomam conta de mim. Um passeio de trenó com bandejas que roubamos do refeitório, andar de bicicleta no escuro para entrar furtivamente no restaurante da Edie e fazer chocolate quente e biscoitos para os funcionários, nós duas convencendo o diretor da nossa escola primária a autorizar uma guerra de bolas de neve com todas as turmas. Não fiz nada parecido com isso, nem *senti* nada parecido com o que sinto agora, desde que ela foi embora. Enquanto Arden esteve por aí sendo a personagem principal de todas as suas histórias, eu apenas observei e fiz perguntas, me contentando em contar as histórias de outras pessoas em vez das minhas próprias.

Agarro a árvore com mais força quando ela faz uma curva fechada para a direita e tento esquecer isso tudo. Esse é só o nosso primeiro encontro natalino de mentira e ela já está tornando tudo complicado e confuso. Mas se tem uma coisa que aprendi com o jornalismo, é que não adianta escrever uma história que todo mundo já leu antes. De jeito nenhum vou deixar Arden mexer comigo de novo, para depois vê-la indo embora na véspera de Natal.

Porém só agora percebo o quão difícil será essa missão.

Capítulo 10

ARDEN

DIA 1

— Isso sequer vai passar pela porta. — Caroline geme enquanto ficamos lado a lado, puxando a base da árvore, nos esforçando para passar todos os dez mil galhos pela abertura estreita.

— É *claro* que vai...

Opa!

Um dos galhos acaba passando e me acerta bem na cara. Um segundo depois, a árvore, eu *e* Caroline passamos pela porta de entrada da minha avó.

— Ai — resmungo, esfregando a testa enquanto Caroline ri ao meu lado. — Não tem graça! Isso podia ter estragado o rostinho que paga minhas contas.

Ela ri e abre a boca para comentar algo antes de fechá-la e se levantar, sacudindo a poeira enquanto desvia o olhar.

Quanto mais a gente avança, mais eu sinto que estamos retrocedendo. Ainda assim, consigo encarar a situação.

Depois que conseguimos colocar a árvore na sala, corro até o porão para pegar o suporte e os enfeites, mas Caroline fica parada bem no topo da escada, ao lado da porta.

— Você ainda tem medo? — pergunto, olhando em volta para todas as caixas pouco ameaçadoras e cuidadosamente etiquetadas da vovó.

Ela responde com um tom nada convincente:

— O quê? Não!

Caroline nunca foi fã de coisas assustadoras. Porões, filmes de terror e histórias de fantasmas eram um grande *não, obrigado*. Lembro que ela segurou minha mão durante todo o caminho através de um labirinto de milharal em um Halloween porque Levi disse que um monte de crianças morava lá e estava procurando alguém para sacrificar ao seu deus demônio. O que, pensando agora, era o enredo de *Colheita Maldita*, mas não sabíamos disso na época.

Volto a examinar as caixas, cada uma rabiscada de maneira descuidada com marcador permanente.

Fotos.

Pratos e cristais.

Documentação do restaurante.

Roupas de Callie e Theo.

Meu coração afunda ao ver esse último. Não acredito que ela ainda guarda as coisas dos meus pais aqui. Minha vó deveria ter descartado esta caixa há muito tempo. Se há uma coisa que sei sobre Theo e Callie, é que eles nunca voltam para buscar o que abandonam.

Não, não vou cair nessa. Levanto a cabeça e olho para a frente, e meus olhos finalmente pousam na caixa rotulada com *Enfeites de Natal* na prateleira de cima, por pouco alta demais para mim. Procuro por uma escada ou algo que me ajude a alcançar, mas não vejo nada.

— Você encontrou? — pergunta Caroline.

— Você quer a boa ou a má notícia? — falo de volta.

— A boa?

— Encontrei.

— E a ruim?

— Preciso que você venha me ajudar a alcançar.

Caroline faz uma careta antes de lentamente colocar o pé na escada. O degrau de madeira range enquanto ela coloca seu peso cuidadosamente sobre ele. Ela desce o resto dos degraus em um ritmo feroz, com a cabeça girando.

— Não se preocupe, o Pennywise acabou de sair.

Ela dá um tapa no meu braço ao descer o último degrau.

— Cala a boca.

Esfrego o lugar do tapa enquanto aponto para a caixa na prateleira logo acima de nós.

— Acho que podemos conseguir se eu te der um impulso.

— Me dar...?

Eu me abaixo e a pego pelas pernas. Caroline solta um suspiro de susto e agarra meus ombros para se firmar. Para minha surpresa, quase engasgo também, mas é porque a sensação de estarmos tão perto depois de tanto tempo é boa. É estranhamente normal, de uma forma que eu não sabia que me fazia tanta falta. Mas mesmo que eu queira, não tenho tempo para pensar muito nisso, porque os últimos quatro anos que passei ficando acordada até tarde e negligenciando os cuidados com meu corpo me avisam que só aguentarei seu peso por mais uns seis segundos e meio antes de deixá-la cair no chão de concreto.

— Pega... a... caixa — consigo grunhir, e Caroline obedece, estendendo a mão com cuidado para tirá-la da prateleira.

Depois que a segura, deixo seu corpo deslizar lentamente até ficarmos cara a cara, com os pés dela tocando o chão e a caixa de papelão entre nós.

— Um aviso teria sido bom — retruca ela. Percebo que suas bochechas estão levemente vermelhas, fazendo com que as sardas em seu nariz se destaquem, mesmo com o frio do inverno.

Embora eu tenha certeza de que é apenas raiva por ter sido pega desprevenida, uma pequena parte minha se pergunta se estar tão perto de mim deixa Caroline Beckett nervosa também. Se consegue sentir a presença fantasma da paixão de infância que tive por ela durante tantos anos.

Deus, espero que não. *Concentre-se, Arden*.

Pego a caixa de suas mãos.

— Vamos terminar a árvore antes que a vovó chegue em casa.

Subo as escadas enquanto Caroline grita:

— Me espera! — E corre para me alcançar antes que o monstro do porão possa agarrá-la pelos tornozelos.

Durante a hora seguinte, montamos a árvore, vestindo o tronco em uma saia acolchoada vermelha e branca que minha *tataravó* fez e uma série de pisca-piscas incandescentes antigos. Faço uma nota mental para atualizá-la para os de LED cintilante em vez desses possíveis focos de incêndio. Depois mergulhamos na caixa de enfeites empoeirados, que claramente não foram tocados desde que saí de Barnwich. Meu coração se enche de culpa, assim como na noite passada, quando estacionei na garagem dela e não avistei uma única decoração.

— Você está bem? — pergunta Caroline, inclinando a cabeça em minha direção.

— Sim — respondo forçando um sorriso e me recomponho.

Começamos a pendurar cada enfeite que vovó colecionou cuidadosamente ao longo de sua vida, desde pinhas congeladas em um barbante até um com o contorno da palma da mão de minha mãe quando ela era bebê, e até mesmo um pequeno globo de neve de Seul que ela trouxe consigo quando emigrou, ainda criança.

À medida que avançamos pela caixa, nós duas ficamos bem quietas, até que começo a cantarolar uma música de Natal e Caroline não consegue evitar se juntar a mim.

De vez em quando, ouço Caroline rir enquanto cavuca o fundo da caixa. Quando levanta a mão, está segurando um enfeite com uma foto nossa, tirada dois anos antes de eu partir, apenas alguns meses antes de eu começar a perceber que tinha uma quedinha por ela.

— Que foooofas — digo, pegando o enfeite de suas mãos. Na fotografia, estamos embrulhadas em nossas jaquetas de inverno, com os narizes vermelhos de tanto frio. — Seus protetores de ouvido eram uma gracinha, mas sempre adorei aquele gorro que você fez para mim.

Bege com uma listra azul. Muito aconchegante.

— Era muito grande — diz Caroline.

— Sim, porque você usou o cabeção do seu irmão para as medidas — falo, me inclinando para pendurar o enfeite em um galho alto ao lado de uma miniatura do Rudolph. Meu braço roça o dela levemente.

— Se você tivesse guardado, provavelmente caberia perfeitamente no seu cabeção hoje em dia. — Ela ri.

— Quem disse que eu não guardei? — pergunto enquanto meus calcanhares pousam de volta no chão.

— Fala sério. Não acho que combinaria com o seu casaco da Saint Laurent.

— É, provavelmente não — respondo, mas sorrio para mim mesma enquanto nós duas penduramos os últimos enfeites. Quando a caixa está completamente vazia, acendo os pisca-piscas e nos sentamos no chão bem em frente à árvore brilhante, admirando nosso trabalho.

Nós a observamos em silêncio por um momento antes de eu olhar para Caroline, analisando seu rosto iluminado pelas luzes amarelas, reparando na linha reta de seu nariz, em seus lábios marcantes, no cabelo loiro com leve toque avermelhado caindo por cima de um ombro.

E, de repente, eu sinto. A sensação calorosa, aconchegante e quase eufórica de nostalgia por uma época da minha vida que quase esqueci. A sensação de estar perto de alguém que já significou tudo para mim em um lugar que parece, soa e cheira... a lar.

Isso desperta uma memória e me dá uma ideia.

Levanto e vou até o aparador, onde vovó deixa seu aparelho de som antigo. Examino todos os CDs até encontrar o que procuro. *Rockin' Around the Christmas Tree*, da Brenda Lee.

Eu o coloco no aparelho de som e me viro para Caroline. Sorrio, mas ela me olha com ceticismo enquanto esperamos alguma coisa tocar. À medida que as primeiras notas tocam, seus olhos se arregalam imediatamente.

— Vem cá — digo, pegando a mão dela.

— Arden, não me lembro dos passos. — Ela afasta a mão da minha.

— Não acredito em você. — Desta vez agarro seu braço e a puxo para ficar de pé e levá-la para o espaço aberto da sala de estar.

— Não estou com vontade. — Ela tenta de novo, mas já comecei sem ela.

— Direita. Esquerda. Esquerda. Direita. Giro! — Canto por cima da música, repetindo os passos de dança que criamos e apresentávamos na festa de Natal do restaurante todos os anos.

— *Arden, pare*! — declara ela em uma voz alta e firme, se libertando das minhas mãos antes de dar alguns passos para longe. — Não quero fazer uma merda de uma dancinha com você, entendeu?

— Ah. Entendi — respondo, surpresa. — Desculpe.

— Não se preocupe, direi na matéria que fizemos todos os passos. — Ela se senta no tapete de costas para mim. Paro um segundo para recuperar o fôlego, me lembrando de que não somos mais aquelas crianças. Eu fiz com que deixássemos de ser.

Vou para a cozinha para lhe dar espaço e verifico meu celular, encontrando uma mensagem de voz de Lillian.

"Só passando para saber de você. Para ter certeza de que Caroline está realmente *escrevendo* essa matéria e vocês duas não ficam se pegando por aí o dia todo. Não é sempre que a *Cosmo* deixa uma garota de dezoito anos do meio do nada escrever para eles. Não quero mais surpresas, Arden. Certifique-se de que tudo seja feito da forma correta."

Guardo meu celular no bolso e reviro os olhos antes de voltar para a sala com uma lata redonda azul de biscoitos amanteigados. Caio no tapete ao lado de Caroline e lhe entrego a lata.

— Obrigada — diz, pegando-a e abrindo. — Hum, que delícia. — Ela ri e estende a lata para eu ver.

— Ah, merda. Vovó também se rendeu. — Pego a caixa e vasculho a lata, encontrando-a cheia de linhas, agulhas e botões diversos, em vez de biscoitos. — Deus, existe uma certa idade em que as velhinhas simplesmente *precisam* transformar essas latas em kits de costura?

Caroline dá de ombros.

— Acho que é algo que acontece naturalmente à medida que envelhecemos.

Rio e balanço a cabeça, e então ficamos ali sentadas por alguns minutos enquanto o tempo lentamente dissipa a tensão na sala.

— Você ainda precisa me fazer uma pergunta — digo, tentando permanecer no modo profissional, pensando na mensagem de Lillian. A expressão nos olhos de Caroline muda quando ela pega seu bloco de notas e folheia as páginas. Ela realmente leva isso a sério.

Mordo o lábio, tentando reprimir uma risada enquanto ela limpa a garganta.

— Você é uma atriz de sucesso com uma lista longa de papéis em um monte de filmes e séries estrondosos, e metade das meninas nos EUA admira você. — Seus olhos, pesados de ironia, se levantam para encontrar os meus por apenas um segundo. — Quem você admira?

— Ah. Essa é boa.

Jogo meu peso para as mãos, me apoiando para trás, e penso em todas as minhas atrizes favoritas, aquelas que tento imitar, aquelas que me fizeram querer ser parte de um filme como o de Bianchi.

— Ai, cara. Tem que ser a Toni Collette. Claro que é. Ela transforma cada papel em algo que você gostaria de fazer. Ela é *tão* talen...

— Arden — interrompe Caroline, e eu olho e a vejo balançando a cabeça. — Não falo de alguém cuja carreira você almeja. Quero dizer alguém que você admira como pessoa. Esta reportagem deveria ser mais pessoal, certo? Então falando em um nível *pessoal*, quem você admira?

Mordo o lábio enquanto penso, e meu olhar pousa em uma foto minha e da vovó sobre lareira, nós duas em seu restaurante. Estou sentada no balcão enquanto ela vira as panquecas na frigideira. Claro. Por que não a mencionei primeiro?

— Vovó. Ela cresceu no sul em uma família coreano-americana da primeira geração. Trabalhou demais durante anos com pouquíssimo acesso à educação para economizar e abrir seu próprio restaurante. Ela seguiu em frente mesmo quando o amor de sua vida morreu na semana na abertura. E então ela praticamente me criou quando sua filha não quis se dar ao trabalho. — Outra pontada de culpa me apunhala no peito por cada dia que ela passou aqui sem mim, e por todos os dias que ela *vai* passar aqui sem minha companhia, depois de todos os que dedicou *a mim*.

Solto um longo suspiro, sentindo os olhos de Caroline em mim.

— Isso é admirável. Esse é o tipo de pessoa que metade do país deveria admirar — acrescento.

— Então por que você não honra o legado dela se você a admira tanto?

Olho para a árvore enquanto tento falar, mas tudo o que sai é uma série de barulhos sem sentido. Como eu poderia explicar a ela tudo o que aconteceu nos últimos quatro anos? Que nem me lembro de ter dito "sim" para o meu primeiro papel em Los Angeles? Que eu simplesmente me lembro de tudo acontecendo ao mesmo tempo: o contrato com Lillian, uma agenda de compromissos e uma passagem de avião com a promessa de uma vida melhor? Que no instante em que desci do avião em Los Angeles, descobri que, para conseguir o que sempre quis, teria que me transformar em algo que não queria ser, e meus pais nem tentaram me proteger disso? Que quando eu tive idade suficiente para me proteger sozinha, já era tarde demais, porque aí eu precisava do entorpecimento e das distrações? Ela provavelmente diria que é besteira antes mesmo de eu pronunciar uma palavra.

— Queria... Eu-eu *queria* fazer isso — É tudo o que consigo dizer, porque é a única coisa que é verdade. — É por isso que quero um papel como este, um papel que importa.

Fico com receio de ela me pressionar por mais, mas quando olho para Caroline, para o reflexo das luzes em seus calorosos olhos castanhos, ela apenas balança a cabeça e fecha o bloco de notas, como se entendesse que isso é tudo que posso dar agora. Acho que, durante todo esse tempo em que estive fora, e com a raiva que tem sentido desde que voltei, esqueci que ela consegue me ler perfeitamente. Que sabe exatamente quando pressionar, quando fazer perguntas difíceis e também quando deixar para lá. Ela sempre soube.

Há um estrondo e a porta se abre, fazendo nós duas pularmos.

Vovó fica congelada na porta, balançando a cabeça lentamente.

— Ah, merda. Jim Swanson estava reclamando sobre alguém ter roubado uma árvore hoje. Tive minhas suspeitas quando ele disse que se parecia muito com minha perua. — Ela coloca as mãos nos quadris. — Mal passaram dois dias juntas e vocês duas já estão se metendo em problemas.

Caroline e eu compartilhamos um sorriso culpado, e me pergunto se ela está se lembrando de quando substituímos o equivalente a cem dólares em cigarros do estoque de Tom na lanchonete por cigarros de chocolate, quando queríamos que ele parasse de fumar. Ou quando substituímos todos os enchimentos de meias de Miles por desodorantes em barra. Ou quando Levi tirou a carteira de motorista e, de alguma forma, nós o convencemos de que as placas de "pare" com contornos brancos eram opcionais, e ele quase matou todos nós.

Ok, essa última foi um pouco longe demais, mas tínhamos, tipo, uns doze anos.

Pulo e jogo um braço sobre o ombro de vovó, levando-a inocentemente até a árvore.

— Pode ser uma coincidência — digo, e ela bufa, me dando uma olhada antes de voltar sua atenção para a árvore. — Você gostou? — pergunto depois de lhe dar algum tempo para digerir tudo. Ela assente, me dando um sorriso sutil.

— Eu gostei. — Ela dá um tapinha na lateral do meu braço. — Obrigada. — Seu olhar passa de mim para Caroline, minha cúmplice no roubo da árvore, a gratidão se estendendo para ela também.

— São quase oito horas da noite, Caroline Beckett. É melhor você voltar para casa para a noite da pizza, a menos que planeje cometer algum outro crime.

É mesmo. As sextas-feiras são as noites de pizza na casa dos Beckett. Meu estômago ronca ao lembrar das pizzas de pepperoni com massa grossa deles, e faço uma nota mental para passar no Taste of Italy para comprar uma para mim e para a vovó. Ela não devia ter que cozinhar de novo depois do trabalho.

Caroline sorri e se levanta enquanto vovó sai de sob meu braço para lhe dar um abraço.

— Eu te levo para casa — afirmo quando elas se separam, pegando a jaqueta de Caroline no gancho perto da porta.

Espero que negue, mas ela aceita e balança a cabeça.

— Ok.

Quando passa por mim, sinto o cheiro de xampu floral e farpas de pinheiro roubado, e minha cabeça quase automaticamente segue o perfume. Quando me viro para me despedir, vovó está me encarando com a sobrancelha levantada.

Reviro os olhos para ela e pego minha jaqueta e as chaves, mas seu olhar permanece em minha mente. Odeio como mal estive aqui há dois dias e Caroline Beckett já me fez sentir como se, apesar do que eu vinha dizendo a mim mesma, uma parte de mim estivesse ansiando para voltar para casa durante todo esse tempo.

Aqui não é minha casa, tento me lembrar. É por isso que não posso ficar muito tempo, nem me aconchegar demais. Só tenho mais doze dias aqui... e depois volto para Los Angeles. Lá é minha casa.

Capítulo 11

CAROLINE

DIA 2

Mordo o lábio na tarde seguinte enquanto olho o bloco de notas no meu notebook, escrevendo sobre os acontecimentos de ontem para que eu possa seguir com esta reportagem. Fico olhando para o que Arden disse sobre Edie, lembrando de como vacilou quando eu a pressionei e de sua postura mudando enquanto um milhão de coisas não ditas se acumulavam entre nós.

E a pior parte é que, talvez, pela primeira vez desde sua volta, ela finalmente tenha parecido a Arden de antes para mim.

Mas talvez fosse isso que ela queria que eu visse.

É tão difícil distinguir quais partes dela são uma atuação. A garota na frente da árvore de Natal ou a garota que nunca ligou. A garota jantando e conversando com Riley ou aquela vestindo algo escandaloso no tapete vermelho. A garota estendendo a mão para me convidar para dançar ou aquela no restaurante me pedindo para mentir sobre ser sua namorada para a imprensa.

É mais fácil fingir que tudo é uma atuação. Mas isso só torna mais difícil a tarefa de decidir o que escrever.

Me recosto na cadeira da minha escrivaninha e solto um suspiro de frustração.

Deus, essa garota consegue me irritar.

Ouço uma batida à minha porta e me viro para ver ninguém menos que a própria Arden James entrando.

— Ah, oi — diz ela, se jogando na minha cama como se ainda fôssemos aquelas melhores amigas com treze anos. Blue sai de debaixo da minha mesa para pular ao lado dela.

— Sério? — Gemo, rapidamente estendendo a mão para alisar meu cabelo antes que eu possa me conter.

Ela me ignora, se apoiando em um braço, a outra mão coçando a cabeça de Blue de forma distraída.

— Ok. Então, temos duas opções para esta noite...

— Não temos, não. Tenho um jogo de basquete.

Arden quase engasga com o chiclete que está mascando e agita as pernas enquanto se senta.

— *Você*? Jogando basquete?

Suspiro antes que ela possa me lembrar novamente das minhas experiências de quase morte nas aulas de educação física. Imagine se essa memória toda pelo menos servisse para ela se lembrar de algo útil, como, por exemplo, o número do meu celular.

— Claro que não. Eu sou da equipe de *apoio* do basquete.

— Ah, ufa. — Ela se deita novamente. — Isso faz mais sentido. Os movimentos de lenhadora de ontem já foram surpreendentes o suficiente.

Olho para o relógio no canto da tela do meu computador e vejo que já são cinco e meia da tarde e, provavelmente, preciso sair. O aquecimento começa em uma hora.

— Na verdade, eu tenho que...

Há uma batida na porta e Riley enfia a cabeça para dentro, segurando uma caixa de biscoitos.

— Achei que tivesse ouvido a voz da Arden.

Arden aponta para a cama e Riley se senta ao lado dela, com Blue entre as duas. Esfrego os olhos, suspirando alto.

— Gente, eu tenho que...

— Ouvi dizer que você roubou uma árvore dos Swanson — Riley diz, me ignorando e oferecendo os biscoitos para Arden.

— Eu? — Arden finge choque enquanto cospe o chiclete e pega um punhado de biscoitos. — Eu jamais faria isso. Foi tudo ideia da Caroline.

Riley ri tanto que sua boca cheia de farelos quase cobre minha colcha.

— O Senhor Swanson provavelmente colocará uma placa para comemorar isso. Vai se tornar um novo ponto turístico em Barnwich.

Arden sorri enquanto joga um quadradinho laranja para Blue comer, depois tira o pó das mãos antes de coçar as orelhas dele.

— Voltarei pessoalmente para roubar aquela placa.

É bom saber que há algo pelo qual ela voltaria.

Riley percebe o mesmo.

— Então você acha que voltará para Barnwich mesmo depois que a reportagem estiver pronta? — pergunta ela, animada. Arden olha tão rapidamente em minha direção que nem tenho certeza de que foi realmente o que vi, mas sei que não quero ouvir essa resposta.

— Vocês duas podem levar esta pequena sessão de bate-papo para outro lugar? — interrompo. — Tenho que me preparar para o jogo desta noite.

— Caramba, tudo bem — diz Riley enquanto as duas balançam as pernas sobre a cama e se levantam. — Desculpa te incomodar. Não percebi que você estava levando tão a sério a sua posição de apoio.

Ela e Arden se dirigem para a porta, e Blue trota atrás das duas, mostrando que biscoitos são claramente mais valiosos do que sua lealdade a mim. Mas então Arden faz uma pausa, virando-se para olhar na minha direção.

— Vejo você no jogo. Nós podemos... não sei. Vamos improvisar algo para o segundo dia.

No jogo? Abro a boca para protestar, mas Riley interrompe.

— Vamos, Arden.

Ela a puxa para o corredor e fecha a porta depois de passarem.

Fico de pé para me olhar no espelho de corpo inteiro atrás da porta e sinto vontade de morrer instantaneamente. Camisa de mangas oversized. Coque frouxo. Nada de maquiagem. Como se eu ainda fosse a garota de catorze anos que ela abandonou, como se eu não tivesse crescido também nesses últimos quatro anos.

Não importa, digo a mim mesma.

Mas levo muito mais tempo do que deveria para decidir o que vestir.

Uma hora depois, as arquibancadas estão lotando enquanto Austin e eu carregamos os porta-garrafas de água para o jogo contra Grand Hudek, nossos rivais. Uma vaga nas eliminatórias está sendo disputada esta noite, o que é algo com que eu provavelmente deveria me importar. Mas, como uma herege, não me importo. Uma derrota que encerrasse a temporada significaria que eu não teria que tocar em outro blusão suado pelo resto dos meus dias, então, embora eu não esteja agitando meus pompons para Grand Hudek, não posso dizer que ficaria triste se eles ganhassem.

— Você acha que vamos conseguir? — Austin me pergunta. Olho para ver nossa equipe se aquecendo. O grupo enxuto está com três jogadoras a menos, e sem substitutas, já que as gêmeas tiveram que sair mais cedo para um cruzeiro de Natal com a família e Simone Hall rompeu o ligamento. Vejo Melanie Anderson, uma de nossas levantadoras reserva, errar um lance livre.

— Aí está a sua resposta — digo enquanto o árbitro apita e o verde de Barnwich e o azul de Grand Hudek invadem a quadra para o início do jogo.

Enquanto Austin e eu levamos as garrafas de água recém-cheias para o banco, ele se vira para olhar para as arquibancadas e um sorriso irônico aparece em seus lábios.

— Ora, ora, ora — diz ele, acenando como se estivesse no meio de um concurso de Miss América. Olho em volta para examinar a multidão.

Bato em sua mão quando vejo para quem ele está acenando.

Eu sabia que Arden estaria aqui. Mas com o rosto pintado de verde e branco, cores de Barnwich High? E sentada ao lado de Finn, Antonio e L.J, que estão sem camisa e cujos peitos estão pintados com VAI, BARN e WICH?

Maya é a única sem nenhuma tinta no corpo e, portanto, aparentemente a única com mais de uma célula cerebral sobrando.

Mas justamente quando penso que não pode piorar... piora.

Arden sorri para mim e segura uma placa enorme com VAI, CAROLINE. Os celulares aparecem na hora, praticamente toda Barnwich voltando a atenção para ela. Eu já consigo ver as redes sociais cheias de posts agora. Todo o meu feed sendo preenchido por...

Meu devaneio é interrompido quando o flash de uma câmera pisca na minha cara e percebo de repente que não é apenas Arden que eles estão fotografando. É o *meu* nome na placa.

Não vou aparecer apenas nos stories de algum calouro. Isso vai se espalhar além da casa de Edie e da fazenda de árvores de Natal dos Swanson.

E vai ser rápido.

Me viro querendo derreter no banco.

— Você está bem? — pergunta Austin enquanto os jogadores tomam suas posições e o árbitro apita o começo do jogo.

Concordo com a cabeça de forma pouco convincente, e Austin estuda meu rosto antes de se inclinar um pouquinho para a frente.

— Então, o que está acontecendo com vocês duas? — pergunta ele, mantendo a voz baixa.

— O que você quer dizer? — pergunto de volta enquanto nossa estrela, Nicole Plesac, passa driblando.

— Beeeeem, é que esta é a garota por quem você esteve perdidamente apaixonada durante *anos*.

— E? Você esqueceu do detalhe de que isso é falso? — Olho ansiosa para as arquibancadas, como se Arden pudesse, de alguma forma, me ouvir a dez fileiras de distância. — Você não estava outro dia mesmo me falando para namorar a Taylor?

— Bem, sim, mas isso foi antes de Arden voltar para Barnwich. E voltar absurdamente linda, devo acrescentar, mesmo com essa pintura facial que meu namorado deve tê-la ajudado a fazer. E eu ficaria chocado se ela *fingindo* ser sua namorada não tivesse mexido com alguns sentimentos antigos.

— Austin, ela vai ficar aqui por mais onze dias e depois vai embora de novo. O que você espera que eu diga?

— Não sei, mas você certamente não negou que ela é atraente.

Suspiro, exasperada.

— Quase todo mundo com uma conta na Netflix acha Arden James atraente. Isso não é novidade.

— Mas você também não negou que essa situação toda poderia despertar alguns sentimentos antigos.

Fecho a boca e viro a cabeça, avistando Taylor Hill e seu rabo de cavalo loiro perfeito, em pé com as outras líderes de torcida. Apesar de tudo, ela sorri para mim e levanto a mão para acenar de volta.

— Só quero dizer que... — Austin começa novamente.

— Austin — digo, virando minha cabeça sem paciência para encontrar seus olhos castanhos. — Não sinto *nada* pela Arden. Se eu sentisse alguma coisa, seria uma vaga sensação de traição que me deixa com raiva sempre que acidentalmente não a odeio por meio segundo. Nosso namoro? É falso. Ela estar aqui? É temporário. Meus sentimentos? Estão no passado, exatamente onde ela me deixou. Entendido? Podemos, por favor, só assistir ao jogo?

Ele balança a cabeça, fechando a boca, e nós dois ficamos em silêncio até perto do final do quarto tempo.

— Merda, eu nem gosto de esportes, e esse jogo está fazendo minhas mãos suarem — comenta Austin enquanto afundamos uma cesta e saímos na frente por dois pontos. Tem sido uma disputa apertada desde a metade da partida, e a quadra está fervilhando em expectativa.

Até Melanie Anderson conseguiu acertar o lance livre.

O treinador Gleason pede uma pausa, e Austin e eu ficamos em pé, distribuindo garrafas de Gatorade que são rapidamente arrancadas de nossas mãos. A ausência de jogadoras substitutas, a rivalidade sangrenta contra o Grand Hudek e o gostinho das eliminatórias próximas o suficiente estão *destruindo* as cinco meninas na quadra. Dá para ver em seus rostos. Sobrancelhas suadas, rostos vermelhos, uma aura geral de exaustão. Até Nicole Plesac parece que foi atropelada por um ônibus; sua típica bandana vermelha e verde natalina, porque até os esportes são uma oportunidade para a alegria do feriado aqui, está por um fio.

— Só faltam *três minutos* neste jogo, senhoras — o treinador ruge, mastigando ruidosamente um chiclete rosa. Ele olha para o placar de 47-45, iluminado em laranja. — Se recomponham e segurem essas garotas por mais três minutos!

Austin e eu mal coletamos todas as garrafas de Gatorade, no entanto, quando Grand Hudek faz outra cesta, empatando o jogo mais uma vez.

Então Nicole erra uma cesta de três pontos, e o inimaginável acontece: Melanie Anderson vai buscar o rebote e torce o tornozelo. A multidão fica em silêncio, observando-a se contorcer de dor no chão, e o treinador sai correndo com o preparador físico. Austin agarra meu braço enquanto Nicole a ajuda a se sentar, e Melanie cobre o rosto com as mãos enquanto inspecionam seu tornozelo. As pessoas começam a murmurar atrás de nós.

— Ela está só fazendo cena.

— Será que quebrou?

— Já era pra gente.

O treinador se levanta enquanto Melanie é ajudada a sair da quadra. Ele passa os dedos pelos cabelos grisalhos antes de se virar e olhar para mim.

Ah, não.

Ele começa a se aproximar e meu estômago embrulha em pânico.

— Ah, não, não, não.

— Caroline — diz ele, como se estivéssemos no meio de uma guerra mundial. — Nós precisamos de você.

— Precisam que eu faça exatamente *o quê*? — grito, e Nicole me joga a camisa suada de Melanie enquanto o preparador a ajuda a subir no banco com sua camiseta branca.

— Fora de cogitação.

— Estando na equipe de apoio, você está tecnicamente escalada — afirma ele, se ajoelhando na minha frente.

— Senhor, estou de bota e de vestido.

Ele olha para meu traje e depois para o placar.

— Por favor. É só por *um minuto*. Só isso. Você é nossa única esperança, ou teremos que desistir. Contra nossos maiores rivais. Com as eliminatórias bem na nossa cara.

Enquanto estou lutando para encontrar uma maneira de dizer não, uma única voz ressoa nas arquibancadas.

— Vai, Beckett, vai! — Seguido por algumas palmas rítmicas. — Vai, Beckett, vai!

Eu me viro e vejo Arden parada na arquibancada, torcendo sem a menor vergonha. Depois de um instante, Taylor se levanta, acenando para as líderes de torcida se juntarem a ela. Ao nosso redor, outras vozes começam a ecoar, até que, *ai, meu Deus*, toda a quadra está cantando. O barulho é ensurdecedor, o chão praticamente treme debaixo de nós.

Arden sorri para mim, levantando as mãos enquanto grita no meio de todo mundo mais uma vez.

Só que, desta vez, ela solta outra coisa.

— *Ou vai, ou racha!*

Congelo. Não ouço essa frase há quatro anos.

Tornou-se nosso *eu duvido*, nosso grito de guerra, depois que ela o repetiu várias vezes numa manhã de inverno, quando tínhamos dez anos, para convencer Tom a dar a cada uma de nós uma enorme pilha de cinco panquecas em vez de duas. Levamos sete horas para terminar e acabamos com um galão inteiro de calda, mas conseguimos. A partir daquele momento, antes de cada plano, cada aventura nas férias, cada momento que nos assustasse um pouquinho, dizíamos isso.

E eu odeio que ainda funcione. Antes que eu perceba, estou colocando a camisa encharcada de suor e um par de tênis de basquete que aparecem magicamente do banco, e a multidão ganha vida, explodindo em novos aplausos.

— Só fique perto da número oito quando elas estiverem com a bola — o treinador avisa, apontando para uma jogadora cerca de trinta centímetros mais alta que eu, com cabelo ruivo brilhante. — E tente não cair de cara no chão.

— Ótimo incentivo — respondo enquanto entro na quadra, já me arrependendo.

— Lado errado, Beckett — diz Nicole, me girando quando o jogo começa.

Meu coração martela no peito enquanto tento seguir as instruções que o treinador deu. O relógio felizmente avança enquanto corro para a frente e para trás, tentando acompanhar a número oito e evitar todo e qualquer contato com a bola.

Elas perdem uma cesta.

Nós perdemos outra.

O placar continua empatado.

— Estou vivendo o meu pior pesadelo — murmuro quando a número oito alcança um passe. Em dois segundos, ela me dá uma cotovelada e impulsiona a bola por cima da minha cabeça para marcar, colocando Grand Hudek à frente por dois pontos.

Nicole dribla pela quadra e eu me esforço para ficar à frente dela enquanto a multidão começa a contagem regressiva.

— Dez, nove, oito...

A garota que a está marcando a prende no meio da quadra, agitando os braços descontroladamente, e vejo Nicole olhar para as outras jogadoras do nosso time, mas todas estão fortemente marcadas.

E então vejo sua careta quando ela vira a cabeça em minha direção.

Ah, não.

Ela joga para mim e, de forma milagrosa, consigo pegar a bola, mas então congelo no lugar, logo atrás da linha de três pontos. Como prova da minha insanidade, meu primeiro instinto é virar a cabeça até a arquibancada em busca de Arden. Ela está de pé, apontando para a cesta e gritando:

— Arremessa! Arremessa!

Então fecho os olhos, o que provavelmente não é o recomendado, e lanço a bola no ar logo antes de o sinal tocar, indicando o fim do jogo.

Todos ficam em silêncio mortal, e eu abro um olho para ver a bola girando e girando no aro. Todas as jogadoras ficam paradas, olhando para ela, exceto a número oito, que tenta afastá-la, mas não consegue alcançar.

Pelo que parecem dez segundos, todo o ginásio fica em silêncio. Assistindo. Nem uma única pessoa diz nada.

E então... a bola entra.

Capítulo 12

ARDEN

DIA 2

Puta merda.

Puta merda.

Apesar de nos conhecermos há apenas duas horas, Finn e eu gritamos e nos abraçamos enquanto as arquibancadas tremem sob nossos pés, a multidão enlouquecendo ao nosso redor. Até Maya, que suspeito que não seja minha maior fã, agarra meu braço enquanto atravessamos o mar de pessoas, descendo correndo as escadas até a quadra.

Não posso deixar de sorrir quando vejo Caroline, que ainda parece em completo estado de choque, mas então reparo na garota que estava com ela do lado de fora da escola ontem. *Taylor*. Seu rabo de cavalo loiro balança quando ela envolve os braços em torno de Caroline de uma forma que faz meus pés grudarem no chão do ginásio e envia uma pontada de ciúme através do meu peito.

Não, não é ciúme. Deve ser preocupação. Me preocupo que alguém veja isso e pense que há algo acontecendo entre elas quando Caroline deveria estar comigo.

Enquanto observo Taylor se afastar, ainda sorrindo para Caroline como se ela fosse o sol, percebo que caí de paraquedas na vida dela sem sequer pensar no que eu podia estar pedindo para ela deixar de lado. Eu *realmente* não parei para pensar nas experiências que perdi nos últimos quatro anos. Ir para a escola, ter um grupo de amigos, fazer o ponto da vitória no grande jogo, talvez até namorar uma líder de torcida. Mas essa é a vida de Caroline. Sua vida de verdade.

E eu não faço parte disso. Como sempre, sou apenas uma atriz que interpreta um papel, e desta vez sou uma participação especial, com prazo de validade. Portanto, não importa o que esteja em jogo para mim, não tenho o direito de surtar ou sentir algo próximo de ciúmes quando nem estamos namorando de verdade. Não quando eu já devo ter bagunçado as coisas para ela.

Analiso seu rosto, os cantos de seus lábios se levantando enquanto elas conversam. E não consigo evitar sentir que estou prestes a interromper algo. Desvio o olhar, pronta para me virar e sair de perto, quando uma mão empurra minhas costas. Isso me faz avançar, praticamente colidindo com as duas.

— Hã. — Levanto a mão. — Oi.

— Ah, oi, Arden. — Taylor se afasta de Caroline, sorrindo com os olhos azuis. — Sua namorada arrasou na quadra, hein? — comenta ela, e então manda uma piscadela para Caroline como se elas estivessem envolvidas em alguma coisa. *Ela...?*

— É, com certeza — respondo, passando os dedos pelo cabelo enquanto dou uma olhada rápida para Caroline, mas seu rosto está ilegível. — Parabéns pela vitória. Nunca vi alguém marcar de olhos fechados.

Ela abre um sorriso.

— Você me disse para arremessar!

— Sim, bom, não *daquela* forma — respondo, enquanto Austin, Maya e Finn aparecem ao nosso redor.

E mesmo que isso faça eu me sentir culpada mais uma vez, dou um pequeno passo em direção a Caroline e deslizo minha mão na dela. Para minha surpresa, ela não me afasta. O alívio toma conta de mim como se fosse algum tipo de confirmação de que ela não está totalmente interessada em Taylor.

Nossos olhares se cruzam enquanto nossos dedos se entrelaçam, e fico agradecida por ninguém conseguir ver meu rosto ficando vermelho por baixo da maquiagem.

Mas então me odeio por sequer achar que tenho o direito de me sentir aliviada.

Ela é a primeira a quebrar o contato visual, e viro a cabeça para ver o que está olhando.

Ah.

Minha boca rapidamente forma uma linha reta.

— Ei, pessoal. Hum... — Paro enquanto todos seguem nossa linha de visão até onde um bando de calouros está vindo em nossa direção, com os celulares em mãos. E algo me diz que eles não estão vindo para tirar uma selfie com a estrela da partida de Barnwich.

— Ah, merda. Venham comigo — diz Austin, nos apressando em direção à saída mais próxima da quadra de volta à escola. — Um pouco mais rápido! — Eu o ouço gritar e balanço a cabeça para ver uma parede de adolescentes empurrando a multidão como zumbis em uma série de TV.

Atravessamos as portas duplas e seguimos pelo corredor, provavelmente parecendo uma versão pirata do Clube dos Cinco.

Maya com sua roupa toda preta e delineador marcado.

Taylor em seu uniforme de líder de torcida.

Austin com a camiseta de banda e anéis.

Um Finn sem camisa, pintado com as cores da escola.

Caroline, vestindo uma camisa de basquete por cima de um vestido.

E... eu, a estrela de Hollywood que não deveria estar aqui.

— Aqui! Aqui! — grita Finn, encontrando uma sala de aula aberta à frente.

Todos nós nos amontoamos atrás dele. No segundo em que ele tranca a porta, nós grudamos na parede da frente, onde não podemos ser vistos, enquanto o som de passos pesados ecoa pelo corredor.

— Sei que vocês estão aí. Eu vi vocês! — grita uma garota, bloqueando a entrada de luz enquanto pressiona o rosto contra a janela estreita da porta. Estamos todos em silêncio, e não me atrevo a virar a cabeça para a esquerda ou para a direita. Sei que, se fizer contato visual com qualquer um agora, estará tudo acabado. Depois de um minuto, outro rosto se espreme contra a janela.

— Tanto faz. Você parece bem mais gostosa na TV, de qualquer forma! — grita um menino, o tom de sua voz denunciando que ele ainda não atingiu a puberdade. Caroline deixa o queixo cair em descrença, e sua indignação com esse garoto pré-púbere é tão engraçada que solto uma breve risada. Ela estende a mão para cobrir minha boca até que os passos desapareçam no corredor, mas é tarde demais. Não dá para segurar. No segundo em que Caroline tira a mão, começo a rir, e o resto de nós também.

— Ah, meu Deus. Bem quando eu pensei que os calouros não poderiam ficar piores — fala Taylor, com as mãos nos joelhos enquanto recupera o fôlego. — Arden, sua vida é *tão* esquisita.

— Não é? — diz Caroline, apertando a barriga.

— Esse tipo de coisa acontece muito? — pergunta Austin.

— Meio que... sim. — Prendo meu cabelo em um coque para tirá-lo do meu pescoço suado. — Mas tenho que admitir que nunca me diverti tanto fugindo deles. Geralmente sou só eu me escondendo sozinha em um armário de vassouras em algum lugar — acrescento.

— Nossa, essa correria toda me deixou com *fome*. Vou pegar o resto dos cachorros-quentes da Sra. M. na barraca antes que sejam descartados — Finn anuncia, com a mão já na maçaneta. — Vocês querem? Talvez eu possa *tentar* dividir com vocês.

— Espere. Ela vai simplesmente te *dar* os cachorros-quentes? — pergunto, uma das minhas sobrancelhas se levantando.

Finn me dá um sorriso travesso excessivamente dramático.

— Você não é a única aqui que sabe usar a aparência a seu favor.

— *Touché!* — Eu rio.

— Eu vou junto — diz Austin, agarrando a mão de Finn. — E se algum de vocês quiser *mesmo* um cachorro-quente, sugiro que faça o mesmo, porque sem chance de chegarmos com eles inteiros aqui.

Me arrasto para sentar em uma mesa enquanto Maya e Taylor se movem para segui-los.

— Você vai? — pergunta Taylor, com a mão roçando levemente o quadril de Caroline de uma forma que faz a *minha* pele formigar.

— Acho que vou ficar. Mas separa um com ketchup para mim! — responde Caroline com um sorriso genuíno.

— Vou protegê-lo de Finn com a minha vida — acrescenta Taylor, colocando a mão dramaticamente sobre o coração.

Eu a vejo partir, odiando entender o que Caroline enxerga nela. Ela é doce. Engraçada. Mesmo em Los Angeles, a beleza dela chamaria atenção. E, acima de tudo, ela está *aqui*.

— Um milhão de cachorros-quentes com ketchup para nossa estrela — ela grita para Finn enquanto a porta se fecha atrás deles, deixando Caroline e eu sozinhas em silêncio.

— Então... Taylor — digo, balançando as pernas.

Caroline olha para mim.

— O que tem ela?

Rio do óbvio.

— Ela é bonita. E obviamente gosta de você.

— Arden.

— Você gosta d...

— E se eu gostar? Por que isso importa pra você? — interrompe ela.

— Talvez eu me sinta mal com isso — respondo, e minhas pernas param de balançar de forma rítmica. — Por ter chegado e destruído sua vida amorosa.

— Bem, você não fez isso. Ela sabe tudo. E quando isso tudo acabar e a gente terminar, Taylor e eu vamos continuar de onde paramos — responde.

Quero perguntar a ela onde exatamente elas pararam, mas não faço isso.

— Ela sabe tudo? Caroline. Para quantas pessoas você contou? — pergunto.

Ela dá de ombros casualmente.

— Taylor, Maya, Austin, F...

— *Todo mundo*, então — eu a interrompo, colocando minha cabeça entre as mãos.

— Arden, eles são meus melhores amigos. Não vou mentir para eles.

Respiro fundo e solto o ar, tentando ignorar a queimação. Ok, não é como se quatro pessoas aleatórias saberem a verdade realmente fizesse diferença. E se Caroline confia neles para guardar nosso segredo, então acho que também confio.

— Tudo bem — afirmo. — E só para constar... Eu gosto da Taylor — acrescento, caso minha opinião importe de alguma maneira. Mas antes que ela possa responder, o grupo volta com cachorros-quentes suficientes para alimentar uma família de dez pessoas.

Nos sentamos nas carteiras, comendo tudo o que Finn não devora, e conversamos sobre todas as coisas sobre as quais os alunos normais do último ano do ensino médio provavelmente falam. Bem... eles conversam e eu apenas ouço, porque não tenho certeza do que exatamente tenho para acrescentar no que se refere a provas, pais e inscrições para a faculdade.

— Você vai andar de trenó com a gente esta semana? — Taylor me pergunta. —Vamos na terça-feira, quando as férias começam.

— Hum, sim — respondo, surpresa por ela estar me convidando. Surpresa por ela estar sendo tão gentil com a garota que está namorando sua quase namorada durante o feriado. — Vai ser divertido. Não ando de trenó desde... — Paro quando Caroline olha para mim. — Bem, faz muito tempo — finalizo.

— Bom, a barra já deve estar limpa. É melhor sairmos antes que nos tranquem na escola — anuncia Maya, jogando um guardanapo no lixo.

— Maya, o Levi roubou meu carro hoje e me deixou aqui, porque o dele está na oficina. Você pode me dar uma carona para casa? — pergunta Caroline, mas Maya nega com a cabeça.

— Ai. Até gostaria, mas preciso buscar minha irmã em um concurso de casas de pão de gengibre na confeitaria da Clara. Talvez a Taylor possa te levar?

Ela olha incisivamente para mim enquanto diz isso, e consigo ver Taylor começando a concordar com a cabeça.

— Eu posso te levar — deixo escapar antes que consiga me conter. Todos viram a cabeça para olhar para mim.

Caroline olha de mim para Taylor, depois encolhe os ombros.

— Minha casa é caminho para a Arden.

Por algum motivo estúpido, sinto que ganhei algo.

Enquanto nos despedimos de todos, Austin me puxa para um abraço, me segurando por um segundo a mais que o necessário para sussurrar uma coisa em meu ouvido.

— Tem certeza de que isso é mentira, Arden James? Você parecia um tomate-cereja quando segurou a mão dela.

Me assusto, mas quando me afasto para olhar para ele, não demonstro. Em vez disso, rio casualmente.

— Aham, sei. Meu rosto está todo pintado.

— Suas orelhas não estão pintadas — fala ele com um sorriso travesso, batendo nas próprias orelhas.

Tiro as chaves do bolso, ignorando-o, mas tenho certeza de que elas provavelmente estão vermelhas de novo.

Seguimos para o estacionamento e nos separamos entre os carros. Caroline estremece quando ligo a perua e coloco o aquecedor no máximo.

Começo a dirigir, e Caroline pega seu bloquinho e o abre.

— Hora da pergunta? — questiono.

Ela balança a cabeça, roubando uma caneta do console central.

— Como foi assistir a um jogo de basquete do ensino médio sendo alguém que nunca teve a chance de vivenciar o ensino médio?

Bato no volante, ansiosa, enquanto Caroline comenta o que estive pensando a noite toda. De repente, estou me lembrando por que minhas entrevistas são sempre analisadas, perguntas pessoais descartadas muito antes de eu ser microfonada. Porque eu não suporto a ideia de *todo mundo* sabendo *tudo* sobre mim. Mas, surpreendentemente, não me importo tanto quanto normalmente acontece. Mesmo que minha resposta vá se tornar pública no Natal, agora é só a Caroline falando comigo

Expiro lentamente, pensando em como colocar isso em palavras.

— Foi estranho. Surreal. Sentar na arquibancada com um grupo de pessoas de quem eu poderia ter sido amiga, na escola que eu teria frequentado, torcendo pelo time pelo qual eu teria torcido ou talvez até no qual poderia ter jogado. Como nunca frequentei o ensino médio e só tive tutores nos sets de filmagem, acho que não sabia o que estava perdendo. Estes últimos quatro anos foram muito ocupados, muito agitados, e eu me senti tão sortuda que disse a mim mesma que não estava perdendo nada que poderia ter tido. O que *você* tem.

— Seu estilo de vida em Los Angeles realmente não me convence de que você esteja, nem de longe, interessada em viver uma vida normal — fala, como se soubesse alguma coisa sobre a minha vida. E desta vez, em vez de culpa, sinto uma pontada de frustração.

— Caroline. Aquele *não é* meu estilo de vida — respondo. — Bem, não *era* para ser, de qualquer forma. Comecei a agir assim só para chamar atenção, para ter papéis melhores e o que eu quisesse naquela cidade. E então, bem...

Ela levanta a cabeça ao som das minhas palavras, os olhos brilhando de interesse. Concentro minha atenção na estrada à frente, sem querer entrar em detalhes.

— Enfim. Mas, sinceramente, depois desta noite? Me pergunto como seria minha vida com uma dose de normalidade. Com provas de matemática e baile de formatura. Com melhores amigos para dividir cachorro-quente e depois rir até a barriga doer. Com líderes de torcida apaixonadas por você. — Ela me olha enquanto escreve e eu sorrio. — Não inclua essa última parte, obviamente, mas eu invejo isso. Eu invejo *você*, de várias maneiras, Caroline. Não sabia o quanto até voltar para cá.

— Mas você está agindo como se isso tivesse sido tirado de você. Você poderia ter vivido isso! — ela diz, exasperada. — A normalidade. A experiência genérica do ensino médio. Tudo isso.

— E abandonar meu sonho?

— Quem disse que você tinha que ser tudo ou nada, Arden? Eu ainda estava aqui. Edie ainda estava aqui. Você tinha pessoas que te amavam, que te apoiavam, que poderiam ter garantido um pouco de normalidade sempre que você quisesse.

Ela faz uma pausa e eu percebo. *Amavam. Apoiavam. No passado.*

Quando não digo nada, ela acrescenta:

— Os sacrifícios que você teve que fazer realmente valeram a pena?

Eu a encaro apenas por tempo suficiente para ver as sombras de seu rosto antes de fixar meu olhar de volta na estrada, o que torna mais fácil responder.

— Nem todos — respondo calmamente.

Caroline balança a cabeça e guarda o bloco de notas sem dizer uma palavra, e então nós duas ficamos em silêncio até eu estacionar o carro em frente à casa dela.

— Obrigada pela carona. Acho que te vejo amanhã? — pergunta ela.

— Nos vemos amanhã — respondo.

Ela abre a porta do passageiro e eu a vejo caminhar até sua casa. Ela está quase na porta quando eu desafivelo o cinto e coloco a cabeça para fora do carro.

— Ei! — chamo. Ela se vira para me olhar, as sobrancelhas levantadas em expectativa. — Parabéns pela vitória, LeBron.

Um sorriso surge em seu rosto antes que se vire e entre.

Deslizo de volta para meu assento enquanto a porta se fecha atrás dela.

Durante todo o caminho para casa, penso nas perguntas dela, nos amigos, na mão dela sob a minha na quadra. Esta reportagem deveria mostrar ao mundo que realmente sou uma garota de cidade pequena, mas se não consigo nem fazer Caroline acreditar nisso, como vou convencer todo mundo?

Ainda tenho dez dias.

Dez encontros para provar isso a ela.

Capítulo 13

CAROLINE

DIA 3

Não tenho notícias de Arden durante toda a manhã. Mesmo que o movimento no restaurante esteja visivelmente mais agitado do que o normal, meu olhar vaga na direção das portas do lugar ou para o meu celular a cada poucos minutos durante todo o meu expediente.

Talvez eu não consiga parar de pensar nela por causa do grupo de adolescentes que está acampando na mesa do canto a manhã inteira. A placa do carro em que elas chegaram era de Nova York, e uma delas está vestindo uma camiseta de *Setembro Azul*. Sem falar no fato de que dão risadinhas conspiratórias toda vez que passo pela mesa, o que é um pouco desconcertante.

Não sei bem o que sentir, já que o restaurante mais movimentado e o fã-clube de Arden estão *mesmo* provando que o nosso acordo faria bem para os negócios. Quero dizer, eu *sabia* que as coisas iam trazer mais clientes. Acho que só não esperava tantos visitantes na cidade tão cedo.

E, enquanto as meninas me observam sair no final do meu turno com os rostos pressionados contra o vidro, sem Arden à vista, não posso deixar de questionar *o que* exatamente as fez dirigir até Barnwich.

Quando chego em casa, me jogo na cama e tento pensar na competição de chocolate quente de Austin, no que devo comprar para Riley de Natal, no que devo comprar para Levi de

Hanucá. Quero pensar em qualquer coisa, menos *nela*... porém minha curiosidade acaba vencendo.

Pego meu celular e abro o Instagram, meus polegares hesitando na barra de pesquisa. Quando finalmente digito *Arden James*, seu perfil com símbolo azul de verificado aparece, exibindo uma foto pequena dela usando óculos escuros e batom vermelho e um círculo colorido ao redor informando que há uma sequência de stories não assistidos esperando por seus 10,6 milhões de seguidores.

Não consigo resistir. Preciso saber o que poderia ter motivado as meninas na mesa de canto do restaurante a dirigir *toda essa distância* até Barnwich. Primeiro, há um vídeo de Finn sorrindo enquanto pinta o rosto de Arden. Depois, uma foto dela segurando a placa com VAI, CAROLINE, seguida por um close de mim entrando na quadra com a roupa suada de Melanie, ao qual Arden ainda se deu ao trabalho de adicionar um emoji com olhos de coração.

Franzo a testa, odiando o quanto ela está se dedicando a essa performance. Se não a conhecesse, eu mesma acreditaria.

Garota de cidade pequena em um jogo de basquete de cidade pequena com sua namorada de cidade pequena.

Eu.

Reviro os olhos quando o próximo story é uma pilha de panquecas especiais da Edie, cheias de manteiga e calda, seguida por uma foto com o grupo de garotas da mesa do canto, porque *claro* que Arden resolveu aparecer logo depois que eu saí.

Caio de costas na cama, gemendo.

— Sério, Caroline?

Fico irritada comigo mesma por estar incomodada por não tê-la encontrado no restaurante de Edie. Irritada comigo mesma por estar *pensando* nela, para começo de conversa.

Saio do Instagram para enviar uma mensagem para Austin e Maya, a fim de saber se eles querem se encontrar no Barnwich

Brews mais tarde, mas paro de digitar quando uma mensagem chega.

vou te buscar em casa às 17h50

vista algo quentinho.

Típico da Arden enviar uma mensagem bem quando estou prestes a desistir dela. Cogito responder que tenho planos, deixar claro que não estava aqui só esperando por uma mensagem dela, mas minha inscrição na Columbia pode depender disso. Gostando ou não, eu também preciso dessa reportagem, então respondo com um emoji de joinha e jogo o celular na cama, decidindo não ver nada de *Arden James* pelas próximas duas horas até ela chegar aqui.

Tomo um banho e me sento na cadeira da escrivaninha com uma xícara de chá para estudar para minha última prova, que será amanhã. Felizmente, é de cálculo, e fica difícil divagar quando preciso que cada uma das minhas células cerebrais se esforce para guardar as fórmulas na minha memória. Matemática nunca foi meu forte.

Depois do meu milionésimo bocejo e da minha milionésima tentativa de resolver o mesmo problema, toco no meu celular, meus olhos se arregalando quando vejo que já são 17h35.

— *Merda.*

Pulo da cadeira e pego uma camisa de botão enorme do meu armário, enquanto tropeço em uma calça jeans ao correr para o banheiro para me maquiar, porque sabe-se lá o que ela planejou e quantas pessoas verão o que faremos esta noite.

Riley espia de seu quarto para ver que agitação toda é essa.

— Tá tudo bem?

— Arden vem me buscar às dez para as seis. Perdi a noção do tempo.

Ela se apoia na porta do banheiro, cruzando os braços sobre o peito.

— Você tá com um pé de cada meia.

Olho para baixo no meio da aplicação do rímel e vejo que estou usando uma meia curta floral e uma longa branca. Gemendo, me apresso com o rímel e volto para o meu quarto para procurar o par da meia branca comprida. Felizmente, a campainha só toca lá embaixo às seis horas.

Desço, ainda puxando minha meia direita. Paro na entrada, com a mão na maçaneta da porta, e respiro fundo para me recompor, querendo fazer parecer que já estava pronta há um tempão.

— Você disse cinco e... — falo enquanto abro a porta, mas paro quando dou de cara com Edie e um grupo de mulheres mais velhas, todas frequentadoras do restaurante: Shirley, Ruth, Clara e Josephine. Elas começam a cantar a plenos pulmões uma performance de "Noite Feliz" cheia de firulas, inclusive um sino de vaca sendo balançado nas mãos de Ruth para acompanhar.

Visto meu casaco e a cabeça de Arden aparece bem atrás, com um sorriso travesso.

— Espere! — Shirley diz por cima da música, interrompendo as outras vozes estridentes. — Querida. Você *não está* agasalhada o suficiente.

Todas se aglomeram em volta de mim para entrar, e Riley se diverte observando tudo do último degrau enquanto elas me envolvem em várias camadas de cachecóis, colocam um gorro de lã na minha cabeça e aparentemente conjuram um par de luvas do nada.

Finalmente, todas recuam, balançando a cabeça em aprovação.

— Agora está pronta — diz Josephine, e mal tenho tempo de calçar um par de botas antes de ser puxada para fora de casa para encarar a neve.

— Para a sua "amiguinha" — diz Clara para Arden, tirando do bolso dela dois aquecedores de mão e indicando com uma piscadela que ela os entregue para mim.

Então Ruth grita:

— Sempre soube que vocês duas ficariam juntas!

Isso faz todo o grupo de mulheres rir enquanto as bochechas de Arden ficam vermelhas. Apenas Edie olha para trás com um olhar vigilante.

No meio-tempo, tento resistir à vontade de roubar o sino de Ruth e usá-lo para bater em Arden.

Para minha felicidade, percebo seus dentes batendo por estar sem os aquecedores de mãos. Seu corpo sensível, acostumado com a temperatura de Los Angeles, está tremendo como uma folha. Me parece uma punição justa.

— Falei para elas que você seria uma soprano e tanto — comenta Arden, me entregando alguns sinos. Eu a encaro enquanto os pego.

— Você também falou que chegaria dez para as seis. Fiquei esperando uns quinze minutos.

— Falei cinco e cinquenta em vez de seis horas porque sei que você está sempre atrasada. Ou você só estava a fim de me mostrar que não sabe abotoar a camisa?

Olho para baixo, surpresa ao ver que meus últimos botões estão nas casas erradas.

Porra.

Eu os conserto enquanto a olho, mas Arden só me cutuca.

— Vamos lá, Caroline. — Ela toca os sinos que segura, sorrindo. — É hora de espalhar o espírito natalino.

Cantar pela cidade está longe de ser incomum em Barnwich, especialmente antes do Natal. De 1º de dezembro até o grande dia, geralmente dá para ouvir o som baixinho de pessoas cantando em algum canto da cidade, basta colocar a cabeça para fora de casa à noite.

Dito isto, eu *não* sou uma soprano e tanto, e por isso *nunca* fui uma das pessoas que saem para cantar. E digo mais, *nós* nunca fomos esse tipo de pessoa. Arden e eu. Talvez seja mais fácil assim, na verdade, porque não é uma atividade de praxe ou contaminada por algum sentimento que costumava existir. Como nossa dança.

Porém, enquanto ando ao lado dela nas mesmas ruas nevadas de Barnwich pelas quais caminhamos centenas de vezes, é difícil acalmar aquela pontada familiar de melancolia. Aquela que só piorou desde que a cidade começou a passar por uns maus bocados. Desde...

Lanço um olhar de soslaio para Arden. *Desde que ela partiu*, odeio admitir. E me sinto ainda mais melancólica por termos chegado a esse ponto. Somos duas estranhas brincando de teatrinho.

Enquanto subimos os degraus da casa dos meus vizinhos, me sinto tentada a simplesmente me virar e voltar para o aconchego do meu quarto. Daqui, ainda consigo ver o brilho da minha luminária de mesa contra a janela, e provavelmente já atingi meu limite de atuação com minha carreira no basquete de ontem à noite. Mas então Edie se vira e sibila "Bate o sino" para o grupo com tanta intensidade que me prende no lugar até a porta se abrir e revelar o casal McHugh.

Edie e suas amigas começam a cantar, cada uma em um trecho diferente, antes de se encontrarem no verso "*para o nosso bem*".

Eu meio que fico murmurando durante as canções, casa após casa, e depois de um tempo minha melancolia diminui o suficiente para eu começar a entender por que as pessoas por aqui gostam tanto de fazer isso. A bagunça bem-humorada da cantoria, as expressões das pessoas nas casas se iluminando quando abrem a porta, alguns oferecendo chocolate quente e biscoitos, nós todas rindo enquanto descemos a rua.

É tudo tão... Barnwich. As partes boas e as ruins. A alegria e o toque agridoce. A garota que me causou tanto aborrecimento nesse fim de ano parada bem ao meu lado e, bom, uma outra parte que sempre fica guardada no fundo do meu peito. Ser parte judia em uma cidade como esta, tão cheia de Natal, faz parecer que nunca tem lugar para esse outro pedaço de mim.

O sentimento me atinge quando estamos nos degraus da casa dos Bernstein e a Dra. Bernstein me lança um sorriso de solidariedade por cima da cabeça da filha antes de fechar a porta. Enquanto descemos a rua, me pego querendo encontrar uma maneira de fazê-los se sentirem vistos também. Uma forma de compartilhar e espalhar para todos os meus vizinhos a alegria que sinto com minha família no Hanucá, assim como quando cantamos sobre uma rena com um nariz vermelho brilhante.

Arden bate levemente o braço no meu enquanto cantamos na varanda da quinta casa, quebrando minha linha de pensamento como se ela percebesse que estou em uma espiral. Ainda reflexiva, quase *sorrio* para ela. Mas quando a olho, percebo algo.

Ela está apenas *movendo a boca sem som* em vez de realmente cantar.

— Não acredito! — exclamo, batendo nela com os sinos enquanto descemos as escadas.

— O quê? — pergunta Josefina.

— Arden não está cantando de verdade!

Arden ri, esfregando o braço enquanto todas as velhinhas vão para cima dela, empurrando-a pelo quarteirão até a próxima casa enquanto eu corro para acompanhá-las.

— Isso significa que você ganhou um solo!

— Vai cantar "Então é Natal"! Do início!

— Será um dueto! — Arden se apressa para dizer, agarrando o braço da avó enquanto a porta se abre, e quando Edie sorri para ela, o rosto de Arden se preenche com um sorriso tão *Arden* que só Edie seria capaz de despertar nela.

As duas começam a cantar e, pela primeira vez em toda a noite, sinto que a canção está me envolvendo de forma lenta, porém certeira. Vendo as duas felizes e juntas depois de todos esses anos, a sensação é inevitável.

Embora nenhuma das vozes seja particularmente boa, Margô, uma líder de torcida do colégio, está impressionada demais com a presença de Arden para se importar com isso. Ela pega o celular para gravar, seus olhos azuis brilhando, e parece que o momento murcha como um balão.

Eu me lembro das garotas procurando Arden mais cedo no restaurante e dos calouros nos perseguindo ontem à noite no jogo. E quando é o meu olhar que se volta para o rosto dela, percebo que o brilho da Arden que conheci se foi, e um sorriso que não chega bem aos olhos tomou seu lugar. Mas algo em sua expressão ainda é familiar o suficiente para que eu saiba que essa aclamação constante a incomoda.

E isso me surpreende. Ela aparece tanto nos tabloides que eu sempre achei que *gostasse* da atenção.

Olhando para a garota parada na minha frente, vejo que isso não poderia estar mais longe da verdade. Arden tem que ficar parada aqui e só *deixar rolar*, como um inseto debaixo de um microscópio.

O desejo repentino de protegê-la ressurge, me surpreendendo por completo. Quero estender a mão e abaixar o celular de Margô, mas engulo a vontade e, quando a música termina, Arden faz isso sozinha com muito mais facilidade e charme do que eu teria feito.

— Ei, se você prometer não postar isso, eu tiro uma foto com você.

Margô assente sem parar e Edie pega o celular para tirar algumas fotos rápidas antes de voltarmos para a estrada.

— Jesus — diz Clara, com seu cabelo branco sendo levado pelo vento enquanto ela balança a cabeça. — Na minha época, as atrizes sabiam cantar.

— Judy Garland? — menciona Rute. — Quanto talento!

Todas as senhoras concordam com a cabeça, tirando sarro de Arden sobre como Judy teria arrasado muito mais cantando com elas esta noite.

— Valeu por ter me dedurado — diz Arden, me lançando um olhar de falsa irritação enquanto caminhamos lado a lado pela calçada atrás delas.

— Quanta hostilidade — rebato, e coloco a mão congelada sobre o peito, em um gesto de ultraje. — Judy nunca faria isso.

Arden sorri, e eu estendo um dos aquecedores de mãos em sinal de trégua.

— Mas afinal, por que você não estava cantando?

Ela o pega de mim e o segura entre as pontas dos dedos gelados, enrolando para responder.

— É ridículo — murmura finalmente, mas meu instinto jornalístico entra em ação e eu insisto.

— Fala. Por quê?

— É que... digamos que aquela garota poste o vídeo, tá? As pessoas dos tabloides e das redes sociais podem não só transformar isso em um milhão de coisas que não são verdade, como ele também pode impactar toda a minha imagem. A maneira como as pessoas da indústria me veem. Basta um breve momento como esse para mudar minha carreira. Para mudar minha *vida*. — Ela ri. — Parece absurdo, mas eu não passei os últimos anos posando de... — sua voz desaparece e ela faz um gesto apontando para si mesma. Penso no que ela disse ontem à noite no carro, mas Arden continua a falar sem dar mais detalhes — para um executivo de Hollywood ver esse registro e nunca me oferecer um papel em um próximo musical como *Moulin Rouge* ou *Mamma Mia!*

— Bom, não é por nada, mas talvez seja melhor mesmo — comento.

Ela ri, mas antes que eu possa fazer qualquer pergunta, percebo que estamos indo em direção a outra porta.

Pelo que parece, esta noite está sendo meio estranha para nós duas.

— Quer saber? — Arden bate no meu braço enquanto assistimos às senhoras caminhando e rindo até a porta da frente de outra pessoa, Ruth um pouco tonta demais para tocar o sino novamente. — Talvez a gente só tenha que... *se jogar*.

— Se jogar?

— É, olha só como elas estão se divertindo — diz, apontando para o grupo, seus pensamentos ecoando os meus. — Talvez a gente possa se divertir muito se... aliviarmos nossas cabeças e nos permitirmos.

Concordo com a cabeça quando a porta se abre, e não consigo evitar pensar em Arden e Edie sorrindo uma para a outra na última casa pela qual passamos. Em como essa noite pode acabar sendo se eu me deixar levar por ela.

Arden dá de ombros para mim enquanto Clara faz a contagem, dando início a uma versão de "Deixei meu Sapatinho".

— Foda-se — murmuro antes de me envolver por completo, e Arden me joga seus sinos, dando risada. Quando chegamos no trecho "*seja rico ou seja pobre*", noto que os sentimentos bons já estão superando a melancolia.

Vamos para mais uma casa, depois para outra e, logo menos, nem se Margô saísse de um arbusto com uma câmera profissional nossa noite poderia ser arruinada. A cada porta que se abre, eu realmente percebo que estou me *divertindo*. Me deixando levar pelas músicas, pela alegria e pelos biscoitos de chocolate.

Mas a melhor parte é ver o quanto Edie fica feliz com isso. Quando Arden passa o braço sobre os ombros da avó, eu pego meu celular, com vontade de tirar uma foto das duas sob as luzes da rua.

Mas algo me impede.

As frustrações que eu tenho com ela não importam agora. Nesta noite, quero permitir que Arden apenas esteja presente, se sentindo capaz de viver o momento sem que uma câmera o interrompa.

Depois de mais três casas e uma performance de "Anoiteceu" abaixo do tom, Ruth resmunga:

— Não sei quanto mais o meu maldito joelho aguenta.

O espírito natalino desaparece tão rápido que daria para pensar que uma delas foi atropelada por uma rena. Todas as senhoras se revezam em reclamações enquanto descemos a rua em direção à minha casa, a sessão de cantoria natalina oficialmente encerrada por hoje.

— Estou cansada!

— Minha artrite está gritando.

— Alguém precisa de uma pastilha para garganta?

Aceito uma de Clara e, quando coloco na boca, o sabor refrescante de mentol e cereja, combinado com o ar frio, faz meus olhos lacrimejarem. Logo, todos elas estão me dando abraços rápidos antes de entrar no Corvette vermelho brilhante alugado para descansar. Mas Arden fica para trás, apontando para a minha porta.

— Vou te acompanhar.

Enquanto subimos os degraus, olho para ela, odiando o quão bonita fica sob o brilho da iluminação da varanda, com o nariz rosado por causa do frio.

— Você arrasou muito em "Um Feliz Natal" — elogia Arden, e eu balanço a cabeça enquanto ela se inclina contra a viga da varanda. — Você tem alguma pergunta para mim?

Ah, certo. A matéria. Não entendo exatamente como me sinto por quase ter esquecido.

Enfio a mão no bolso da jaqueta, retiro meu bloquinho de notas e o abro. Meus olhos examinam minha lista de perguntas até encontrar a que quero para esta noite. Penso nela falando sobre "fingimento". Em sua longa lista de medos relacionados à sensação de estar sob um microscópio. E em como, mesmo quando não está trabalhando, todos os seus passos ainda são gravados.

— Qual papel você teve mais medo de fazer?

Olho para ela, seus olhos escuros na penumbra me encarando com a mesma expressão de quando estávamos sentadas em frente à árvore de Natal. Aquele olhar familiar.

— Honestamente? Essa personagem de Bianchi. Esse me deixa aterrorizada. Talvez por ser muito mais real do que qualquer outro papel no qual já atuei antes. — Ela solta um longo suspiro. — Houve um momento no final do meu teste em que eu precisava me emocionar. E eu... — observo enquanto ela balança a cabeça — simplesmente não conseguia. Não é algo que eu tenha que fazer em muitos dos meus papéis. De qualquer forma... Achei que tinha sido tudo em vão. Todos os meses de preparação que fiz, sozinha no meu quarto, estavam prestes a ser desperdiçados. Mas então pensei em Barnwich, numa imagem específica, num momento específico, e isso...

Ela para e passa os dedos pelo cabelo, um gesto que entrega que está ansiosa com o que vai dizer. Seja o que for, será Arden crua e sem filtros.

E isso também me deixa ansiosa. Sinto meu coração acelerar no peito.

Mas, em vez de se abrir, ela ergue o muro novamente, a vulnerabilidade e a Arden que reconheço desaparecem em um encolher de ombros indiferente.

— E funcionou.

— Qual foi o momento? — Pressiono.

Ela balança a cabeça novamente.

— Sério?

Quando ela não cede, reviro os olhos.

— Arden...

— Não vem ao caso — diz ela, frustrada. — O que torna esse papel tão assustador, Caroline, é o quanto terei que me aprofundar nas partes mais verdadeiras de mim mesma para tornar essa personagem real também.

As *partes mais verdadeiras* de si mesma?

Não sei se devo rir ou chorar. Se devo acreditar nela ou dizer que isso é palhaçada.

Quero empurrá-la da varanda em direção à neve. Quero que ela derrube esse maldito muro, que seja *verdadeira* comigo.

Quero nunca mais vê-la de novo.

Quero... *minha melhor amiga de volta.*

Não acredito que esse pensamento realmente esteja passando pela minha cabeça.

Ela franze a testa, apenas por um segundo, antes de continuar.

— Mas se eu não conseguir fazer isso, se não conseguir esse papel, talvez meu sonho não tenha valido de nada, afinal.

Solto um longo suspiro enquanto olho para ela. Quando Arden me pediu para escrever a matéria e fingir ser sua namorada, não percebi que esse papel significava mais do que um bom salário e fama.

Ou como seria bom e difícil ficar de frente para ela nessa varanda, ouvindo que Barnwich é a coisa mais real do mundo para uma garota que passa a vida inteira fingindo.

— Eu te odeio — digo, com uma risada patética.

— Não odeia, não — sussurra ela.

E eu odeio o fato de ela saber disso. De que apesar do que digo a mim mesma, eu jamais conseguiria odiá-la. Posso odiar partes dela, posso odiar o que ela fez, mas nunca seria capaz de odiar Arden.

Nós nos encaramos por um longo momento, silêncio pairando entre nós.

Estou prestes a admitir a verdade quando uma buzina soa alto. Nós duas pulamos e nos viramos para ver as janelas do Corvette se abrirem e cabeças aparecerem.

— Quando quiser, James! — grita Ruth, Shirley gargalhando ao lado dela. — Temos todo o tempo do mundo!

— Para de flertar e vamos embora! — grita Clara.

Arden ri tranquilamente e balança a mão como se as estivesse expulsando.

— Boa noite, Caroline — diz ela, estendendo a mão para ajeitar suavemente a ponta de um dos meus cachecóis antes de descer os degraus.

— No que você pensou? — Eu a chamo e ela para. Observo-a expirar, vejo o redemoinho de fumaça branca.

— Pensei no dia em que fui embora — confessa, olhando para mim antes de entrar no banco de trás do carro.

Há muito a dizer, e por isso não digo nada. Fico na varanda apenas observando enquanto o carro desaparece de vista.

Capítulo 14

ARDEN

DIA 4

— **Nossa senhora** — gemo, esforçando-me para empurrar o carrinho transbordando de coisas do Restaurant Depot até o carro, enquanto vovó verifica quatro vezes se pegamos tudo da lista dela.

— Ah, pare de choramingar.

Ela abre o porta-malas e eu observo enquanto se esforça para colocar um saco de farinha de vinte quilos dentro dele.

— Deixa comigo, não queremos ter uma hérnia logo na segunda-feira de manhã — digo, antes de livrá-la do esforço e enfiar o saco no fundo do porta-malas.

— Não seja ridícula — fala, orgulhosa como sempre.

— Você faz isso sozinha toda semana? — pergunto, franzindo a testa enquanto reparo na força que ela precisa fazer para jogar um segundo pacote no porta-malas e provar seu argumento.

— Sempre fiz, sempre farei.

— Tenho certeza de que Caroline ou Harley poderiam...

Ela acena com a mão de forma desdenhosa em minha direção.

— Você vai ficar tagarelando ou me ajudar a esvaziar o carrinho?

Fecho a boca e começo a trabalhar antes que ela faça tudo sozinha.

Quando finalmente fecho o porta-malas e começo a empurrar o carrinho de volta para a loja, meu celular vibra no bolso de trás.

— Oi, Lillian — respondo enquanto o rosto dela aparece na minha tela, em sua cadeira branca de sempre, com um quadro de pintura abstrata logo acima do ombro.

— Algumas fotos suas e de Caroline apareceram no meu feed — diz ela, em vez de me cumprimentar.

— E? — Diminuo a velocidade até parar no meio do estacionamento. — Por que você parece chateada com isso? Não faz parte de todo o nosso esquema?

Me sinto um pouco estranha ao falar assim da situação, embora seja exatamente do que se trata.

— Bom, é uma foto de vocês duas em algum tipo de evento esportivo. — Ela chega mais perto de seu notebook para dar outra olhada. — O que diabos você colocou na ca... *enfim*. — Ela vira de novo para a câmera, balançando a cabeça e empurrando um par de óculos pretos grossos para cima do nariz. — Vocês duas não parecem muito apaixonadas.

Reviro os olhos e começo a empurrar o carrinho novamente, depois o faço ricochetear no local de devolução.

— Lillian, será que você pode parar?

Saio do nosso FaceTime e vou para o Instagram, verificando novamente se o perfil de Caroline ainda é privado e protegido de olhares indiscretos e comentários cheios de ódio. *Será que agora ela aceitaria minha solicitação para segui-la?* Meu polegar paira sobre o botão azul de seguir por alguns segundos antes de voltar ao FaceTime.

— Olha — continua Lillian quando volto à nossa ligação. — Só não quero que tudo isso exploda na sua cara quando Bianchi perceber suas tramoias. Você é uma atriz, Arden. Então *atue*.

— Lil, eu entendi, tá? Obrigada.

Desligo e solto um longo suspiro, chutando um pouco de lama cinzenta enquanto caminho de volta para o carro. Olho para o lado e vejo um cara com um boné de beisebol surrado olhando para mim atentamente, e puxo o capuz antes de deslizar para o banco do passageiro.

— Tudo certo? — pergunta vovó.

Concordo com a cabeça e pressiono minha testa contra o vidro frio da janela enquanto ela sai da vaga. Durante o trajeto, Lillian me manda a foto do jogo de basquete do fim de semana. Nele, estou segurando a mão de Caroline, mas nós duas estamos olhando para longe uma da outra.

Pressiono o botão de bloqueio e a tela fica escura. Se eu fosse Bianchi e visse isso, também pensaria a mesma coisa que Lillian, mas é uma grande besteira. Mesmo se nosso relacionamento *fosse* real, isso significa que se não estivermos olhando uma para a outra a cada segundo, não estaríamos realmente juntas? Também tenho que atuar na minha vida pessoal o tempo todo, *só para o caso* de alguém estar por aí tirando uma foto? Sei que a resposta é sim, já sei disso há muito tempo, então por que, de repente, isso me incomoda tanto? Essa é a minha realidade agora, então se eu precisar alavancar o plano para que o público possa tirar e postar algumas fotos fofas de Caroline e eu, então é isso que farei. Não tive esse trabalho todo só para deixar algumas fotos mornas e invasivas ficarem entre mim e esse papel no filme de Bianchi.

É simples assim.

Faço contato visual com o cara do boné de beisebol quando vovó passa por ele e, como eu imaginava, ele tira uma foto. Não estou aqui para consertar as coisas com Caroline, mesmo que seja bom que ela não me odeie totalmente mais. Estou aqui para *fingir* que namoro Caroline. E, como Lillian disse, sou uma atriz. Eu tenho — nós temos — que tornar isso crível. Porque *sempre* tem alguém observando.

Percorremos a meia hora de volta ao restaurante em estradas cobertas de neve e flocos novinhos pousando no para-brisa mais rápido do que os limpadores conseguem varrer. Estou viajando tanto na minha própria cabeça que nem ouço vovó tentando falar comigo até estarmos de volta a Barnwich.

— ... porque vou me mudar para a Flórida no mês que vem — diz ela, e a olho com o queixo praticamente no chão do carro.

Ela joga a cabeça para trás e ri. — Só estava checando se você está ouvindo.

Balanço minha cabeça em negação.

— O que te aflige, criança? — questiona vovó, abaixando o volume da sequência de sucessos natalinos que toca no rádio.

— Tudo. — Solto um grande suspiro, sem saber por onde começar.

— Você consegue ser um pouco mais especifica? — pergunta ela, mas eu apenas encolho os ombros enquanto adentramos o estacionamento da lanchonete. — Tem alguma coisa a ver com uma certa garçonete loira?

— Não sei, vovó. É que... — Penso em quando cheguei aqui, em como estava pronta para atuar perfeitamente durante esses doze dias. Achei que poderia simplesmente voltar para Los Angeles quando tudo acabasse e esquecer novamente de todos os pedaços do meu coração que deixei em Barnwich. — É mais complicado do que pensei que seria — completo, enquanto vovó pisa no freio com força demais do lado de fora da porta dos fundos da cozinha. Ela olha para mim, colocando a marcha do carro em ponto morto.

— Você pensou que aparecer na porta da sua melhor amiga sem aviso e sem ser convidada, depois de quatro anos sem falar com ela, e pedir para ela fingir ser sua namorada seria *simples*? Que isso não iria trazer nada à tona?

Cubro meus olhos enquanto uma risada escapa dos meus lábios.

— Ok, bom, falando desse jeito...

— Arden, por que tudo isso é tão importante para você? Por que você excluiu Caroline da sua vida?

Balanço a cabeça e solto um suspiro exasperado. Percebo, pelo tom de sua voz, que vovó acha tudo isso ridículo, mas está esperando uma resposta, então começo a pensar no que deu início a tudo.

— No começo, minha agente, Lillian, achou que seria melhor eu cortar relações com Caroline para manter o foco no trabalho. E, tipo... ela estava certa. Se eu continuasse ligada a Caroline, teria sido muito mais difícil permanecer lá por tempo suficiente para chegar onde estou agora, que é o que sempre desejei. Foi para isso que passei os últimos quatro anos trabalhando, mesmo que nem sempre soubesse disso, mesmo que isso tenha me feito perder coisas ao longo do caminho — explico. — Qualquer coisa que vale a pena exige sacrifício — acrescento, me lembrando que Lillian disse isso para mim durante minha primeira filmagem, quando me encontrou chorando em meu trailer no aniversário de quinze anos de Caroline.

— Arden. Você não é mais uma criança, e ninguém pode te forçar a fazer essas escolhas. Você não precisa viver essa vida só porque era isso que você queria quando tinha catorze anos.

— Isso é muito sensato, vó, mas não consegui ser criança por muito tempo — respondo.

— Sua mãe e seu pai... Eles não... — Vovó começa.

— Vamos lá. O sorvete vai derreter — interrompo, tateando em busca da maçaneta da porta do quarto. Não preciso ouvir a vovó tentando defender meus pais da forma patética como ela costumava fazer.

— É importante — insiste atrás de mim, mas eu puxo a maçaneta mesmo assim e começo a sair. — *Arden, sente-se já*! — Vovó aumenta a voz, algo que nunca a ouvi fazer em todos os anos que estou viva. — Agora eu sei que você cresceu rápido demais, mas ainda sou sua avó, e quando eu tiver coisas que quero te dizer, você vai ouvir. — Sustento seu olhar enquanto seu peito sobe e desce rapidamente. — Por favor — acrescenta, de forma mais suave.

Concordo com a cabeça, sentindo uma onda de ansiedade tomar conta de mim enquanto me jogo de volta no banco e fecho a porta.

— Seus pais nunca gostaram de ficar presos em um só lugar. Então, quando você teve a oportunidade, pensei que isso iria tornar as coisas mais fáceis, e que o melhor para você era estar com eles. Mas tudo aconteceu muito rápido, e pensei que todos vocês voltariam com frequência. Então... deixei eles te levarem. Para mil e duzentos quilômetros de distância. Da sua casa. De mim. Foi o maior erro da minha vida.

— Vovó... — começo a falar, surpresa, querendo dizer que nada disso é culpa dela, mas ela levanta a mão para me silenciar.

— Me deixe terminar. — Ela se vira no assento para me encarar. — Gostaria de poder dizer que não pensei que sua mãe seria capaz de te abandonar completamente, mas acho que talvez no fundo... eu *soubesse*. Só não queria acreditar que falhei tanto na criação dela. Arden, quero pedir... Sempre quis te pedir... — Uma espécie de gemido suave escapa de seus lábios trêmulos, me deixando com muita raiva dos meus pais pela primeira vez em muito tempo. Estendo a mão e pego as dela, meu polegar traçando círculos sobre sua pele fina e manchada por anos de trabalho na cozinha. Seus olhos estão tão cheios de lágrimas que mal consigo ver suas pupilas. — Desculpa — conclui, e eu a puxo imediatamente para um abraço tão apertado que mal consigo respirar.

— Eu te amo, vovó. Mas não é você quem precisa se desculpar. Estou bem. Eu *vou ficar* bem.

É tudo o que respondo, porque se eu fosse avó, provavelmente isso seria tudo o que gostaria de ouvir da minha neta neste momento. Esse tempo todo, não voltei para casa porque estava com muito medo do que ela poderia pensar sobre mim, do que poderia dizer. E tudo o que minha vó queria era me pedir desculpas por algo que não foi culpa dela. Isso me faz sentir ainda pior do que na noite em que cheguei, por todo o tempo que desperdicei, por toda a dor que causei. Assim como meus pais fizeram.

Um tempo depois, nós duas nos afastamos e nos endireitamos em nossos assentos, enxugando algumas lágrimas dos olhos. Depois que ela se recompõe, decido fazer a pergunta. Aquela em que só me permito pensar quando estou sozinha em minha enorme casa vazia, aquela que é a razão pela qual me esforço tanto para não estar lá.

— Vovó, eu sou como eles? Como ela?

— Não, querida. — Ela balança a cabeça com fervor. — Ela *sempre* foi inquieta. Nunca estava realmente satisfeita. Era como se ela estivesse sempre procurando alguma coisa, até mesmo quando era criança. E simplesmente parecia nunca encontrar.

Vovó aperta os olhos, olhando pelo para-brisa.

— Você acha que ela passou isso para mim? — pergunto, e ela balança a cabeça novamente, um sorriso suave se espalhando por seu rosto.

— De algumas maneiras, sim. A bravura. A ambição. Mas você sempre foi como uma árvore, Arden. Onde quer que você esteja, você estende suas raízes. Você faz com que sua presença seja sentida. — Ela olha para mim. — Callie é como uma brisa, pode estar aqui em um minuto e desaparecer no próximo, de forma tão rápida que você nem sabe que ela esteve ali. Mas você? Acho que você não deixa transparecer a dor e inquietude de estar longe de suas raízes. E eu sei que todos nós sentimos profundamente quando você vai embora.

Encontro meu olhar no reflexo do para-brisa, pensando nas centenas de momentos na cadeira de maquiagem em que via uma pessoa que mal conheço olhando de volta para mim no espelho. E agora, ao voltar para casa... Não sei. Quase sinto que posso me enxergar de novo em vez de ver uma estranha em meu reflexo.

— Dá para ver que esse papel tem um significado especial para você, que é diferente de todos os outros. Não espero que você desista do seu sonho e não gostaria que desistisse. Mas você tem uma oportunidade de fazer as coisas de maneira diferente.

Você tem razão. Qualquer coisa que valha a pena fazer exige sacrifício, mas não deve exigir *tudo* de você.

Penso na Arden de quinze anos encolhida como uma bola no meu trailer, entendendo exatamente o que vovó quer dizer.

— Agora sim, querida, vamos colocar esse sorvete no freezer antes que vire um potão de lixo — diz ela, dando dois tapinhas na minha perna e saindo do carro.

Trabalhamos juntas para descarregar os suprimentos, levando-os para a cozinha, e o tempo todo me pergunto por que Lillian não me deixou tirar um minutinho para ligar para minha melhor amiga no aniversário dela. Como se uma ligação pudesse arruinar toda a minha carreira.

Meu celular vibra quando coloco o último saco de farinha no chão, mas dessa vez não é ela.

ei, é o Austin. a competição de chocolate quente vai ser hoje às 17h30 no Barnwich Brews. todo mundo vai, então se você precisar de uma ideia para o seu quarto "encontro"... pode vir :)

e realmente TODO MUNDO de Barnwich vai estar lá

Minha boca já está salivando com a ideia de beber chocolate quente por uma hora direto, e acho que me faria bem aproveitar uma noite com o pessoal.

E mais! Fazer chocolate quente é o maior sinônimo de encontro romântico natalino, e se todo mundo vai estar lá, pode ser uma oportunidade perfeita para mais algumas... fotos românticas que eu sei que preciso se quiser esse papel.

Estou prestes a dizer sim quando chega outra mensagem, uma foto de Caroline, com metade do cabelo presa, metade solta, e o queixo apoiado na mão enquanto escreve em seu caderno, totalmente alheia ao mundo.

aliás, sua garota está linda hoje

Digo que estarei lá, então balanço a cabeça, sorrindo para mim mesma enquanto coloco meu celular no bolso e termino de ajudar vovó a descarregar tudo. Ele não mentiu no elogio. Talvez fazer algumas fotos românticas parecerem verossímeis vá ser mais fácil do que eu pensava.

Capítulo 15

CAROLINE

DIA 4

Sinto um peso sendo tirado dos meus ombros enquanto descemos pela Main Street em direção ao Barnwich Brews logo após a última prova antes das férias. Enquanto verifico meu celular, Maya entrelaça o braço no meu para não me deixar esbarrar em ninguém. As ruas têm estado mais movimentadas nos últimos dois dias, e é difícil não admitir que Arden estava certa. Sua presença e o fluxo constante de stories em Barnwich estão afetando o turismo gradativamente.

— Arden te mandou mensagem? — Maya me pergunta enquanto me tira do caminho de um grupo de pessoas que carregam patins de gelo para a pista de patinação no parque.

— Não — Finn, que está prestando atenção na tela do meu celular, responde por mim. Parece que o namoro falso com Arden James significa que não tenho mais privacidade.

Olho para ele e guardo meu celular no bolso.

— Só quero ter certeza de que ela estará aqui para que a matéria seja concluída. Para entrar em Columbia.

— Uhum — murmura Maya.

— É sério. Não me importo nem um pouco com Arden.

— Uhum — ecoa Finn, e os dois trocam um olhar.

— Você não estava *torcendo* pela Taylor, hein? — sibilo de volta, e Maya solta um resmungo.

— Sim, mas... — Ela franze a testa. — Ai. É que... Arden passou metade do jogo de basquete me perguntando sobre a faculdade de artes e vendo fotos dos meus projetos mais recentes. E não de uma forma falsa de quem só quer agradar. Ela estava genuinamente interessada. E por mais que eu odeie admitir, ela... — Minha amiga balança a cabeça. — Ela vai conquistando com o tempo, né?

— Até não conquistar mais.

À medida que nos aproximamos, avisto Arden encostada de forma casual na lateral do Barnwich Brews, em uma jaqueta preta de lã de carneiro e com um par de óculos escuros pendurados na boca enquanto digita no celular. Descolada demais para Barnwich.

— Arden! — grita Finn, e ela olha para cima, sorrindo e guardando o celular e os óculos escuros.

Quando se afasta da parede e nossos olhares se cruzam, sinto meu coração palpitar como na noite passada e sei que Finn e Maya estão certos. Estou tentando me enganar.

— Oi — digo, seguindo todos para dentro enquanto tento controlar a agitação dentro de mim. Parece que eu nunca vi uma garota linda antes. Jesus.

Mas ela agarra meu pulso e me puxa para o lado, pelo beco estreito, para fora do alcance dos ouvidos do resto das pessoas que se dirigem para a competição de chocolate quente. Ela se vira para mim, lançando um olhar rápido por cima do meu ombro para ter certeza de que ninguém está nos escutando.

— Minha agente me ligou de manhã e disse que precisamos fazer as coisas parecerem... mais críveis.

— Bom te ver também. Meu dia foi bacana, obrigada por perguntar.

— *Caroline.*

Cruzo os braços sobre o peito, franzindo a testa para ela.

— Mais críveis? O que isso quer dizer?

— Não sei — responde ela, soltando um longo suspiro. — Umas fotos do jogo de basquete caíram na internet, e não parecíamos estar vivendo um romance épico. — Ela abaixa a voz. — Definitivamente não quero fazer nada que te deixe desconfortável, mas será que você pode, tipo...?

Ela sustenta meu olhar enquanto se aproxima com um passo. É o suficiente para que eu possa ver a pequena cicatriz em seu queixo que ela ganhou ao cair do guidão da minha bicicleta quando tínhamos dez anos. Para eu ver seu peito subindo e descendo, para o joelho dela bater levemente no meu. É perto o suficiente para que meu olhar vá, sem pensar, para os lábios dela.

Arden estende a mão, as pontas dos dedos descendo pelo meu braço até a palma da minha mão, e minha respiração falha.

— Fingir que está apaixonada por mim?

Essa não é a parte difícil. Eu já *estive* apaixonada por ela. Mas é assustador pensar em... reviver essas emoções enterradas, tentar fingir que elas nunca existiram.

Agir como se eu as sentisse agora apenas para os outros verem.

Principalmente com ela parada aqui, bem na minha frente, parecendo que vai me beijar.

Espera aí. Ela *vai* me beijar?

— Tudo bem. — Viro a cabeça para encarar o beco, interrompendo o momento. — Mas nada de beijos — digo para recuperar algum tipo de controle sobre mim mesma. Posso não odiar mais Arden, posso até torcer para que ela consiga esse papel, mas isso não significa que confio nela. E isso certamente não significa que vou me apaixonar por ela novamente.

— Nada de beijos. — Ela concorda com a cabeça de uma forma que me faz questionar se aquele breve momento foi só produto da minha imaginação.

Entramos para encontrar o resto do pessoal, e o cheiro de delícias quentes, doces e achocolatadas que nos atinge quando passamos pela porta me ajuda a me recompor. Este é um dos eventos típicos da temporada em Barnwich, e a sala está lotada de pessoas circulando pelas seis bancadas preparadas para os finalistas. Austin foi alocado bem no final, no lado oposto a nós, e está com a testa franzida enquanto prepara pequenos copos de degustação. Durante as rodadas de qualificação, foi obrigatório que todos fizessem o bom e velho chocolate quente normal, mas agora podem adicionar os sabores que quiserem, e tenho a sensação de que isso vai resultar em extremos muito bons e muito ruins esta noite.

Percebo algumas cabeças se virando quando entramos e me lembro de virar meu corpo em direção a Arden em vez de me afastar, como se eu *quisesse* estar perto dela. Nós desaceleramos até pararmos ao lado de Finn, Maya e... merda, *Taylor*, que deve ter aparecido enquanto conversávamos lá fora.

— Cédulas para vocês — diz ela, estendendo dois papéis amarelos e um lápis minúsculo para mim e Arden. Percebo que seus olhos se voltam para nossas mãos entrelaçadas, e tenho que desviar o olhar enquanto Arden pega tudo da mão dela e se vira para colocar o lapisinho atrás da minha orelha.

Apesar do constrangimento, continuo segurando a mão de Arden enquanto nos dirigimos para a primeira bancada, onde o Sr. Horowitz, professor de ciências do ensino fundamental, está preparando um chocolate quente com menta.

Arden pega um dos copinhos de amostra e toma um grande gole. Ela prova, mais uma vez, que é uma atriz muito boa, porque só percebo que algo está errado por causa de um movimento sutil dos olhos quando ela engole. Enquanto o resto do nosso grupo faz várias caretas de desgosto, a expressão dela se transforma em um grande sorriso cheio de dentes.

— Uau, Sr. Horowitz! — diz. — Que receita!

— Me deixa provar — sibilo enquanto a puxo para o lado e pego o copo dela, tomando um breve gole.

— É como se leite estragado e enxaguante bucal tivessem um bebê — sussurra Arden entre os dentes, ainda sorrindo enquanto eu luto para engolir, porque essa descrição talvez seja generosa.

— Que ótima maneira de começar — geme Taylor, gargarejando com um copo de água enquanto nos dirigimos para a próxima bancada.

— Um concorrente a menos para Austin — sussurra Finn enquanto Ruth, nossa companheira de canções de natal e campeã da competição do ano passado, nos oferece um chocolate quente simples e clássico.

— Sem firulas — declara ela, na defensiva, enquanto aceitamos nossos copos. No entanto, é um alívio poder saborear um chocolate quente, rico e doce, depois que o Sr. Horowitz acertou a gente e metade de Barnwich com um golpe de menta.

— Puta merda, esse *tem que* ficar em primeiro lugar — diz Arden, balançando a cabeça enquanto preenche sua cédula. — Ou talvez em segundo — acrescenta rápido, mudando seu "1" para um "2" rabiscado quando percebe Finn estreitando os olhos para ela.

O próximo, uma versão de chocolate branco quente doce demais de Alexis, uma das colegas de Riley do time de futebol do ensino fundamental, garante quase com certeza o quinto lugar. Seguimos para um chocolate quente com toques de laranja e canela bem melhor que o anterior, feito por um funcionário do Barnwich Brews e, em seguida, um com sabor de red velvet bem gostoso de um turista que viajou até Barnwich apenas para competir.

Arden levanta a xícara do chocolate de red velvet.

— Ah, esse tem que ficar *pelo menos* em terceiro.

— De jeito nenhum. — Me viro para encará-la. — Acha que *esse* é melhor que o de laranja com canela? Você só pode estar brincando. — Percebo que ela tem um pouco de chantilly no lábio superior. — Você também está com..

Estico a mão e uso o polegar para limpar a sujeira. Então ela olha para meus lábios. Permaneço com minha mão em sua bochecha macia.

Obviamente só para render um pouco mais de atuação, como pediu.

— Ai, meu Deus, arranjem um quarto — diz Maya, se abanando com a cédula, com um brilho travesso nos olhos, enquanto Taylor me lança um olhar penetrante ao lado dela. Tomo um susto quando Arden se afasta rapidamente, como se tivesse cronometrado, disfarçando o movimento repentino ao jogar o copo na lata de lixo ao nosso lado, e sinto...

Não sei. *Decepção*? Faço uma careta para mim mesma.

Sério? Estou decepcionada? A mera possibilidade disso já me assusta. Mesmo que seja fingimento, brincar com fogo é perigoso. Especialmente quando esse fogo é Arden.

Para minha felicidade, vamos para a bancada de Austin e me concentro novamente no motivo mais importante de estarmos aqui. Apoiá-lo. Ele levanta a cabeça enquanto gritamos seu nome, e tiro algumas fotos dele trabalhando. Quase derreto em uma poça de fofura quando vejo que ele está fazendo chocolate quente com caramelo salgado, o favorito de Finn, mesmo que Austin odeie toda e qualquer coisa com caramelo.

Vê-los tão apaixonados, sempre pensando um no outro, seja com luvas vermelhas horríveis ou com bebidas quentes de inverno, faz com que a mentira na qual estou envolvida doa um pouquinho mais.

Todos nós tomamos um gole, e é fácil demais fazer todo um escândalo sobre o quão delicioso está. Um chocolate quente encorpado. A doçura suave do caramelo acrescentando uma profundidade diferente de sabor. E ainda tem os minúsculos e crocantes grãozinhos de sal.

— Minha Nossa Senhora! — exclama Taylor, indo pegar um segundo copo, mas Austin dá um tapa na mão dela.

— Preciso dos votos de todas as outras pessoas também!

— Isso aqui está surreal — afirma Arden. — Dá pra ver como você se esforçou pra equilibrar todos os elementos perfeitamente.

Austin cora com o elogio, satisfeito por ela ter notado.

— Passei três meses só tentando descobrir a quantidade certa de caramelo. E isso sem nem falar do sal.

Três meses? Olho para as porções de sal cuidadosamente separadas em medidas exatas até o último grão. Sou a melhor amiga dele, e nem eu fazia ideia do *tanto* que ele se dedicou para isso.

E Arden surgiu do nada e simplesmente... *sabia*. Fez com que ele se sentisse visto.

Eu seria capaz de lhe dar um beijo falso agora.

Ela assente.

— Dá pra perceber. Você fez o melhor chocolate quente daqui, sem nem comparação. — Ela hesita e passa os dedos pelo cabelo. — Não quero fazer as coisas ficarem esquisitas entre a gente, mas se você tiver um perfil profissional no Instagram ou algo assim, eu poderia postar te marcando. Ou compartilhar? Não sei...

— Ai, meu Deus, sim — comemora Austin, com os olhos arregalados de entusiasmo.

Arden relaxa instantaneamente e pega o celular para deixá-lo encontrar seu perfil. Bebo o resto do meu chocolate quente e tento manter meus sentimentos, *sejam eles quais forem*, sob controle, então me junto a Taylor, que lança um olhar triste para os copos de amostra em cima da mesa. De alguma maneira, Arden também presta atenção nisso, porque ela estende o resto de seu copo para mim enquanto Austin devolve o celular.

Eu aceito o copo que ela oferece, odiando o quão certa Maya estava. *Ela vai conquistando com o tempo*. Quer você queira ou não.

— Sério, Austin — digo depois de outro gole perfeito. — Acho que tem um coro de anjos cantando aqui.

— Provavelmente é apenas efeito do alto teor de açúcar que você consumiu — diz ele com modéstia, entregando a Finn um segundo copo, desta vez com chantilly extra.

— Favoritismo — murmura Taylor, enquanto todos nós seguimos adiante para deixar nossas cédulas em uma mesa onde Sheila e Margie, duas das parceiras de Edie nas noites de baralho aos sábados, estão contando os votos freneticamente.

Enquanto aguardamos os resultados, tento olhar com adoração para Arden, o que parece particularmente difícil porque... Não sei. Estou com uma dificuldade enorme de olhar nos olhos dela depois do que aconteceu com Austin. Como se, caso eu faça isso, vá acabar vendo muito da antiga Arden lá, e pouco da *Arden James*.

— Puta merda — sussurra ela, abaixando a cabeça e encostando a bochecha na minha. Ela acena com a cabeça para o outro lado da sala, o que entrega que ela não está tentando flertar. — *Olha ali*.

Sigo seu olhar para ver Ruth andando perto da mesa de contagem de votos, fingindo entregar dois copos para as senhoras que estão contando. Quando ela pensa que ninguém está olhando, enfia a mão na bolsa e tira um punhado de cédulas amarelas, espalhando-as rapidamente sobre a mesa.

— Ruth está trapaceando — digo, horrorizada. Mas então fica pior. Observo Sheila pegar as cédulas com uma piscadela, passando-as para Margie. — E elas estão ajudando!

Isso quase configura um crime em Barnwich. Trapacear justo na competição anual de chocolate quente? Seria mais fácil sair ileso de ter cometido assassinato.

Isso daria uma matéria muito boa, mas não suporto a ideia de deixar Austin perder só para que eu publique uma exclusiva.

Quando Ruth busca outro punhado em sua bolsa, ouço minha própria voz gritando:

— Ela está trapaceando!

A sala inteira congela. Os olhos de Ruth se arregalam quando ela levanta a cabeça para olhar para mim. Ela se recupera rapidamente, entregando uma atuação quase do mesmo calibre de Arden.

— Eu? Eu só estava entregando um chocolate quente para nossas esforçadas juradas. Isso dificilmente se configura como trapaça, não é?

— O que tem na bolsa? — questiona Arden, colocando um braço em volta do meu ombro. Somos uma frente unida.

Ruth enfia a mão com expressão inocente na bolsa e tira... a porra do sino da noite de cantoria.

Arden revira os olhos.

— O que mais?

O olhar de Ruth se volta rapidamente para a porta de saída e, antes que o Sr. Lee, o proprietário do Barnwich Brews, possa confiscar sua bolsa, ela corre para o meio da multidão, se esquivando das pessoas com a agilidade de um recruta de futebol da primeira divisão, deixando algumas cédulas adulteradas caírem pelo caminho atrás dela.

— Peguem ela! — grita o Sr. Lee. Algumas pessoas tentam corajosamente pará-la, mas não conseguem. Ela chega até a porta sem dificuldade e a empurra, levantando um dedo médio para Arden pela janela da frente antes de desaparecer no meio da noite.

Eu me viro para Arden, boquiaberta e incrédula, e então nós duas caímos na gargalhada de uma forma que é assustadoramente familiar. Logo, todo mundo se junta a nós enquanto todos tentamos processar o que acabou de acontecer.

— Quando ela tirou o sino da bolsa... — Finn enxuga as lágrimas dos olhos.

— Quando ela deu *o dedo do meio* para Arden — acrescenta Taylor, gargalhando.

Quanto mais alguém menciona algo sobre ocorrido, mais engraçado fica, então Arden e eu nos inclinamos uma para a outra enquanto a risada se multiplica.

Mas o Sr. Lee com certeza não está rindo. Ele logo ativa o modo controle de danos, tirando Sheila e Margie de seus postos antes de assumir a mesa para examinar tudo, mordendo o lábio enquanto bola um plano. Depois que todos tiveram a chance de experimentar os chocolates, todo mundo se acalma e espera que ele fale.

— Feliz Natal! — grita ele, e todos respondem em coro.

Exceto Riley.

— Feliz Hanucá! — grita ela de volta, encontrando meus olhos, e nós duas sorrimos.

— Bem, quero agradecer a todos por comparecerem à nossa sexagésima competição anual de chocolate quente! Certamente foi memorável. — Ele suspira, e a multidão responde com vivas, assobios e risadas. — Já que a votação foi adulterada, sinto que a única maneira justa de encontrar o nosso vencedor é permitir que todos vocês decidam como um grupo, aqui e agora.

Lanço um olhar de soslaio para Austin e vejo que seus dedos estão cruzados atrás das costas e que ele está mordendo o lábio inferior. A vitória não apenas colocaria mil dólares em sua conta, mas também seria mais uma coisa para ele acrescentar ao seu currículo. Significaria mais um passo em direção ao seu sonho de um dia ter a própria cafeteria.

Assim como a matéria sobre Arden é importante para mim.

Olho para baixo e vejo que os dedos dela também estão cruzados.

— Então, eu vou de bancada em bancada — diz Lee, apontando para todas as mesas. — Quando eu disser o nome de um competidor, se vocês acharem que ele deve vencer, aplaudam o mais alto que puderem! Ok?

Todos batem palmas em sinal de concordância.

— Primeiro, temos o Sr. Horowitz, com seu singular chocolate quente de menta!

Daria para ouvir um alfinete caindo.

Alguém tosse perto dos banheiros, e o silêncio soa como um trovão.

Nem sua própria esposa bate palmas para ele. É brutal.

— Hum, tudo bem — diz o Sr. Lee, coçando o queixo. — Mais sorte da próxima vez, Sr. Horowitz! — Ele aponta para a próxima mesa. — Que tal o chocolate branco quente de Alexis Piccadillo?

Alexis cora quando alguns aplausos dispersos soam pela sala e seus amigos do ensino fundamental gritam como demônios, sendo liderados pela primeira e única Riley Beckett. Minha irmã é mesmo uma boa amiga, porque eu sei que ela *odeia* chocolate branco.

Sr. Lee sorri e balança a cabeça, fazendo sinal para que se acalmem.

— Ok! Temos alguns fãs de Alexis e seu chocolate branco. Bom trabalho!

Um dos pré-adolescentes solta um último grito de apoio e então o Sr. Lee passa para a próxima competidora.

— E quanto à Sra. Walters e seu *delicioso* chocolate quente com canela e laranja?

A multidão aplaude mais alto do que fez com Alexis, mas nem de longe tão alto quanto os aplausos que se seguem para a turista, Abigail Darcy, e seu chocolate quente de red velvet. Abigail sorri e acena enquanto Austin observa tudo, nervoso.

Arden se inclina para mais perto de mim, seu peito roçando meu ombro enquanto a voz sussurra perto da minha nuca.

— Falei que era melhor que o de laranja com canela.

Eu bufo em protesto, tentando ignorar os arrepios que percorrem meu braço.

— E por último, mas não menos importante: Austin Be... — Finn já está gritando antes mesmo que o Sr. Lee consiga terminar de dizer o nome — ...cker e seu chocolate com caramelo sal...

Mas o resto da multidão também vai à loucura, e a voz dele é abafada enquanto todos nós começamos a uivar e gritar. Austin enterra o rosto corado nas mãos enquanto o barulho o coroa como o vencedor.

Sr. Lee leva um minuto inteiro para fazer com que todos se acalmem o suficiente para que ele possa fazer o anúncio oficial.

— Com isso, Austin Becker, aqui do Barnwich Brews, é o vencedor da sexagésima competição anual de chocolate quente de Barnwich!

A torcida retoma o barulho quando Finn levanta Austin com um abraço e o gira. Ele só o solta por tempo suficiente para Austin posar para uma foto com o Sr. Lee para o jornal local.

À medida que a multidão começa a se dispersar lentamente, Finn fica para trás para ajudar Austin a limpar, enquanto Taylor é puxada para uma conversa com alguém da equipe de torcida. O resto de nós sai, seguindo o fluxo de pessoas, incluindo Riley e suas amigas, que estão dando risadinhas pela rua. Mas nós mal passamos pela porta quando Maya inventa uma desculpa sobre um projeto escolar que eu sei que não existe, deixando Arden e eu sozinhas abaixo da placa do Barnwich Brews.

— Formamos uma equipe e tanto hoje — comenta ela, erguendo uma sobrancelha. — Juntas, salvamos a integridade da competição do chocolate quente.

Eu rio.

— Nossos nomes estarão nos livros de história de Barnwich.

Arden dá um sorriso tão genuíno e tão bonito ao ouvir isso que tenho que desviar o olhar. Nós duas ficamos em silêncio enquanto a neve começa a cair entre nós, brilhando em seus cabelos escuros.

— Eu... te mando a pergunta de hoje por mensagem — digo, pois há algo sobre esse dia que faz com que fingir agora pareça pesado demais. Olho na direção da minha casa, a apenas dois quarteirões de distância, querendo abrir espaço entre nós. — Vou...

Me viro para sair, mas ela chama:

— Espera... — E agarra minha mão, me puxando para um abraço. Fecho os olhos com força enquanto meus braços envolvem sua cintura e meu rosto se enterra em seu pescoço, sua pele com o mesmo cheiro de sempre.

Mas estar perto assim dela é tão... Estranho? Diferente?

Não. *Íntimo.*

Quatro anos atrás, só havia um abraço rápido, um toque de mãos, nossos joelhos se tocando debaixo da mesa... toques breves acompanhados de meu desejo silencioso por mais.

A única vez que ficamos grudadas assim foi no inverno antes de ela partir, quando ela pulou no lago antes que ele congelasse, atrás da casa de Jacob Klein, vestindo apenas sutiã e calcinha, por cinquenta dólares. Ela tremia enquanto eu a segurava em meus braços, usando o calor do meu corpo para aquecê-la.

Neste momento, consigo sentir seu coração batendo através da camisa outra vez. Sinto o peso dela contra mim, assim como senti naquela noite.

Depois de todo o fingimento desde que ela voltou para casa, esta é a primeira vez que a proximidade parece real. E isso me deixa desequilibrada.

— Para parecer verdade — sussurra Arden em meu cabelo. — Tem alguém tirando uma foto.

Isso faz meu estômago afundar. Mas quando abro os olhos, não há um celular ou câmera sequer à vista.

Ela está mentindo. Mas por quê?

Nós nos separamos sem dizer mais nada, e eu me viro, andando pela rua vazia como se estivesse atordoada. Depois de apenas alguns passos, olho para trás e a vejo seguindo na direção oposta, minha mão apoiada em minha barriga como se pudesse acalmar o exército de borboletas que ameaça estourar minha pele.

Na mesma noite, depois do jantar, estou deitada na cama encarando o teto, ainda sentindo meu coração bater forte.

E não só por causa da quantidade ridícula de açúcar que eu bebi.

— *Você só precisa fazer o seu trabalho, Caroline* — murmuro para mim mesma, finalmente criando coragem para pegar meu celular, acessar minha conversa com Arden e digitar a pergunta de hoje.

Posso ser uma atriz ruim, mas tenho certeza de que sou uma boa jornalista.

onde você se vê daqui a dez anos?

Observo o "digitando" aparecer quase imediatamente. E então sumir. Acontece algumas vezes em sequência. Tento imaginar o que ela dirá, com flashes de Arden usando vestidos esvoaçantes de grife em premiações, bebendo champanhe em algum lugar chique com uma vista bonita, passeando casualmente por uma rua de paralelepípedos usando óculos escuros.

oscar? emmy? uma cidade diferente a cada noite?

Mando a mensagem e vejo os pontos desaparecerem novamente.

A resposta dela chega rápido desta vez.

haha não

Então:

assim, um Oscar SERIA MESMO legal, mas desde que saí de Barnwich, me sinto como se estivesse em um trem em alta velocidade, como se não pudesse desacelerar, dar meia-volta ou desembarcar. espero que aos 28 eu já possa sentir que tenho algum controle, que minha vida é mais do que apenas uma carreira, do que alguma imagem idiota que foi construída para mim, sabe? eu quero coisas simples. amigos, família, um lugar para chamar de lar, algo constante que garanta uma base enquanto a indústria está sempre tentando acabar com sua pele

Penso na nossa conversa de algumas noites atrás, depois do jogo de basquete. Sobre normalidade. Sobre a parte dela que inveja o comum e o mundano. Meu celular vibra novamente, a tela acende.

talvez ter alguém para me receber quando eu chegar em casa

Engulo em seco enquanto a imagem que criei de uma Arden mais velha muda drasticamente. Ela com o mesmo vestido chique, mas em vez do glamoroso tapete vermelho, ela está voltando para casa mais cedo, sem nem trocar de roupa antes de se enroscar sob um cobertor aconchegante em um grande sofá de couro, com a mão de alguém em cima da dela e um Oscar em cima da lareira.

Isso não deveria me causar surpresa. Quatro anos atrás, era exatamente essa a resposta que eu esperaria dela, palavra por palavra. Mas ainda assim me surpreende.

Ainda é muito estranho ouvir ela falando sobre como os últimos quatro anos foram para ela, em vez de apenas supor enquanto tentava, sem sucesso, conciliar a Arden que eu conhecia como a palma da minha mão com aquela em destaque nas revistas. Também é estranho pensar em como teria sido se eu estivesse lá o tempo todo para ouvir tudo diretamente dela, para vivenciar uma pequena parte disso, em vez de ser deixada para trás. Graças ao que li na internet, há muitas coisas que eu simplesmente presumi sobre a vida dela e suas motivações para não entrar em contato, já que ela não estava aqui para me dizer o contrário.

É difícil equilibrar as duas coisas na cabeça, especialmente quando ainda sinto a dor de ser a garota de jaqueta rosa que ela abandonou.

O "digitando" aparece novamente, seguido por:

e você?

Hesito, sabendo que esta é uma oportunidade para deixá-la me acessar ou afastá-la novamente. Mordo o lábio, me lembrando de como foi estar parada na calçada e vê-la partir, tantos anos atrás, e depois pensando em... *hoje*. Quando seus braços estavam em volta de mim do lado de fora do Barnwich Brews e senti seu rosto sob meus dedos.

Começo a digitar, cedendo, decidindo que um pouco da Arden, mesmo que por pouco tempo, é melhor do que não tê-la de forma alguma. A única maneira de me curar disso é realmente começarmos a conversar, em vez de eu insistir em mantê-la à distância.

uma carreira de sucesso no jornalismo, morando em Nova York ou Los Angeles, com um cachorro e uma namorada

Taylor Hill?

Ela pergunta, e eu hesito antes de responder.

Alguns dias atrás, eu achava que esses sentimentos viriam à tona, porém, para minha frustração, mesmo com raiva de Arden, ainda sinto mais por ela em nosso relacionamento falso do que sinto por Taylor. Praticamente paramos de trocar mensagens por eu estar envolvida demais na órbita de Arden.

Suspiro e digito uma resposta diplomática:

geralmente não gosto de loiras.

A resposta dela me faz olhar para o meu celular por um longo momento antes de apertar o botão lateral:

não posso dizer o mesmo

Deixo a tela escurecer enquanto coloco o aparelho contra o peito, decidindo não olhar para ele novamente.

Mas meu celular vibra e eu me agito, traindo minha promessa a mim mesma enquanto me sento para ler a próxima mensagem. Mas essa, no entanto, é de Riley.

você está nos trending topics

Franzo a testa, clicando no tweet que ela me enviou para abrir uma foto minha e de Arden no Barnwich Brews. Há um sorriso sutil no meu rosto enquanto limpo o chantilly de seu lábio, e o semblante de Arden está suave enquanto ela me olha... encantada. Bastaria um bilhete da sua agente e ela teria uma indicação ao Oscar com essa atuação.

Então rolo a tela para baixo para ver... *Jesus Cristo.*

Vinte e quatro mil curtidas em uma hora?

Passo por alguns dos comentários. Há algumas pessoas se perguntando quem eu sou, outras dizendo que ficamos fofas juntas, e ainda algumas reclamando que Arden deveria estar olhando para elas em vez de para mim.

Também há pessoas sendo completamente cruéis.

Procuro o nome dela e vejo que a foto foi republicada centenas de vezes em muito outros tweets. Assim como outras fotos nossas no Barnwich Brews e algumas do jogo de basquete de alguns dias atrás. Continuo rolando a tela, as imagens passam voando, e só paro quando chego em uma foto borrada de nós duas conversando do lado fora apenas algumas horas atrás, com neve flutuando ao nosso redor, momentos antes de ela me abraçar.

Talvez... eu realmente não tivesse me dado conta da grandiosidade dessa parte do nosso pequeno acordo.

A parte em que Arden é *Arden James* e em que esta não é uma simples matéria ou uma reportagem qualquer para acrescentar ao meu portfólio. Não é preto no branco como as outras coisas que fiz. Dessa vez faço parte da história. Gostando ou não, agora meu rosto está em todas as redes sociais. Não sou mais só uma pessoa invisível por trás das palavras que escrevo.

Pode ser que eles não saibam quem eu sou agora, mas saberão quando a matéria for publicada. Merda, quero dizer, eles provavelmente já saberão à meia-noite de hoje.

É... muito pesado. E é só um gostinho do que Arden tem que encarar todos os dias.

Não me admira que ela queira normalidade. Não me admira que queira coisas simples e constantes.

Espero que ela consiga um dia. Daqui a dez anos, quando ela realmente quiser. Quando todas as festas, as garotas e as madrugadas perderem a graça. E espero que ela consiga não por causa de um papel, ou para dizer às pessoas o que elas querem ouvir, ou para reformular sua imagem. Mas por algo real, com alguém real.

Viro de lado e abaixo o celular para olhar pela janela, pensando em como serei eternamente conhecida como *a garota que namorou Arden James naquele Natal.*

E mesmo que eu não tenha feito isso, mesmo que não seja verdade, mesmo que isso faça eu me odiar, parte de mim ainda se preocupa com ela, ainda sente *algo* que me faz pensar que isso tudo vale a pena se significa que terei mais alguns dias para conhecer melhor, mais uma vez, a garota que nunca fui capaz de esquecer por completo.

Capítulo 16

ARDEN

DIA 5

— **Olha o pesado!** — Aviso enquanto mergulho de cabeça em um trenó vermelho e deslizo pela ladeira coberta de neve na Cemetery Hill no primeiro dia de férias de Caroline. O vento arde em meus olhos e morde meus ouvidos quando me inclino para a direita, mirando direto na rampa de neve que Antonio e L.J. Eu acerto bem no centro, e meu estômago dá um pulo até a minha garganta enquanto eu voo por um momento antes de cair de volta no chão.

Apesar da onda de adrenalina, enfio a ponta do pé na neve para diminuir a velocidade antes de chegar à linha das árvores no fundo, sabendo por experiência própria que há um riacho congelado do outro lado que *vai* acabar rachando se você bater com força suficiente e *vai* fazer com que suas calças de neve pareçam pesar cerca de trinta e nove toneladas.

Mal parei quando ouço Caroline gritar:

— Arden! — E um segundo depois ela bate direto em mim, me usando como guarda-corpo humano.

Gemo enquanto nós duas tentamos desembolar nossa confusão de braços e pernas. Rolo de costas, e sua cabeça aparece no meu campo de visão contra o céu cinzento, olhos castanhos quentes procurando meu rosto enquanto algumas mechas soltas de seu cabelo loiro-avermelhado escapam de debaixo do gorro de lã.

— Você está bem?

— Acho que você perfurou meu pulmão — arfo, mas me sento, me lembrando do meu próprio gorro no bolso da jaqueta. Eu o pego, minhas orelhas geladas praticamente suspirando de alívio quando o coloco na cabeça.

— Espere... — Caroline se senta e estende a mão para puxar a ponta do gorro bege com listra azul. — Esse é o gorro que eu fiz para você? Não acredito que você encontrou na casa da Edie!

— Não. — Nego com a cabeça. — Eu trouxe de Los Angeles. Uso ele em todos os invernos, mesmo que nunca neve lá.

Ela encontra meu olhar, seus lábios carnudos desta vez desistindo de tentar evitar um sorriso. Um pensamento sobre beijá-los flutua em meu cérebro, e eu rapidamente o afasto.

Deus, estou entrando um pouco demais na personagem.

— Ele fica melhor agora que você cresceu — diz ela.

Estou prestes a perguntar se ela está insinuando que agora minha cabeça é tão grande quanto a de Levi, quando Austin nos chama do topo da colina.

— Ei! Pombinhas! — Viramos a cabeça para olhar para ele e para o resto do pessoal, todos vestidos com jaquetas fofas e roupas de neve. — Saiam do caminho!

Rio e balanço a cabeça, mas agarro meu trenó e a mão de Caroline, puxando-a para o lado para começar a subir o trajeto de volta. Mesmo que a colina esteja bem vazia com exceção de nós, não solto a mão dela quando chegamos ao topo.

Nem ela solta a minha.

Odeio o quão feliz isso me deixa, especialmente quando avisto Taylor Hill olhando nossos dedos entrelaçados mais uma vez.

Ficamos assim, observando juntas Finn destruir um trenó, Austin errar completamente a direção da rampa e L.J. descer em pé até que o trenó escorregue debaixo dele sozinho, fazendo-o deslizar de bunda até lá embaixo. Apenas Taylor e Antonio conseguem descer juntos sem percalços.

— Você vai? — pergunta Caroline, me puxando para a beirada da descida novamente.

— Acho que vou ficar para trás nesta rodada, vou dar um tempo para as minhas costelas se recuperarem da colisão. — Eu a empurro de brincadeira para o lado antes de ela subir no trenó e seguir a todos colina abaixo.

— Então — começa Maya, bebendo ruidosamente chocolate quente de uma garrafa térmica, claramente aqui para socializar, e não para andar de trenó. — Vocês duas parecem estar... se dando bem.

— Bom, eu sou atriz e Caroline fez os três reis magos ao mesmo tempo na peça da nossa escola naquele ano em que todo mundo ficou gripado junto. Então ela obviamente também tem algum talento no que se refere a atuação — respondo com uma risada, mas Maya apenas estreita os olhos para mim.

— Vi vocês duas do lado de fora do Barnwich Brews depois da competição de ontem, Arden James. Você não pode olhar na minha cara e tentar me dizer que tudo aquilo foi de mentira.

— O quê, você está torcendo por mim agora? Achei que você me odiava — respondo, desviando o olhar para que ela não possa ler meus pensamentos.

— Não te odeio. Simplesmente não confiava em você... de jeito nenhum.

— E agora você confia? — pergunto, cutucando-a de brincadeira até que ela use o ombro para me empurrar um ou dois centímetros para longe.

— O júri ainda não decidiu. Só quero que Caroline consiga o que ela quer.

— Caroline vai conseguir exatamente o que quer. Uma matéria na *Cosmo*.

— Arden, fala sério — diz ela, enxergando perfeitamente as intenções por trás da minha resposta evasiva. — E aconteça o que acontecer, se você está expondo a Caroline, é melhor que esteja lá para protegê-la também no término.

— Ela está bem? Com tudo o que rolou ontem à noite? — pergunto, pensando nas milhões de notificações que recebi durante a noite, todo mundo pirando por causa de nós duas. *Eu* estou acostumada com isso, obviamente, mas... Caroline. Ela não está acostumada a ser jogada aos lobos, nem ao escrutínio interminável da internet.

— Por que você não pergunta a ela? — responde Maya, apontando para Caroline e o resto do grupo bufando enquanto caminham para o topo da colina.

— Arden! Te desafio a pegar a rampa em velocidade máxima! — Finn grita para mim.

Forço uma risada, mas aproveito a oportunidade para encerrar essa conversa que não estou pronta para ter.

— Talvez mais tarde. Caroline, você quer ir comigo? — pergunto, apontando para um trenó grande o suficiente para duas. Ela assente.

Espero no topo, e a neve estala enquanto Caroline se joga na parte da frente do trenó. Dou um impulso e depois pulo atrás dela, me esforçando para não pensar muito sobre como estou perto dela. Voamos morro abaixo e derrapamos até pararmos perfeitamente no fim da pista improvisada.

— Ei, Caroline. Você está, é... — Me levanto e limpo a neve enquanto ela olha para mim. — Você está bem, certo? Olhei seu Instagram há alguns dias e vi que era fechado, mas sei que as postagens de ontem à noite foram... muita coisa. Entendo se você estiver em dúvida sobre escrever a matéria, ou algo assim. Não quero que você...

— Arden. — Ela se levanta e me puxa para o lado pela manga da jaqueta para que Antonio não nos derrube. — Está tudo bem. Quer dizer, não está. É tipo... ridículo que você não tenha privacidade e as pessoas te tratem como um espetáculo. Não gosto de ter minha cara estampada no Twitter, mas faria qualquer coisa para entrar em Columbia, então...

Ela dá de ombros e eu aceno, fingindo que não me incomodo por nenhuma parte de sua motivação ser apenas passar um tempo comigo. Por Maya estar errada e aquele abraço do lado de fora do Barnwich Brews ontem à noite ter significado muito mais para mim do que para ela.

Deixe isso pra lá, Arden.

Voltamos até o topo, onde Caroline se aproxima de Maya, rouba a garrafa térmica e toma um gole. Dou privacidade a elas e vou até Finn, que me cutuca, com um largo sorriso no rosto.

— Quer apostar corrida até lá embaixo?

— Não sei. Quer dizer...

Corro em direção à borda, me lançando com tudo em um trenó para sair na vantagem. Ouço Finn rindo enquanto ele me persegue, e nós dois voamos colina abaixo, páreo a páreo. Quando derrapamos até parar no final, praticamente ao mesmo tempo, ele salta e estende a mão para mim.

— Acho que foi um empate — diz ele, levantando uma sobrancelha. — Embora a largada tenha sido um pouco questionável.

Agarro a mão dele e ele me puxa para cima, e então nós dois conversamos e brincamos durante todo o caminho até o topo da colina.

Caramba. Já faz muito tempo que não faço algo assim, algo que uma garota de dezoito anos *deveria* estar fazendo com seus amigos *de verdade*. Esqueci que sair com amigos não precisa exigir paparazzi, dinheiro e bebida, muito menos coisas ainda piores.

A necessidade de deixar esta cidadezinha era algo tão certo na minha cabeça quando eu era criança, mas agora... a sensação é de que eu tenho que procurar se quiser encontrar o sentimento de novo. Achei que vir até aqui me daria um pouco mais de inspiração para meu papel no filme de Bianchi, mas com certeza não está ajudando a me lembrar de todos os motivos pelos quais eu não podia ficar, como a personagem. Em vez disso, está me lembrando do que eu poderia ter se o fizesse.

Talvez isso não seja uma coisa ruim, no fim das contas.

Talvez vovó esteja certa, e eu deva manter algumas raízes plantadas aqui, mesmo que não possa ficar de vez.

Desço mais algumas vezes durante a hora seguinte, sempre reparando no que Caroline está fazendo. Quando ela está andando de trenó, quando conversa com Maya e Austin, quando passa por mim.

— Caroline! — Taylor chama por ela, apontando para a frente de seu trenó. — Você quer ir comigo?

— Claro — responde Caroline, jogando o próprio trenó laranja e redondo de lado para pular no de Taylor.

Agarro meu trenó com mais força, meu queixo travado enquanto tento ignorar o ciúme que invade meu estômago quando os braços de Taylor envolvem a cintura de Caroline e suas pernas deslizam para prendê-la no lugar.

— Arden, se você não vier aqui agora...

Olho para Austin, que está apontando para a frente de seu trenó. Ele me dá um sorriso sutil e eu retribuo, assentindo e pulando na frente dele enquanto Taylor e Caroline se afastam, rindo.

— E vamos de corrida! — grita Finn, nos empurrando de repente atrás delas. L.J. e Antonio entram na brincadeira, as pernas se agitando, o trenó voando cada vez mais rápido.

— Puta meeeeeeerda! — grita Austin enquanto ganhamos cada vez mais velocidade, descendo rapidamente em um ritmo alucinante. — Finn, eu vou te matar! Ai, meu Deus, ai, meu DEUS! Arden, mas que poooooorra!

Não consigo evitar a risada, mesmo quando meus olhos lacrimejam com a velocidade.

— Não! Tô fora! — diz ele antes de rolar para fora do trenó em movimento e ir em direção ao topo da colina, atravessando uma nuvem de neve.

Também cogito desistir, até avistar Caroline e Taylor, que estão só sorrisos, abraçadas no trenó à minha frente.

Então, em vez disso, me inclino para a frente e subo na rampa.

Com muita força.

Tenho certeza de que ninguém na história de Cemetery Hill jamais voou tão alto. O tempo fica mais lento ao meu redor e juro que toda a minha vida passa diante dos meus olhos.

Então eu bato de volta no chão e minha bunda se estilhaça em mil e um pedaços com o impacto. Rolo para fora do trenó, me debatendo e sentindo a dor reverberar por todo o meu corpo.

— Acho que quebrei minha bunda! — grito, ao som de risadas estrondosas vindas do topo da colina. — É possível perder só uma nádega? Acho que está faltando uma!

Me deito de bruços na neve, esperando a dor passar.

— Bem, pelo menos não foi o rostinho que paga suas contas — diz uma voz, e levanto a cabeça para ver Caroline parada ali, de braços cruzados, nenhum sinal de Taylor perto dela. Ela bate no meu trenó com o pé. — Suba. Vou te puxar de volta.

Gemendo, rolo para o trenó de plástico. Caroline agarra a corda e, de forma lenta, mas estável, me puxa de volta colina acima um centímetro de cada vez. Todos aplaudem quando chegamos ao topo, e eu levanto a mão para acenar de forma dramática, enquanto Caroline revira os olhos para mim e bufa.

— Você estava a pelo menos dois metros do chão — fala Finn, admirado.

— Foi iraaaado — acrescenta L.J., balançando a cabeça com entusiasmo. — Definitivamente alto o suficiente para eu me mijar de medo.

Enquanto todos tentam superar a altura do meu salto, Caroline me arrasta até a caminhonete de Finn, que está servindo como depósito dos nossos lanches, e me larga na neve. Enquanto me esforço para me sentar, ela mexe em uma garrafa térmica gigante na mala da picape e depois se senta ao meu lado, tomando café em um copo de papel.

— Então — começa, vasculhando as calças de neve para pegar seu fiel bloco de notas.

— Ai, meu Deus, Caroline. Você carrega essa coisa para todo lugar? — Pego o café dela e tomo um gole, mas faço uma careta quando ele atinge minha língua. Açúcar e creme *demais* para o meu gosto, mas o calor do líquido é mais importante do que suas proporções horríveis.

— Meio que sim. — Ela vira o café e folheia as páginas, examinando suas anotações. — Você trabalha sem parar desde que completou catorze anos, fazendo um filme ou série de TV atrás do outro. O que você faz para se divertir... quando eu não estou por perto? — ela acrescenta essa parte com uma piscadela.

— Me divertir? — pergunto, semicerrando os olhos para ela. — Todo mundo neste país, inclusive você, sabe o que faço para me divertir. Esse meio que é o problema. — Minha mente passa por salas mal-iluminadas e copos com bordas cobertas de sal, luzes estroboscópicas e músicas vibrantes, garotas que esqueço mais rápido do que consigo decorar seus nomes. Colegas de elenco de quem fico próxima por alguns meses e então só vejo quando rolo o feed do Instagram.

Talvez tenha sido divertido no começo. Ou pelo menos melhor do que o que eu tinha antes. Mas depois de um dia como este? *Nada* naquela vida parece particularmente divertido para mim.

— Mas, tipo... não é possível que você não faça nada além disso. Quero dizer, diversão de verdade, sabe. Tipo a de hoje... — continua ela, e eu dou de ombros.

— Caroline, eu realmente não costumo fazer coisas assim. Tipo... nunca.

— É verdade. — assente ela. — Não neva em Los Angeles.

— Não me refiro a andar de trenó. Me refiro a... *isso* — digo, apontando para nós duas e depois para o resto do grupo.

— Como assim? — Ela franze a testa, tentando entender. — Você quer dizer que nunca sai com amigos? Já vi mil fotos suas com mil pessoas diferentes. Você deve ser amiga de alguns deles.

— Sim, tipo, eu *tenho* amigos. Mas a maioria é colega de elenco, ou pessoas que conheço da indústria. E as pessoas com quem eu saio... bem, eles geralmente são muito mais velhos do que eu, ou eu só os encontro por uma noite — explico, desviando o olhar para a Cemetery Hill. — Então... sim... Sei lá. Talvez eu não *tenha*...

— Arden — diz ela, e sua voz soa como se o fato de eu não ter amigos lhe causasse dor física. — Isso não é... solitário?

— Eu... eu não sei. — Dou de ombros novamente.

Estou prestes a encerrar minha resposta aí, onde sempre interrompo a conversa, antes que eu possa realmente contar a ela sobre as coisas que me corroem e me mantêm acordada, coisas que Lillian nunca iria querer que os leitores da *Cosmo* soubessem. Mas então me lembro do que vovó me disse no outro dia, que não sou minha mãe e que não sou mais uma criança. Posso decidir por mim mesma o que faço e o que não quero fazer.

E não quero passar estes últimos oito dias com Caroline a um passo de distância.

— Caroline, todos os dias depois do trabalho, volto do set para uma casa escura e vazia. Tenho que dormir ao som de reality shows de merda passando na minha TV gigante só para não ouvir o zumbido do vazio em meus ouvidos a noite toda. Passo os fins de semana bêbada, acordando na cama com alguma estranha só para esquecer a solidão. Nunca quis que isso se tornasse minha vida, mas em algum momento dessa jornada eu simplesmente... me perdi. Todo mundo acha que eu devo estar cercada de pessoas que me amam o tempo todo só porque sou uma celebridade. Mas a verdade é que... estou sozinha desde o dia em que saí daqui. — Termino de falar com meus olhos lacrimejando, me afastando da pontada fria do vento e da verdade quando finalmente consigo olhar para ela.

— Você poderia ter... — começa Caroline, a gentileza e sua própria mágoa lutando em sua voz.

— Eu sei — respondo. Ela não pressiona. Em vez disso, Caroline se aproxima e passa o braço no meu, apoiando a cabeça no ombro do meu casaco fofo. Não sei exatamente o que acontecerá quando meu tempo aqui acabar. Não sei se Caroline e eu conseguiremos manter uma amizade à distância desta vez, mas não quero pensar nisso agora. Neste momento, só quero aproveitar o tempo que nos resta.

— Então vou escrever "sem amigos" na...

Arranco o bloco de notas das mãos dela, que se esforça para pegá-lo, rindo. Finalmente respiro, grata por uma pausa na tensão.

Mal terminei de pensar quando uma bola de neve me bate bem no rosto, e viro a cabeça para ver Finn rindo antes de ser atingido.

— Ok. *Essa* me acertou em cheio...

Engasgo quando Caroline joga um punhado de neve em cima da minha cabeça antes de ficar de pé e correr em direção ao grupo, olhando para mim apenas por tempo o suficiente para gritar:

— Vamos lá, Hollywood!

Hollywood?!

Ah, pronto.

Manco para tentar alcançá-la, segurando minha bunda quebrada durante todo o caminho.

Capítulo 17

CAROLINE

DIA 6

Acho que já mudei de roupa seis vezes.

Talvez sete.

Solto um longo suspiro, virando para a direita e depois para a esquerda, inspecionando minha última escolha de jeans e cardigã no espelho, meu longo cabelo puxado meio para cima, meio para baixo.

— Você está bonita — diz Riley, entrando no meu quarto e se jogando na cama com um saco de Doritos. — Pronta para o seu encontro.

Procuro os olhos dela no espelho.

— Não é um encontro.

— Uhum...

— Não é.

— Tá bom! — exclama ela, colocando um salgadinho na boca sorridente com as sobrancelhas balançando. — Mas você com certeza está demorando demais para se arrumar se não for um encontro.

Reviro os olhos e tiro um colar da estante, colocando-o e passando uma borrifada do perfume que minha mãe me deu de aniversário, de cheiro doce e floral.

— Oquevocêsvãofazer?

— O quê?

Ela engole os Doritos mastigados.

— O que vocês vão fazer?

— Não sei — respondo, encolhendo os ombros enquanto pego meu celular e verifico a hora. 19h58. — Ela só disse que estaria aqui às oito da noite.

— Ah, entendi. — Riley assente. — Então você passou quase duas horas se arrumando, está adiantada pela primeira vez na vida, e isso *não é* um encontro.

— Isso aí. — Guardo minha carteira e meu celular, apago a luz do quarto e sigo pelo corredor.

Riley salta da cama, me seguindo.

— Você gostaria que fosse?

— Gostaria que fosse o quê?

— Um encontro.

Paro no último degrau, virando para trás para olhar para ela.

— *Riley*.

Ela joga outro salgadinho na boca inocentemente, esperando por uma resposta que não darei. Eu a ignoro e desço as escadas.

— Isso não foi um não — rebate ela, enquanto a campainha toca. Oito em ponto.

Olho para ela antes de abrir a porta da frente. Arden está perfeita, como sempre, usando uma jaqueta de couro preta, um par de botas caro o suficiente para pagar minha faculdade inteira e um boné de beisebol enfiado na cabeça que não combina com o resto da roupa. *Será que é para esconder o rosto dela*?

Ela me dá uma olhada, o canto da boca se abrindo naquele sorriso torto.

— Você está bonita — fala, como se realmente achasse isso, e sinto minhas bochechas esquentarem.

Ouço um barulho alto de algo crocante sendo mordido e viro a cabeça para encontrar Riley parada ao meu lado.

— Caroline disse que não é um encontro.

— Quero dizer, tecnicamente, *é* um encontro — afirma Arden, inclinando-se para a frente para pegar um salgadinho e colocá-lo na boca —, já que estamos, sabe, namorando de mentirinha.

Pego minha jaqueta, empurrando Arden porta afora na direção de seu carro.

— Tchau, Riley!

— Tchau! — Riley grita de volta. — Divirta-se no seu encontro!

Diminuo a velocidade até parar do lado de fora da perua de Edie, os dedos em volta da maçaneta gelada da porta enquanto espero Arden destrancá-la.

Em vez disso, ela faz uma curva acentuada à esquerda, seguindo na direção da cidade.

Corro atrás dela, agarrando a manga de sua jaqueta.

— Aonde estamos indo?

— Você vai ver — diz ela, e eu rapidamente procuro na minha memória todos os lugares da cidade perto o suficiente para irmos a pé daqui, lugares onde costumávamos ir, eventos de fim de ano de Barnwich que estejam acontecendo hoje à noite, tentando descobrir para onde ela está me levando.

— Livraria?

— Não.

— Confeitaria da Clara?

— Não!

— O fliperama?

— Não... mas ... — Ela hesita, franzindo a testa enquanto viramos a esquina para a Main Street. — Teria sido uma boa ideia.

Examino a rua à nossa frente, placas penduradas sob fileiras de luzes brilhantes.

— Taste of Italy?

— Não.

Espero que ela não esteja pensando no pequeno ateliê de cerâmica da esquina, que costumávamos frequentar quando éramos crianças, porque fechou há alguns anos.

De repente, ela derrapa e para em frente ao Beckett Brothers. Ela abre a porta, e o som de uma garota gritando Adele quase arranca minhas sobrancelhas.

Noite de karaokê.

— Ai, não. — Dou um passo para trás.

— Ah, sim. Pode apostar. Achei que seria divertido fazer algo para a matéria que não seja tão temático do feriado e aproveitar que estamos aqui para divulgar um pouco o negócio dos seus irmãos.

Certo. Para a matéria.

Arden segura minha mão e me puxa para dentro do bar escuro, iluminado apenas por um letreiro néon com o nome na parede, algumas luminárias pendentes modernas que ajudei a pendurar e um holofote no palco no canto, onde Jessica O'Reilly, da turma de Levi, está se esgoelando como uma gaivota ferida. Arden nos guia pelas mesas e cadeiras surpreendentemente lotadas até os bancos de couro vermelho em frente ao bar. Meus irmãos estão concentrados preparando drinques atrás dele, em frente à parede cheia de bebidas alcoólicas. Algumas cabeças se viram quando Arden passa, mas não tantas como costuma acontecer em plena luz do dia. Observo enquanto ela confirma minhas suspeitas anteriores, estendendo a mão para ajustar o boné de beisebol, claramente ainda consciente do efeito de sua presença.

Arden aponta para um banquinho livre e eu deslizo para cima dele, girando-o logo em seguida para encarar Miles. Minha respiração falha quando Arden se aproxima o suficiente para que seu peito pressione levemente meu ombro.

— Oi! — diz meu irmão, quando levanta os olhos do drinque que está preparando e nos vê.

— Miles! Este lugar é incrível — diz Arden, e ele sorri com orgulho enquanto desliza a bebida pelo bar para o Sr. Green, que deve ter acabado de sair do expediente, já que ainda está com sua fantasia de Papai Noel, o chapéu pendurado na cabeça.

— O que posso servir para vocês duas?

— Duas cervejas, por favor — Arden diz inocentemente, sua respiração fazendo cócegas em meu pescoço, o que faz meu estômago embrulhar. Miles bufa e coloca, em vez disso, dois refrigerantes no balcão de madeira à nossa frente, e então pendura um pano de prato por cima do ombro.

— Miiiiles — ela geme. O cara sentado no banco ao nosso lado se levanta, e a parte de mim que não consegue se acalmar protesta enquanto Arden se afasta e ocupa o lugar vago.

— Não vem com "Miles" pra cima de mim, Arden James. — Ele levanta uma sobrancelha escura antes de seguir pelo balcão do bar para anotar mais alguns pedidos. Frustrada, Arden gira para me encarar e eu faço o mesmo, meu joelho roçando o dela.

— Então — começa ela. — Você vem sempre aqui?

— Isso foi uma cantada?

Ela me lança um olhar divertido, tomando um gole lento de seu refrigerante.

Dou de ombros.

— Não muito. Às vezes dou um pulinho aqui depois da escola. Nos primeiros dois meses, todos nós lá de casa vínhamos todos os dias em que estava aberto. Alguns dias, éramos os únicos clientes. Mas agora...

Faço um gesto para a modesta multidão de pessoas que se aglomera enquanto o Sr. Green sobe no palco com seu drinque fresquinho sob aplausos e assobios dispersos.

Talvez seja parcialmente o efeito Arden, mas parte de mim também acredita que o bar esteja cheio porque aqui é o único lugar na cidade disposto a desviar da tradição. Disposto a tentar coisas novas em vez de só se apoiar nas antigas. Noite de trívia, dos solteiros, karaokê, tudo sem exigir fantasias de Natal.

Talvez Barnwich também precise tentar algo novo.

Arden espia ao redor, observando tudo enquanto eu a observo, seu rosto brilhando na luz néon vermelha.

Então a cabeça de Levi aparece de repente entre nós, bloqueando minha visão de Arden. Ele troca as garrafas de refrigerante por duas cervejas com uma piscadela, levando um dedo aos lábios.

Eu rio, e Arden estende a garrafa para mim.

— Saúde.

Bato contra o dela, e nós duas nos juntamos enquanto o bar canta junto com a versão de "Piano Man" do Sr. Green, as pessoas balançando de um lado para o outro em seus assentos.

À medida que a noite de karaokê segue, algumas performances são melhores que outras. Assistimos constrangidos a uma apresentação da recém-divorciada Erica Miller chorando enquanto canta "Shallow", seguida por uma interpretação mediana da Shania Twain feita por uma turista vinda de algum lugar do sul. Mas a situação melhora de maneira significativa com uma versão impressionante de "Bohemian Rhapsody" cantada pelo zelador da nossa escola primária, o Sr. Stukuley.

— Puta merda! — Agarro o braço de Arden enquanto o Sr. Stukuley alcança *a* nota alta, fazendo algumas pessoas assobiarem de admiração.

— Eu o ouvi cantando uma vez enquanto ele limpava o banheiro do segundo andar. — Arden ri. — Sempre soube que ele era talentoso.

Nossos olhares se encontram, e não sei exatamente o que está me deixando tonta, a cerveja ou a mão dela deslizando para o meu pulso e depois para a palma da minha mão, até que as pontas dos dedos quentes dela finalmente se aproximam dos meus. Vejo de relance duas garotas logo por cima do ombro dela, sentadas na ponta do bar, as cabeças juntas enquanto uma delas pega o celular e tira uma foto de Arden.

Não consigo evitar me perguntar se ela só está fazendo isso porque já as viu.

Penso no sorriso falso de Arden na varanda da casa de Margô e em tudo que vi no Twitter há duas noites e aperto ainda mais a mão dela. Luto contra a vontade de arrastá-la para fora daqui e protegê-la. Mas este é um *encontro de mentira*. Nós precisamos, *Arden precisa*, que sejamos vistas.

Então, em vez disso, simplesmente solto a mão dela para me impedir de sair correndo, apoiando as duas mãos no balcão do bar para disfarçar o movimento.

— Miiiiles! — chamo, e meu irmão aparece. — Arranja umas batatas fritas pra gente?

Ele estreita os olhos para mim.

— O Levi...?

Ele avista as garrafas de cerveja vazias e solta um longo suspiro.

— Sim. Vou pegar algumas batatas fritas para vocês.

Não demora muito para que a cesta com papel vermelho e branco apareça à nossa frente. Nossas mãos se batem enquanto tentamos pegar a mesma batata frita perfeita, levemente salgada e impecavelmente crocante. Arden me surpreende ao afastar a mão e fazer sinal para que eu a pegue. Em vez disso, eu a quebro em duas partes e estendo metade para ela. Seus lábios se abrem em um pequeno sorriso quando ela se inclina para a frente e arranca o pedaço da minha mão com uma mordida.

Reviro os olhos para esconder o rubor que sobe pelas minhas bochechas, depois olho de volta para o palco, onde uma mulher mais ou menos da idade de Edie está cantando Cher.

— Vamos lá? — pergunta ela, brincando.

— O quê? Cantar? Com certeza não.

Arden coloca uma batata frita na boca, com um brilho travesso nos olhos enquanto olha para o palco.

— Eu ia arrasar se fosse.

— Disse a garota que estava dublando canções de Natal.

— Ai. — Ela aperta o peito. — Mas é verdade. — Ela toma um gole de uma das novas cervejas que Levi forneceu, aparentemente não se intimidando com as ameaças de Miles, então acena na direção dos banheiros. — Preciso fazer xixi. Volto já.

Estou tão ocupada vendo ela partir que quase não percebo Levi deslizando para o banquinho que ela deixou desocupado, com uma lixeira de plástico embaixo do braço.

— Então — começa ele, olhos castanhos enrugando nos cantos. — E aí?

Olho para ele e como outra batata frita.

— O que você quer dizer com "e aí"?

— Você e *Arden*. — Ele se inclina para a frente de forma conspiratória quando fala. Levi roubou meu diário quando eu estava no oitavo ano, então ele sabe muito bem sobre minha paixão profunda e avassaladora.

— Não tem nada "aí". Pelo menos nada de verdade. Você sabe disso. Nunca teve nada "aí" entre mim e Arden. — Minha paixonite é passado; esses são apenas os efeitos em cascata, o namoro falso os evocando. Arden sempre foi o talvez. O "e se". Na verdade, esse joguinho de faz de conta parece finalmente fornecer uma resposta definitiva para que eu possa simplesmente... seguir em frente.

— Ela só vai estar aqui por mais sete dias. E depois simplesmente... — Dou de ombros, mastigando uma batata frita, um pouco fraca demais pela bebida para evitar a honestidade. — Vai esquecer Barnwich de novo. Me esquecer de novo.

— Hum. — Seu olhar passa pela minha cabeça, no entanto, e um enorme sorriso aparece em seu rosto enquanto toda a sala começa a bater palmas e assobiar.

Me viro e vejo que Arden subiu no palco e está pegando o microfone da mão da fã de Cher.

— Ei, pessoal — diz ela, e alguns celulares são levantados imediatamente, a animação palpável no ambiente. Ela limpa a garganta. — Essa próxima música vai para a *minha namorada*.

Ai, Deus.

Seu olhar se prende ao meu, e no momento em que aquele sorriso perfeito e irritante dela aparece, eu sei exatamente o que está prestes a fazer.

— Jesus Cristo — murmuro, resistindo à vontade de rastejar para baixo do balcão enquanto as primeiras notas da música tocam.

— *Where it began* — Arden começa, e imediatamente todo o bar se vira para me encarar. — *I can't begin to know when.*

Enquanto canta, ela salta do palco e começa a andar entre mesas, interagindo com a plateia o tempo todo, deixando as pessoas cantarem no microfone, tomando um gole rápido do copo de alguém com uma piscadela, até mesmo passando um braço em volta do Sr. Green.

O que quer que ela tenha faltando na qualidade vocal é compensado dez vezes mais com carisma. Quando chega à ponte da música, o que parece ser o bar inteiro já está cantando junto, balançando para a direita e para a esquerda no ritmo dela.

— *Touching me.* — Ela estende a mão e um mar de mãos se volta para ela, alguns dedos roçando os dela. — *Touching you.*

E seria fácil demais só... me render. Meu "e se?" com Arden James. Imaginar como seria se eu realmente fosse dela, a vendo fazer uma serenata para mim no karaokê, ou conseguindo mais dez mil seguidores para Austin no Instagram, ou ouvindo Maya falar sobre a escola de artes. Talvez seja bom que não seja real, porque não tenho certeza de que meu coração aguentaria se apaixonar por uma mesma pessoa tantas vezes.

Ela se vira e sobe na ponta do balcão, mas dessa vez sustenta meu olhar como se não houvesse mais ninguém no bar inteiro.

— *Sweet Caroline.*

— *Pa Pa Pa!* — todos ecoam enquanto ela tira o boné e o joga no meio da multidão, fazendo as pessoas mergulharem para pegá-lo.

— *Good times never seemed so good.*

— *So good! So good! So good!* — O bar inteiro canta enquanto ela se aproxima cada vez mais de mim, fazendo meu coração bater tão forte no peito que me sinto tonta.

Logo ela está na minha frente, abaixando-se até ficarmos cara a cara, tão charmosa que, embora eu ainda não consiga dizer o que é real e o que não é, não tenho mais certeza de que ainda quero fazer isso.

Ela me oferece a mão, uma sobrancelha levantada em desafio enquanto todos aplaudem.

— Ou vai, ou racha — ela murmura, mas de alguma forma eu sei que o desafio é mais do que apenas sobre o karaokê. Solto um longo suspiro e, finalmente, eu cedo. Deixo que ela me puxe para cima do balcão. Me deixo enganar completamente pela nossa mentira. E mesmo que tudo isso esteja tão fora da minha zona de conforto, algo na maneira como ela olha para mim me deixa com menos medo, como sempre aconteceu.

— *Look at the night*... — Cantamos juntas no microfone, e uma pessoa levanta uma garrafa de cerveja, seguida por *todas* as outras.

Ela sorri para o mar de garrafas, para todo o bar cheio de gente, durante o verso, mas quando voltamos ao refrão, ela está olhando de volta para mim, só para mim, os olhos brilhando sob o brilho do letreiro néon, os mesmos olhos que olharam nos meus quando ficamos acordadas até tarde sussurrando segredos uma para a outra, e quando bebemos milkshakes no restaurante da Edie, e quando patinamos no gelo até mal sentirmos os pés. Os mesmos olhos pelos quais me apaixonei tantas vezes, e que me fazem perceber que o que eu pensava ser uma cicatriz na verdade era apenas uma crosta.

A música termina com aplausos estrondosos, e Arden abaixa o microfone até que não haja nada entre nós além de ar. Seu olhar desce para meus lábios e, por um breve momento, um piscar de olhos, parece que vamos nos beijar. Desta vez não tento me enganar. Eu *quero* beijá-la.

Eu *quero* que seja real.

Mas em vez disso, ela pisca e desvia o olhar, sorrindo para a multidão enquanto desce do balcão, e então me oferece uma mãozinha. Ela me ajuda a descer antes de voltar ao palco para entregar o microfone para a próxima pessoa.

Enquanto a observo partir, Levi se inclina para sussurrar em meu ouvido:

— Não parece que ela se esqueceu de você.

E não posso evitar torcer para que talvez ela também queira que seja real.

Capítulo 18

ARDEN

DIA 6

Em algum momento da noite, saímos do bar e caminhamos, rindo, pela calçada. O frio do inverno em Barnwich parece menos cortante por causa das duas cervejas que Levi nos deu escondido.

— *Sweeeeeeet Caroline* — canto enquanto voltamos para a casa dos Beckett sob o brilho laranja das luzes da rua.

Caroline ri quando viramos a esquina na rua dela, e imediatamente engasga ao escorregar em um pedaço de gelo, agitando braços e pernas. Eu a agarro para mantê-la de pé, e seus dedos se enrolam em minha jaqueta, mas não adianta. Nós duas acabamos amontoadas no concreto, Caroline em cima de mim.

— Minha buuunda — gemo. — Ainda está dolorida por causa do acidente com o trenó! — Começamos a rir novamente, e percebo, pela centésima vez esta noite, que ela tem um cheiro quente e doce e *bom*, um perfume que ainda não reconheci, misturado com o mesmo xampu de garrafa azul que ela usa desde o sexto ano.

Talvez não sejam as cervejas que estão me aquecendo, no fim das contas.

— Deus, já faz tanto tempo que não tenho uma noite tão legal. Eu tinha esquecido que poderia ser assim — digo, absorvendo tudo.

— É, parece... — Sua voz desaparece, os olhos procurando uma resposta em meu rosto. — Parece um pouco com...

— Os velhos tempos — concluo, e ela assente.

Nós nos levantamos, tomando cuidado para não dar de bunda no chão de novo enquanto voltamos para a casa dela.

Quando chegamos aos degraus da frente, já passa da meia-noite, e tudo ao nosso redor está calmo e silencioso.

— Tenho que fazer xixi antes de ir — digo a ela.

Ela agarra a manga da minha jaqueta e me puxa degraus acima. Eu a vejo se atrapalhar com as chaves, deixando-as cair três vezes antes de conseguir enfiá-las na fechadura.

— Mão furada — sussurro enquanto ela de alguma forma consegue largar o molho de chaves mais uma vez enquanto as tira da fechadura. Ela está claramente muito mais bêbada do que eu, mas estou me sentindo embriagada com outra coisa esta noite. Quando nós duas finalmente entramos na ponta dos pés, Blue bate o rabo no tapete da entrada nos cumprimentando.

Uso o cabideiro no canto para me estabilizar enquanto tiro minhas botas apertadas demais e causadoras de bolhas, mas o móvel inteiro começa a desmoronar. Felizmente, Caroline o pega antes que caia no chão.

— Arden — sussurra, e eu sorrio para ela.

— O quê? Como eu deveria... — Ouvimos o chão ranger no andar de cima, e ela pressiona a mão contra meus lábios, balançando a cabeça para espiar os degraus escuros que levam ao segundo andar. Olho novamente para seu rosto pálido, iluminado pelo luar que entra pela janela, seus cílios lançando sombras em suas bochechas enquanto ela procura a origem do som.

As sombras desaparecem quando a luz acende acima de nós, revelando a Sra. Beckett parada no topo da escada, vestindo um pijama listrado e com os braços cruzados.

Nós nos separamos rapidamente, e eu levanto minha mão em um aceno estranho, apertando os olhos contra a luz ofuscante da entrada.

— Bom dia! — diz Caroline, e eu bufo, mas a Sra. Beckett deixa cair os braços para bater nas pernas, farejando-a instantaneamente.

— Vou matar seus irmãos.

— Sra. Beckett, eles só nos deram uma cerveja — digo, e ela me encara. — Talvez duas. Ela é apenas fraca para bebida...

Caroline me dá uma cotovelada na lateral do corpo para me fazer calar a boca.

— Eles podem ter problemas por isso. E *você* deveria ser mais responsável — diz para Caroline. Nós duas abaixamos a cabeça na tentativa de parecer arrependidas até que o cabideiro logo atrás de nós tomba lentamente com um estrondo e caímos na gargalhada.

— Tudo bem. Hora de vocês encerrarem a noite. — Ela aponta para mim enquanto eu inclino o cabideiro de volta para ficar de pé. — Arden, diga a Edie que você vai dormir aqui.

Seguro as chaves no meu bolso.

— Posso só...

Se olhares pudessem matar, eu estaria morta.

— Não posso dizer que não achava que você poderia ser irresponsável assim, mas com certeza eu esperava que não fosse.

Ai.

Ela desce os degraus para tirar as chaves da minha mão, me lembrando mais das mães que tive nas telas do que da minha própria.

— Eu te devolvo amanhã. Vou para a cama. Caroline, vamos conversar pela manhã.

De certa forma, parece que levei um tapa, mas também é... bom? Como se ela realmente fosse se importar se algo acontecesse comigo.

Ela apaga a luz e nós ficamos ali no escuro por um minuto até ouvirmos a porta do quarto se fechar no corredor.

Limpo a garganta enquanto Caroline e eu nos entreolhamos.

— Você ainda tem aquela gaveta de guloseimas? — sussurro, tímida, protelando e esperando que Caroline comece a pirar com o que acabou de acontecer.

— Óbvio — responde ela, e depois vai para a cozinha.

— Espere, como assim? Você não está chateada? — pergunto enquanto a sigo.

— Por causa da minha mãe? — zomba. — Ela vai superar. Quero dizer, não é a primeira vez que tomo cerveja, Arden. Além disso, é mesmo culpa *minha* se meu irmão mais velho me deu uma? — Ela sorri. — Levi provavelmente vai se ferrar mais do que eu.

— Ainda dando a cartada de irmã mais nova. — Balanço a cabeça enquanto Blue corre atrás de nós, seguindo o brilho da lanterna do celular de Caroline até a despensa. Está repleta de cereais, sopas, massas e produtos enlatados perfeitamente organizados, e...

A gaveta.

Caroline a abre para revelar um mar de guloseimas. Petiscos, doces, biscoitos recheados, balas e tudo o que se pode imaginar.

Os Beckett sempre tiveram as melhores guloseimas. O Sr. Beckett costumava montar as lancheiras dos filhos de uma forma que fazia com que todas as crianças da nossa escola primária tentassem trocar com eles.

Pegamos um monte e subimos correndo até o quarto de Caroline, como costumávamos fazer quando crianças, caindo na cama dela depois de fazermos uma parada para o xixi. Caroline acende seu abajur de cabeceira, e a lâmpada solitária brilha em um amarelo empoeirado, mas as sombras ainda permanecem nos cantos do quarto.

— Quem diria — digo, colocando uma jujuba na boca enquanto olhamos para o teto. — Nós duas em uma festa do pijama. Parece ainda mais com os velhos tempos do que eu esperava.

— Bem, desta vez, tecnicamente, você está me pagando para sair com você — ela diz, com a boca cheia de biscoito de açúcar e canela. Eu rio.

— Tecnicamente, a *Cosmopolitan* está te pagando, não eu.

Ela dá outra mordida, esboçando um sorrindo que depois se transforma em uma risadinha silenciosa.

— Você provavelmente nem se lembra, mas eu estava pensando naquela vez em que Jacob Klein pagou cinquenta dólares para você pular no lago atrás da casa dele.

— É meio difícil esquecer a vez em que quase tive hipotermia — respondo. — E então, depois que me sequei, saímos mais cedo da festa e gastamos tudo em salgadinhos e esmaltes no Walmart.

— Aquele foi meu esmalte favorito por uns dois anos.

— Você tem notícias dele?

— Do Jacob? — pergunta Caroline, pegando seu segundo biscoito. — Ele foi para Los Angeles também. Tinha um papel em um piloto da Amazon que não foi para a frente.

— Sério? — Viro a cabeça para olhar para ela.

Ela bufa.

— Não. Ele vai para a Penn State no outono.

Sorrio e balanço a cabeça enquanto amasso a embalagem de jujuba. Então pego um saco de Doritos picante.

— Me dá um — pede ela, estendendo a mão em direção a ele.

— Você odeia coisas picantes — digo, confusa. — Lembra quando colocamos molho de pimenta nos ovos em vez de ketchup? Achei que teria que te carregar nas costas até o hospital.

Ela ri.

— É, bem... — E estende a mão de novo para pegar um salgadinho, estalando os dedos para mim. — Minhas papilas gustativas mudaram. Nem tudo permanece igual depois de quatro anos.

Enquanto estendo o pacote aberto para ela, mordo o lábio, debatendo internamente se quero arruinar todo esse progresso.

Cantar para ela em público é uma coisa, mas conversar aqui no quarto, só nós duas, é um outro nível de vulnerabilidade.

Ainda assim, algo me diz que vale a pena tentar.

— Bem, então deveríamos fazer perguntas uma para a outra — sugiro.

Caroline segura o resto do salgadinho entre os dentes e vasculha o bolso de trás para tirar o bloco de notas. Ela vira uma página e está prestes a me perguntar algo quando eu tiro o caderno de sua mão e o jogo por cima do meu ombro no chão.

— Ei! — reclama, olhando para mim.

— Sem bloco de notas. Quero dizer, tipo... perguntas para nos conhecermos. Saber quem somos agora. De verdade. Só entre nós.

Observo enquanto ela considera, seus olhos se movendo para o teto. Prendo a respiração o tempo todo até que finalmente... ela assente.

— Ok.

— Ok?

— Se me perguntar de novo, vou dizer não. — Ela me lança um olhar e eu fecho minha boca. — Qual é a pior coisa de morar em Los Angeles?

— O trânsito — minto, começando bem. — Que celebridade você namoraria? E você não pode dizer eu — brinco, e seu rosto imediatamente fica vermelho, então sei que vai ser uma boa resposta.

— Andrew Garfield.

Dou a ela um olhar confuso.

— Você não é lésbica? — pergunto.

Ela apenas encolhe os ombros e balança a cabeça.

— Sim, mas... a gente não manda no coração, acho. E este coração adora um docinho britânico. Se você não fosse atriz, o que gostaria de ser?

— Professora do ensino médio. — Coloco outro punhado de Doritos na boca.

Ela inclina a cabeça, intrigada.

— Eu também. Quero dizer, se o jornalismo não der certo, seria legal dar aula de redação, ou algo assim.

— Quem é seu irmão favorito? — pergunto.

— Amo todos do mesmo jeito — ela responde, mas depois tapa a boca com a mão, claramente bloqueando um sorriso até que — Levi — escapa.

— Gosto da Riley — responde.

— Só porque ela enaltece até o chão que você pisa.

— Ela tem bom gosto. O que posso dizer? — Dou de ombros, e Caroline joga outro saco de jujubas na minha direção.

Passamos a hora seguinte inteira fazendo perguntas uma para a outra. Descubro que ela ainda gosta de dormir ouvindo música e cultiva uma horta com a mãe religiosamente toda primavera. Que ela passa algumas semanas na casa de praia da família de Maya todo verão, e que vai a todos os jogos de futebol com Austin, mas só para lhe fazer companhia enquanto ele torce por Finn. Que trabalha no restaurante principalmente para ficar de olho na Edie, e quando conto a ela sobre o Restaurant Depot, Caroline diz que vai acompanhar minha vó de agora em diante.

Ela também descobre coisas sobre mim. Que o lugar mais legal onde estive para filmar foi a Croácia e o pior foi passar a noite em um antigo hospital psiquiátrico. Que eu uso uma peruca e um par de óculos escuros para ir ao cinema sozinha quinzenalmente às sextas-feiras. Que eu assisto *Harry & Sally* todo Ano-Novo, assim como costumava fazer com Edie, mesmo quando chego em casa de uma festa bem depois da meia-noite. Que adotei um cachorro idoso e desdentado chamado Neil há dois anos e que passamos lindos seis meses juntos antes de ele falecer.

Conto a ela todas as coisas sobre as quais nunca falo em entrevistas quando estou em coletivas. Coisas que são... bem... pessoais demais para expor ao julgamento de outras pessoas.

— Qual é a pior coisa do ensino médio? — pergunto.

— Comida da cantina — responde Caroline, depois hesita. — E ter que acordar às sete da manhã.

— Ai, meu Deus. *Queria eu* poder dormir até as sete durante a semana — reclamo. — Nas semanas de filmagem, tenho que estar no set às 5h na maioria dos dias. É uma merda.

Caroline ri e cai de costas na cama, encarando o teto.

— Eu não conseguia te tirar da cama de manhã nem pra comer as panquecas da Edie quando éramos pequenas. — Ela faz uma pausa, e nós duas ficamos quietas enquanto pensamos em nossas próximas perguntas. Rolo para ficar de costas também, olhando para o ventilador girando acima de nós.

— O que aconteceu com seus pais? Onde eles estão? — pergunta Caroline finalmente, com a voz suave.

Dou de ombros e solto uma risada patética, sabendo que poderia escapar pela tangente com alguma piada.

Um cruzeiro pelo Reno?

Um bangalô no Caribe?

Enterrados em algum lugar?

Uma grande parte de mim quer fazer graça, porque se eu não fizer isso, tenho medo de chorar. Mas ter contado a Caroline sobre como Los Angeles é solitária depois que andamos de trenó — e o mundo não ter acabado quando fiz isso — me faz não querer mais guardar segredos dela. Pela primeira vez, quero que alguém realmente me enxergue.

Então respiro fundo e começo:

— Lembra como pensamos que as coisas iriam melhorar depois que eu fosse para Los Angeles? — pergunto. — Que eles finalmente parariam de brigar...?

Ela assente.

— Bem, funcionou. Mas só porque eles não ficavam mais em casa. Meus pais começaram a usar meu dinheiro para fugir de qualquer responsabilidade. Bem, da *única* responsabilidade que eles tinham. Eu. Então decidi que se eles não queriam mais ser meus pais, tanto fazia. Mas não iria deixá-los continuar roubando meu dinheiro. Eu me emancipei quando fiz dezesseis anos, mas na verdade já estava sozinha muito antes disso — explico, ainda encarando o teto.

— Não entendo como eles puderam simplesmente... *ir embora* — responde Caroline, enquanto tento engolir o nó que sobe na minha garganta.

— Acho que minha mãe e meu pai não foram feitos para serem pais — admito finalmente. — Não como os seus. Você tem um pai que faz panquecas toda terça-feira. Uma mãe que trabalha muito, mas de alguma forma ainda faz parecer que sempre tem tempo para você. Que grita com você por voltar para casa embriagada e tira as chaves do carro das suas mãos. — Minhas costas estão quentes demais em contato com a cama, e eu gostaria que o ventilador girasse mais rápido. — Pais que... que realmente te amam — concluo, tentando soltar o resto da minha respiração silenciosamente antes que qualquer lágrima possa escapar.

Mas então a mão de Caroline desce pela cama entre nós. Seus dedos deslizam pela minha palma e se entrelaçam com os meus. Ela não está fazendo isso por causa da matéria ou porque alguém pode estar vendo. Ela só está fazendo isso por mim. E depois disso, não há nada que eu possa fazer para impedir as lágrimas que rolam pelo meu rosto.

— Sinto muito. Você merecia coisa melhor. — Ela aperta minha mão.

— Na maioria dos dias, não parece que isso seja verdade. Parece que estou sempre fazendo as escolhas erradas — respondo, encolhendo os ombros.

— Arden... — começa a falar, se virando de lado para me encarar, mas faço sinal de que estou pronta para passar para a próxima pergunta. Ela fica quieta enquanto eu paro um segundo para me recompor um pouco.

— Por que jornalismo? — pergunto quando consigo, esperando que ela me responda desta vez.

Caroline franze o cenho, e por um momento penso que não é algo que ela queira compartilhar comigo. Mas, finalmente, ela deixa escapar um longo suspiro, solta minha mão e rola da cama para o chão para procurar algo embaixo de nós.

Então reaparece com uma caixa de sapatos gasta e empoeirada, que coloca no espaço entre nós. Me sento e ela a empurra em minha direção, então eu abro. A caixa está cheia de matérias e recortes de jornal destacados com cuidado.

Pego um, depois outro, e meu estômago embrulha quando percebo que todos são sobre...

Mim. Meu primeiro ano em Hollywood.

MENINA DE BARNWICH NA TELONA

ARDEN JAMES: UMA ESTRELA EM ASCENSÃO

UM NOVO CONCEITO DE BRILHANTE?

Olho para Caroline. Seu cabelo loiro acobreado finalmente está solto do prendedor que o segurou durante toda a noite, e seu olhar está focado em um dos artigos em sua mão.

— Li *muitos* artigos no ano em que você foi embora. Alguns bons, outros ruins. Só ficava... procurando você em todos eles. Qualquer vestígio de algo familiar seu. Mas não consegui encontrar isso em *nenhum* deles, e isso me fez pensar sobre o que torna alguém um bom escritor. Um bom jornalista. Como é preciso capturar o personagem da história que se está tentando contar, tornando-o vivo para o leitor. Sendo honesto e real, não uma coleção de palavras-chave para otimização nas buscas online.

Ela dá de ombros, e acaba amassando o papel que segura.

— Enfim, foi aí que passei a querer trabalhar com isso. Ser uma jornalista que *pudesse* escrever assim. E, bem, no começo eu não queria admitir, mas acho que, de certa forma, essa matéria para a *Cosmo* é minha primeira chance de causar um impacto real desse tipo.

Ela vai guardar o recorte, mas eu agarro sua mão e seus olhos castanhos se levantam para encontrar os meus.

— Desculpe. Me desculpe por não ter ligado, Caroline. Me desculpe por não ter voltado. E me desculpe por não ter lhe dado nenhum bom motivo para me perdoar, mas às vezes é difícil pra mim falar sobre... bom, sobre sentimentos. Por que eu... — Olho nos olhos dela e ela olha de volta nos meus e... não consigo articular em palavras. Talvez até consiga, mas simplesmente não queira, porque a verdade é que esses sentimentos ainda me assustam para caramba. Antes que eu possa continuar, Caroline pisca rapidamente, quebrando o contato visual.

Então as molas da cama rangem quando ela se levanta.

— Esqueci meu celular lá embaixo. Já volto.

Eu a observo ir, soltando um longo suspiro. Então olho novamente para a caixa e fecho a tampa com cuidado.

Quando ela volta, boceja de forma exagerada, uma atriz não tão boa.

— Pronta para dormir? — pergunta, subindo na cama e se ajeitando do outro lado do edredom.

— Claro — respondo, embora desejasse que pudéssemos ficar acordadas e conversar assim a noite toda, como costumávamos fazer. Gostaria de ter conseguido pronunciar as palavras. Gostaria... Bem, não importa. Provavelmente não seria bom abusar da sorte, de qualquer maneira. Então me deito ao lado dela, os lençóis com o cheiro de seu xampu.

Demora um pouco, mas ela adormece primeiro, com um fone no ouvido, escutando sua playlist para dormir. Seus olhos estão fechados, seus lábios ligeiramente entreabertos, sua respiração lenta e suave. Estendo a mão para puxar o fone de ouvido, e a música vibra enquanto meus dedos permanecem em sua bochecha por um momento roubado.

Isso parece demais com os velhos tempos, mas ainda sinto a distância dos quatro anos pairando entre nós. Nem sei se posso apagá-los contando a verdade para ela, admitindo *por que* não liguei e *por que* nunca voltei. Dizendo a ela como me sinto. E então penso no quão rápido ela saiu correndo do quarto, sem nem esperar para ver se eu conseguiria terminar a frase.

Talvez seja tarde demais. Talvez seja uma pergunta da qual Caroline não queira mais saber a resposta.

Capítulo 19

CAROLINE

DIA 7

A primeira coisa que vejo quando acordo é o rosto de Arden.

Me enrosco nas cobertas, observando todos os seus traços familiares, agora que sua maquiagem saiu. Nariz pontudo, lábios macios, a pequena cicatriz no queixo. De alguma forma, ela está ainda mais bonita sem seu delineador de sempre, e a ausência dele a faz parecer ainda mais com, bem...

A minha Arden.

Especialmente depois da noite passada e do seu pedido de desculpas. Mesmo que ainda estivesse faltando uma explicação, pude sentir como havia sentimento em suas palavras.

E eu não posso nem culpá-la desta vez. Saí antes que ela pudesse terminar de falar porque, bom... de repente, fiquei com medo. Com medo de não aguentar saber a resposta, caso não fosse a que eu esperava.

Ela se mexe, e eu tento agir como se não estivesse aqui só encarando-a enquanto seus olhos castanho-escuros se abrem lentamente e sua mão se estica para esfregar o olho direito.

— Bom dia — resmunga.

— Bom dia — digo, rolando para pegar meu celular na cabeceira. Franzo a testa e me sento quando vejo a tela cheia de notificações e toco em uma do Instagram. Meus olhos se arregalam quando vejo...

— *Dez mil* solicitações para me seguir?

— Ai, caramba. — Arden se senta para espiar por cima do meu ombro. Nós duas assistimos a um vídeo granulado do bar ontem à noite que de alguma forma chegou ao TikTok. O nome da música e a dedicatória de Arden no início devem ter facilitado bastante para seus fãs me localizarem.

Percorro as capturas de tela, os fãs gritando, ARDEN TEM MESMO UMA NAMORADA com emojis de choro nos comentários. Já tem até uma matéria intitulada "Dez coisas sobre a nova namorada de Arden James". Toco nela para ver que metade das coisas estão incorretas, desde dizer que eu tenho um irmão a menos do que na realidade até afirmar que sou "aspirante a jogadora de basquete". Mas, sem dúvida, a pior parte é que a foto do meu anuário do nono ano foi parar lá, de alguma forma. Meu coração martela no peito enquanto tento processar tudo.

Quero dizer, eu *sabia* esse dia chegaria. É só que... está acontecendo muito mais cedo do que eu esperava. Achei que, com a minha reportagem, eu seria capaz de fazer com que acontecesse um pouco dentro dos meus próprios termos.

— Puta merda — digo, batendo meu celular no colchão quando vejo que alguém postou duas capturas de tela do final da música, *daquele* momento. Arden se inclinando para a frente, minhas bochechas queimando quando percebi que seus olhos estavam focados em meus lábios.

É tão estranho ver isso de fora. Ver o quão sem filtros eu estava, e como estava, bom, claramente *a fim* dela.

Me pergunto se isso também ficou óbvio para Arden, ou se ela apenas achou que eu estava melhorando minhas habilidades de atuação.

Ficamos ali sentadas em silêncio por um longo momento, ombro a ombro.

— Tem certeza de que ainda... — Arden começa.

— Você quer passar o dia comigo hoje? — interrompo, olhando para ela. — Como costumávamos fazer. Sem pessoas vendo. Sem namoro de mentira. Sem tudo isso... — Aponto para o meu celular. — Podemos fazer biscoitos e assistir a...

— *Simplesmente Amor* — nós duas falamos ao mesmo tempo. Nosso filme favorito de antigamente. Devemos ter assistido uma centena de vezes, mesmo quando não era época de Natal, mas acho que não vi uma vez sequer desde que ela foi embora.

— Com certeza. — Ela assente. — Então, vamos de biscoitos para o café da manhã?

— Biscoitos no café da manhã.

Arden pega uma camiseta enorme emprestada e um moletom abandonado do antigo quarto de Levi e Miles, já que todas as minhas calças ficariam pescando nela, e saímos para o corredor. Retiro um post-it deixado pela minha mãe no batente da minha porta com os dizeres *CONVERSAREMOS DEPOIS* em caneta permanente.

Meus pais estão no trabalho, o que adia a bronca da minha mãe por pelo menos algumas horas. Mas nem chegamos ao último degrau quando ouço Riley mastigando seu cereal alto o suficiente para ser ouvida até do Barnwich Brews.

— Ora, ora, ora — diz ela, se recostando na cadeira enquanto nos aproximamos. — Parece que o encontro correu bem.

Ela estende a caixa de cereal que mantém ao lado dela para reabastecer a tigela com facilidade e Arden pega um punhado.

Não respondo com o meu habitual *não foi um encontro*, porque... já não sei mais.

Em vez disso, vou até a despensa pegar os ingredientes da receita de biscoito com gotas de chocolate do meu pai. Quando volto, Arden está sentada no balcão, jogando flocos de cereal no ar para Riley pegar com a boca.

— Quando é o Hanucá? — pergunta Arden, fazendo um gesto com a cabeça para a menorá no parapeito da janela.

— Começa bem tarde este ano — diz Riley, inclinando o corpo para a esquerda para pegar mais cereal enquanto ligo o forno para pré-aquecer. — No Natal, na verdade. Mas temos a festa de Hanucá da família neste sábado porque a vovó e o vovô vão viajar para comemorar o aniversário de cinquenta anos de casamento. — Ela mastiga fazendo barulhos, sorrindo para Arden. — Você deveria vir.

— Ah, eu não... — Ela lança um rápido olhar para mim e eu encolho os ombros.

— Pode vir, se quiser. — Despejo açúcar mascavo, farinha e óleo em uma tigela. — Quer dizer, sem pressão, claro.

A campainha toca e Riley dá um pulo, jogando seu pote de cereal na pia enquanto desvia do momento esquisito que criou.

— Tenho que ir. Vou passar o dia na casa de Sammy. — Ela sai pela porta em um piscar de olhos, despedindo-se de Arden (e não de mim) no caminho.

Arden salta do balcão e joga o último punhado de cereais na boca.

— Tem certeza de que não tem problema eu ir?

— Você vai experimentar o melhor assado da sua vida — respondo com um aceno de cabeça, como se não fosse tão importante quanto parece. — Além do mais, minha avó gostou muito de *Operação Sparrow*. Ela assiste uma vez por mês.

Ela ri, estendendo a mão para quebrar um ovo, nossos braços roçando levemente um no outro.

— Minha avó odiou.

— A Edie... talvez tenha um gosto melhor para filmes do que minha avó.

Nós nos movemos em um ritmo constante e funcional, como já fizemos centenas de vezes antes. Eu coloco extrato de baunilha, leite e óleo. Arden coloca os ingredientes secos e depois despeja um monte de gotas de chocolate.

— Acho que seria legal incluir um pouco do Hanucá na matéria — sugere ela enquanto mistura. — Tudo em Barnwich é tão... *natalino*. É meio péssimo que não haja nada para pessoas que celebram outros feriados, pessoas de outras religiões.

Olho para ela, surpresa por Arden ter notado o que sinto. Algo que ninguém mais parece ver.

— Queria que Barnwich tivesse algo para nós também. Só não sei como seria possível... encaixar. Em uma cidade como essa. Às vezes eu sinto que nem *eu* me encaixo — admito.

— Bem, você, Levi, Miles, Riley e sua mãe são parte desta cidade tanto quanto eu, Edie e seu pai. E vocês não são os únicos judeus aqui. — Ela dá de ombros. Penso em alguns garotos da escola que conheço, Sarah, Heather, Jake e Zoey, os Goldberg, que moram a dois quarteirões de distância, e os Bernstein, do dia das canções de Natal, a apenas algumas casas de distância, enquanto ela continua: — Talvez possamos encontrar uma maneira de... Quero dizer, talvez seja disso que Barnwich precisa. O que está faltando. Em vez de apenas fazer mais da mesma coisa e esperar um resultado diferente, talvez precise de algo novo. De mais... diversidade.

Eu a encaro por um longo momento enquanto ela pega duas colheres da gaveta de talheres, estendendo uma para mim como se não tivesse acabado de ecoar em voz alta cada um dos meus pensamentos secretos.

— Vamos continuar pensando a respeito disso. Enquanto isso... obviamente temos que experimentar — fala, apontando para a tigela de massa de biscoito à nossa frente.

Concordo com a cabeça e pego a colher da mão dela, depois pego um bocado de massa enquanto ela faz o mesmo.

— Seus fãs vão me odiar se você pegar salmonela? — pergunto com a boca cheia. A massa do biscoito é doce, macia e deliciosa, com o açúcar mascavo se destacando exatamente como eu me lembrava.

— Com certeza — responde, jogando uma gota de chocolate em mim. — Você acha que está em alta agora? Aguarde.

Gemo e como mais um pouco enquanto colocamos a massa de biscoito no tabuleiro, que Arden então coloca no forno. Não demora muito para a cozinha começar a ter um cheiro incrível, e passamos alguns minutos limpando tudo. O cheiro nos segue pelo corredor até a sala de estar, onde coloco o filme para passar enquanto sento ao lado dela no sofá. É chocante quando um anúncio de um programa de TV que Arden fez no ano passado aparece antes de começar.

— Quanta seriedade — digo enquanto Arden imita a foto, braços cruzados e sobrancelhas franzidas. Eu a empurro e ela sorri, suavizando a testa.

— Eu estava com uma espinha gigante naquele dia — conta ela, apontando para o queixo na foto, onde só vejo uma pele lisa e perfeita. — Alguém deve ter passado pelo menos duas horas retocando.

— Muitas balas azedas?

Arden só costumava ter espinhas na pele absurdamente perfeita quando comia uma quantidade obscena de doces. Minhoquinhas de bala azeda eram seu ponto fraco.

Ela olha para mim, na defensiva.

— Comprei dez dos pacotes grandes por *cinco dólares* quando a farmácia perto da minha casa fechou. Dá para acreditar?

Jogo o controle remoto no sofá quando o cronômetro apita no outro cômodo, e Arden segue atrás de mim, continuando sua justificativa.

— Elas estavam um pouco velhas? Claro. Comi dois sacos inteiros antes mesmo da manhã seguinte? Com certeza.

Colocamos os biscoitos em um prato e pegamos dois copos de leite antes de voltarmos para a sala.

Enquanto apertamos o play e nos acomodamos sob o mesmo cobertor, de repente não consigo distinguir o passado do presente. De repente, tenho catorze anos de novo, e tudo no que consigo me concentrar é a perna dela, a poucos centímetros da minha, com o prato entre nós. Só depois de meia dúzia de biscoitos e na metade do filme, com uma dança de Hugh Grant pelos cômodos da casa 10 da Downing Street, que eu começo a conseguir prestar atenção.

De certa forma, quando me perco em pensamentos, o filme me faz pensar em Barnwich novamente. Na minha conversa com Arden e no que espero que esta cidade possa se tornar com todas essas histórias diferentes se cruzando. Agregando cada pessoa e cada perspectiva, todas as diferentes celebrações que nos unem.

Minha linha de pensamento é interrompida, no entanto, quando começamos a ver *De repente 30*. Com o prato agora apoiado na mesa de centro, Arden se aproxima o suficiente do meu colo para que sua cabeça roce de leve na minha mão, e forço as pontas dos dedos para resistir à vontade de enroscá-los em seu cabelo.

— Ai — diz ela, me entregando metade de outro biscoito quando a cena do jogo do beijo acontece e Matty é empurrado para fora do armário. — Essa parte sempre dói. Ele tem *a maior* quedinha por ela!

— No fim, dá tudo certo — digo, e ela bufa, olhando para mim.

— Você tem razão. Quer dizer, eu tinha uma *enorme* queda por você naquela época. E olhe só para a gente agora! As queridinhas do Instagram.

Quase engasgo com o pedaço de biscoito na boca.

— *O quê?*

Tento respirar.

Arden tinha uma queda por *mim*? Estou ficando tonta. Sem chance...

— Bem... — Ela dá de ombros. — Talvez não fosse uma queda.

— Ahh. Tá. — Resisto à vontade de revirar os olhos, porque *claro* que Arden não tinha uma queda por mim. Isso seria ridículo.

— Foi bem mais do que isso. — Ela ri, os olhos mudando de direção para focar na TV enquanto o pedaço de biscoito desce pelo lugar errado na minha garganta. — Eu era tão apaixonada por você que às vezes pensava que ia morrer ou algo assim. Meio bobo, né?

Fico ali sentada, atordoada demais para dizer qualquer coisa.

Por fim, ela enfia o resto do biscoito na boca, como se não tivesse virado meu mundo do avesso em menos de um minuto, e balança as pernas sobre o assento do sofá antes que eu consiga descobrir como responder.

— Tenho que ir ao banheiro. Volto já.

Eu a observo ir, os dedos enrolados no cobertor enquanto tento processar o que acabei de ouvir. A porta que Arden simplesmente abriu e instantaneamente fechou.

Seria possível que ela realmente tivesse sido *apaixonada* por mim?

Penso em todos aqueles momentos que significaram tanto para mim e que eu tinha certeza de que ela nem tinha percebido. Penso em nossas mãos roçando uma na outra enquanto estávamos deitadas na neve observando as estrelas, nas festas do pijama em que ficávamos acordadas até tarde conversando e acordávamos enroladas uma na outra na manhã seguinte. Na noite em que ela pulou no lago na festa de Jacob Klein, o corpo dela pressionado contra mim, o rosto tão perto do meu. No quanto eu quis beijá-la.

Nada disso foi unilateral?

Arden estava do outro lado, sofrendo tanto quanto eu? Talvez querendo me beijar tanto quanto eu queria beijá-la?

Mas como ela poderia se sentir da mesma forma que eu e simplesmente... cortar a conexão entre nós, tão rápido quanto ela se levantou para ir ao banheiro agora há pouco?

Devo contar a ela? Devo...

Minha cabeça gira quando ela volta, mas seus olhos estão no celular e sua boca está franzida.

— Teve um vazamento na cozinha do restaurante. Vai ficar fechado durante o resto da tarde. O resto da noite, se for consequência de algum problema maior — diz ela, hesitando no sofá, esfregando o rosto. — Dá para ver que a vovó está preocupada. — Ela olha em direção à porta. — Acho que tenho que ir até lá.

— Posso ir também — respondo, e ela assente. Nós duas trocamos de roupa antes de seguirmos para o carro dela e, de repente, mais uma vez, fico com mais perguntas do que respostas.

A viagem é curta, mas Arden morde o lábio, ansiosa, durante a maior parte do trajeto.

Sem pensar, estendo a mão e agarro a mão dela do console central, apertando-a. Ela olha para mim e me dá um sorriso sutil enquanto nossos dedos se entrelaçam.

Quando chegamos lá, apesar de o lugar estar fechado, o estacionamento está *lotado*. Trocamos olhares interrogativos até encontrarmos uma vaga e vermos o que parece ser metade da cidade lá dentro, esfregando ou carregando móveis para fora para secar. Posso até ouvir a música de Natal tocando pelas janelas fechadas enquanto Arden estaciona o carro.

Desta vez, quando olhamos uma para a outra, estamos sorrindo.

— *Barnwich* — dizemos ao mesmo tempo, rindo enquanto saltamos e vamos encontrar Edie.

A presença de tanta gente é incrível de se ver. São tantas pessoas que Tom até montou uma pequena barraca com churrasqueira e está preparando hambúrgueres e cachorros-quentes para todos, com sua camiseta branca manchada de sempre, embora não deva estar fazendo muito mais do que 1°C lá fora. Felizmente, há uma mesa de chocolate quente ao lado dele.

É como vivenciar o pensamento que tive enquanto assistíamos a *Simplesmente Amor*, e isso me faz pensar se a cidade abraçaria *mesmo* qualquer coisa diferente que eu e Arden tentássemos criar.

Encontramos Edie no meio da multidão, aceitando biscoitos e votos de boa sorte e direcionando seu mar de ajudantes. As duas senhoras que administram a loja de cartões da cidade estão até arrumando o resto das decorações de Natal de Edie resgatadas do armário, as favoritas de Arden, que estão cobertas de poeira. Observo Arden esticar o pescoço para olhar nossa guirlanda, agora pendurada orgulhosamente na porta da frente do restaurante, antes de se concentrar novamente na tarefa em questão.

— Tudo certo? — pergunta Arden, abraçando de lado os ombros de Edie depois que o Sr. Green sai para seu trabalhar como Papai Noel, já com sua fantasia.

Edie assente, dando tapinhas na lateral do corpo de Arden.

— Não, mas... ficará. É um grande reparo, mas o encanador disse que talvez a gente volte a funcionar amanhã, graças a toda a ajuda.

— Você me avisaria se precisasse de alguma coisa. Certo, vovó? — Arden pergunta. Edie sorri, mas não responde ao questionamento. Mas ambas sabemos que perder um dia de trabalho numa época de pico já não muito movimentada não é uma perda pequena. A cidade inteira sabe; é por isso que eles estão aqui.

Quando Edie sai para ajudar Tom na churrasqueira, Arden e eu entramos na fila do chocolate quente.

— O movimento está muito lento neste ano, né? — pergunta ela.

— Você estava certa sobre Barnwich — admito, olhando para todas as pessoas que estão aqui para ajudar, todos nós lutando para manter o lugar funcionando. — Houve uma certa queda no número de turistas que costumávamos receber no fim de ano. Não queria admitir isso antes, mas só de você estar aqui, meio que *já começamos* a dar a volta por cima.

Penso na Main Street, no restaurante e até no bar da noite passada. Nos últimos dias, há mais pessoas pela cidade do que Barnwich via há tempos, graças aos *stories* de Arden no Instagram e às matérias em sites e jornais que seguem.

Ela está prestes a responder, mas para quando chegamos ao início da fila, chocada ao descobrir que é Ruth quem está distribuindo chocolate quente.

— Você cuspiu nele? — Arden brinca, enquanto Ruth lhe entrega um copo. Eu rio, mas Ruth apenas olha feio para nós duas. É evidente que ela ainda não superou o incidente no Barnwich Brews. Então saímos de perto rapidamente com nossos chocolates quentes e nos encostamos no revestimento de vinil do restaurante.

Arden toma um longo gole do chocolate dela, com o rosto pensativo. Enquanto isso, meu celular vibra ruidosamente na minha mão, a tela inteira se iluminando com ainda mais notificações.

— *Caroline*! — exclama Arden, agarrando meu braço. Quando olho para ela, vejo que seu rosto está brilhando de excitação. — Você trabalha amanhã, certo?

— Sim, de seis até meio-dia.

— Vovó não quer aceitar meu dinheiro, mas... — Ela levanta o celular. — E se eu trabalhar no seu turno com você amanhã? Posso postar sobre isso hoje e aposto que geraria movimento para os negócios.

Concordo com a cabeça, entendendo o propósito.

— Sim! Algo do tipo "panquecas com Arden James".

— Exatamente! — O canto de sua boca se curva em um sorriso torto. — A gente devia tirar uma foto para o post.

— *A gente?*

— Quer dizer... não que eu queira te explorar mais do que já tenho feito, mas... nós estamos em alta. Se você estiver na foto que eu postar, as pessoas ficarão ainda mais ansiosas para ver nosso relacionamento pessoalmente. Quer dizer, caramba, eu mesma vou fazer questão de servir algumas panquecas para os paparazzi se souber que o dinheiro vai para o bolso da vovó.

Ela tem razão, mas olho rapidamente para o que estou vestindo. Uma blusa de gola redonda vintage e um par de leggings por baixo de uma jaqueta enorme e fofa. Nada particularmente lisonjeiro.

— Posso pelo menos ir em casa para trocar de roupa?

— Você já está ótima — afirma Arden, encolhendo os ombros. — Linda, aliás. — As palavras saem tão facilmente quanto no momento em que ela admitiu sua paixão antiga há apenas uma hora, mas me deixam igualmente impressionada. — Além disso, as pessoas vão adorar o quão "real e natural" a foto será. Você sabe, coisas "caseiras". — Ela sorri. — Bem no estilo Bianchi.

Pela primeira vez desde que saímos do bar, não posso deixar de me perguntar mais uma vez se esse é realmente o único significado de tudo isso para ela.

Arden se aproxima o suficiente para que eu sinta o calor irradiando de seu corpo e segura o celular, com a placa do restaurante de Edie ao fundo. Me inclino para ela e sorrio enquanto ela tira algumas fotos. Ainda clicando, Arden vira a cabeça para olhar para mim, e meus olhos vão para o rosto dela também.

Eu poderia me inclinar, poderia *beijá-la*. Uma parte de mim quer tanto isso que meus ossos chegam a doer.

Mas Arden disse que ela *era* apaixonada por mim. Não que ela está agora.

Então, em vez disso, olho para a câmera, e Arden também o faz. Depois de um último clique, ela se afasta, levando o calor consigo. Tremo, apesar de tudo.

Arden percebe, com os olhos erguidos depois de analisar as fotos.

— Posso te levar pra casa — sugere, e eu aceno, minha cabeça ainda girando por causa de cada conversa e momento que tivemos desde que saímos ontem à noite. — Não faz sentido nós duas congelarmos hoje.

Enquanto estamos fazendo o caminho de volta de carro, luto contra a vontade de lhe contar, de gritar que eu também sentia a mesma coisa. Que, durante todos esses anos, eu a *amei*. Quero perguntar por que ela não me contou. Quero saber o motivo que a fez manter isso em segredo.

E, acima de tudo, *por que* ela nunca ligou se realmente sentia aquilo?

Demora para que eu realmente consiga dizer alguma coisa. Mais especificamente, até que ela esteja na metade do caminho de volta para o carro depois de me deixar na porta de casa.

— Espera! — chamo.

Arden se vira para olhar para mim com aqueles olhos castanho-escuros, com aquele rosto que não consigo tirar da minha cabeça, do meu *coração*, há anos.

— Eu... — hesito, as palavras ficando presas na minha garganta enquanto ela sobe lentamente os degraus da varanda. Então, em vez de contar a ela como me senti, como estou começando a achar que poderia me sentir novamente, tiro o bloco de notas do bolso da jaqueta e o seguro. — Esqueci de fazer a pergunta de ontem à noite. Então, tenho duas perguntas pra te fazer hoje.

Ela apoia a cabeça no pilar da varanda enquanto olho para o meu bloco de notas.

— Você *realmente* anda sempre com isso.

— Sim.

— Até mesmo quando dorme?

— Você não viu? Ao lado da cama ontem à noite?

Ela ri enquanto folheio as páginas, mas tudo fica confuso, as palavras saltando das páginas, mas sem fazer sentido. Finalmente, fecho o bloco, soltando um longo suspiro enquanto olho para ela e me preparo para perguntar a coisa mais próxima do que quero saber.

— Qual foi a parte mais fácil de deixar Barnwich? — pergunto, facilitando as coisas.

— Saber que estava indo atrás do meu sonho. Ver meus pais realmente felizes, mesmo que eu não fosse parte dessa felicidade.

— E... — Tento me segurar. — A parte mais difícil?

— Essa é fácil — continua ela, exibindo aquele sorriso torto e perfeito. — Deixar você.

E, com isso, ela vai embora. Desce os degraus da varanda e vai para o carro dela. O motor ganha vida e ela sai em direção ao restaurante de Edie. Observo a perua azul até que desapareça de vista, sentindo minha cabeça girar enquanto deslizo na superfície fria do último degrau.

Tudo o que ouço é a voz dela repetindo várias vezes.

Deixar você.

Deixar você.

Deixar você.

Mas tudo o que quero é fazer a mesma pergunta da qual tive medo de ouvir a resposta ontem à noite. Aquela da qual ainda tenho medo de ouvir a resposta até agora.

Então por que você fez isso?

Capítulo 20

ARDEN

DIA 8

— **Arden, o que raios** todas essas pessoas estão fazendo aqui?

Sorrio para vovó quando chegamos ao restaurante na manhã seguinte. O sol ainda não nasceu, mas o estacionamento e a rua ao redor estão lotados de carros, e uma fila de pessoas enfrentando o frio para comer algumas panquecas se espalha pela calçada.

Bem, não apenas para comer panquecas. Minha postagem de ontem à noite claramente deu resultado. Postei uma foto minha olhando para Caroline enquanto ela sorria para a câmera, com a seguinte legenda: *Vamos servir panquecas de 6h até meio-dia no Restaurante da Edie, em Barnwich, PA! Venham conferir!* Depois ignorei cerca de um milhão de ligações e mensagens de texto de Lillian, reclamando sobre como isso arruinou minha estética ousada do Instagram com todas as fotos tiradas por profissionais e que não se parecem em nada comigo. Sinto um sabor doce de justiça, porque esse post acumulou mais curtidas do que qualquer outro desde que ganhei meu Teen Choice Award, há pouco mais de um ano.

O que, honestamente, me faz questionar se eu precisava mesmo criar minha tal personalidade pública. As pessoas parecem estar amando a boa e velha Arden de Barnwich, e eu meio que também tenho gostado dela.

— Ei, pessoal! Obrigado por terem vindo! — exclamo, depois de abrir a janela do carro de Edie, o ar fresco ardendo em meus olhos enquanto aceno para a fila. Alguns gritos animados nos seguem quando as pessoas me reconhecem, e as câmeras dos celulares começam a piscar na penumbra. Me sento enquanto viramos para a entrada dos fundos, e vovó me lança um olhar inquisidor quando a janela se fecha com um rangido.

— O que? É só um pouco de clientela nova.

— Uhum. Eu devia saber que você estava aprontando alguma coisa quando acordou às cinco da manhã e pediu para vir comigo para o trabalho.

Ela estaciona o carro e entramos, nos deparando com Tom, Harley e Caroline espiando pela janela de serviço a multidão que espera do lado de fora. O lugar já tem um cheiro divino: vinte jarras de café e uma pilha inteira de bacon prontos, esperando para serem servidos.

— Isso vai ser intenso — grunhe Tom.

— Vai, sim. Graças a essas duas, eu imagino. — Vovó está com um sorriso malicioso, seu olhar passando de mim para Caroline. Os três se viram, mas apenas Caroline encontra meus olhos. Suas bochechas coradas ficaram ainda mais óbvias com seu cabelo preso, afastado do rosto.

Faltando apenas quinze minutos para a abertura, Edie entra no modo profissional, delegando tarefas para todos nós deixarmos as coisas tão prontas quanto possível antes de destrancarmos as portas.

Tom começa a preparar as panquecas, enquanto Harley e eu alinhamos canecas de café e pratos. Em algum momento, alguém bate na porta dos fundos e Caroline a abre, deixando entrar uma rajada de ar frio junto com Maya, Austin, Finn e Taylor, que tropeçam para dentro, os olhos turvos.

— Bom diaaaaaaa — cumprimenta Austin com um aceno sonolento, enquanto Finn encara o bacon com adoração no olhar.

— Achei que íamos precisar de uma ajudinha extra — diz Caroline, e vovó assente em gratidão enquanto mistura mais massa de forma agitada.

— Tomem um pouco de café. Harley vai passar um resumo das funções.

Harley sobe no balcão, fazendo barulho ao mascar chiclete rosa enquanto divide o grupo, dando uma tarefa a cada um: desde limpar mesas e lavar a louça até anotar pedidos e ajudar Tom na cozinha.

— Um minuto para abrir! — grita vovó, de olho no relógio.

— Aqui — diz Caroline, jogando para mim um avental do cabide.

O amarro em volta do corpo e prendo meu cabelo em um rabo de cavalo, com o estômago revirando um pouco. Fecho os olhos com força e respiro fundo, me estabilizando enquanto seguimos para a frente, onde as pessoas espiam pelas janelas como se eu fosse um animal exótico em cativeiro. Elas apontam, tiram fotos e batem no vidro para que eu olhe para elas.

Ah.

O. Que. Eu. Fui. Fazer.

De repente, lembro por que nunca falei com o público sobre isso. Sobre esse restaurante, Edie e Caroline, e minha vida antes de toda a fama. Não foi *apenas* para manter algum tipo de imagem de garota má. Fiz isso porque Barnwich era o único lugar que sempre poderia permanecer sendo meu. Intocado pelo mundo lá fora. Até por mim mesma. Se eu nunca voltasse, não poderia estragar tudo, como fiz com todo o resto.

Mas agora eu os convidei para cá, para uma vida que está começando a parecer real e minha novamente, colocando pessoas de quem realmente gosto sob um tipo de microscópio.

— Você está bem? — pergunta Caroline, os olhos estudando meu rosto com curiosidade.

— Sim. Estou bem... só um pouco nervosa. Por quê?

Ela dá de ombros.

— Não achei que você fosse capaz de ficar... você sabe, nervosa. Foi sua ideia. Pensei que você se sentiria confortável fazendo isso.

— Como eu poderia me sentir confortável sendo constantemente examinada por pessoas que não sabem nada sobre mim? — pergunto, apontando para a multidão. Caroline inclina a cabeça ligeiramente, seus olhos procurando por algo em meu rosto. — Mas eu não vou me sentar lá atrás na cozinha e me esconder. Esta é a vida que escolhi... certo?

— Quando você tinha catorze anos — afirma ela.

— Isso importa? — Solto uma risada patética. — Essa é a minha vida.

Afasto meus olhos dos dela e coloco um sorriso no rosto. Aceno e aponto para as pessoas com uma piscadela, minha memória muscular entrando em ação mesmo quando meus pés ainda parecem congelados no chão.

Então Harley estende a mão para destrancar a fechadura.

— Apertem os cintos — grita ela, e abre a porta. Imediatamente, as pessoas entram ansiosas, correndo para reivindicar assentos e bancos, ignorando completamente o pobre Austin no balcão de recepcionista, que estava pronto para receber os clientes.

Maya e Taylor saem da cozinha agitadas com jarras de café e água, e de repente é uma confusão: anotar pedidos, dar autógrafos, entregar panquecas e posar para fotos. Mesmo quando parece que vou sucumbir, cada toque da caixa registradora e as bochechas cada vez mais rosadas de vovó enquanto ela corre pela cozinha fazem eu me sentir melhor com minha decisão, cada vez mais agradecida.

— Posso tirar uma de vocês duas? — pergunta uma garota com aparelho ortodôntico enquanto Caroline se move para passar com dois pratos cheios.

— Ah, eu não... — começo a dizer ao mesmo tempo que Caroline.

— Claro — concorda ela, reajustando os pratos. Minha mão encontra a parte inferior de suas costas como uma memória muscular diferente. Alguns arrepios percorrem meu braço.

E então, num piscar de olhos, ela vai embora tão rápido quanto veio, indo até a última mesa para deixar as panquecas.

Tom toca a campainha e eu vou até os fundos para pegar outro pedido, mas encontro Taylor na janela de serviço.

— Obrigada por ter vindo ajudar hoje — digo.

— Imagina. Sempre adorei o restaurante — explica ela, balançando a cabeça. Estou prestes a voltar quando ela agarra meu pulso de forma inesperada. — Ei, Arden?

Ela olha para trás para verificar se a barra está limpa, se ninguém está perto o suficiente para ouvi-la, antes de se inclinar para a frente.

— Olha, eu sei que vocês estão fazendo tudo *isso* para a matéria na *Cosmo*, mas... — Taylor faz uma pausa e solta um longo suspiro enquanto seu olhar passa de mim para onde Caroline está, do outro lado da lanchonete. — Dá para ver que Caroline tem sentimentos reais por você. Então queria que você prestasse atenção, tá? Tomasse cuidado com o quanto você a amarra antes de desaparecer de novo e deixá-la aqui com o coração partido. Ainda mais levando em conta que tem alguém aqui em Barnwich que não faria isso com ela.

Abro e fecho a boca, tentando processar as palavras.

— Caroline não... Nós *mal* somos amigas de novo... Ela...

Taylor revira os olhos e pega algumas canecas e uma jarra recém-feita de café.

— Arden. Fala sério, porra.

Eu a observo ir embora, e então vejo Caroline se aproximando, rabiscando um bloco.

— Como diabos você pode comer um ovo estalado, mas sem gema? — murmura ela enquanto arranca a página e a coloca no suporte de pedidos. Finn imediatamente o pega do lado de dentro enquanto tento processar o que Taylor acabou de dizer.

Caroline tem sentimentos por mim.

Caroline tem sentimentos por mim.

Procuro um sinal em sua expressão, em seu movimento, mas não vejo nada no olhar que ela me lança enquanto pega três águas para levar para uma mesa de novos clientes e sussurra:

— Seus fãs são ridículos.

Contei a ela ontem sobre minha paixonite de infância pensando que, se ela sentisse alguma coisa por mim, se ela sentisse alguma coisa agora, diria algo, *qualquer coisa*. Mas por mais que meu coração quisesse que ela sentisse o mesmo, uma parte de mim ficou aliviada quando ela não disse nada. Porque se o fizesse, as coisas ficariam imensamente complicadas. Fui sincera quando respondi à pergunta dela ontem. Deixá-la foi a coisa mais difícil, assim como deixar Edie, talvez. Mas partir novamente sabendo que ela sente algo por mim seria quase impossível, sendo que ficar não é uma opção. Então, ela não dizer nada significava que tudo seria mais simples. A dor seria apenas minha.

Mas se Taylor estiver certa... Se Caroline sente por mim o mesmo que eu sinto por ela, então... temos um proble...

— Ei. — Ouço uma voz, e eu viro a cabeça para ver Finn, que agora de alguma forma está combinando com Tom, com uma bandana idêntica à dele. — Seu pedido está esfriando. — Ele aponta para três pratos de panquecas com a espátula.

— Certo — respondo, um pouco atordoada. — Desculpa.

Sorrio e jogo charme durante o resto da manhã, o que parece ser a única coisa que sou capaz fazer agora. Fico tentando fazer contato visual com Caroline, tentando encontrar alguma resposta para uma pergunta silenciosa, mas ela está tão ocupada que mal olha na minha direção.

Ela acaba me encontrando um tempo depois, enquanto estou vasculhando o armário em busca de mais canudos.

— Amanhã vamos passar para te buscar às três para a festa de Hanucá — avisa enquanto se inclina para pegar mais guardanapos da prateleira que estou analisando. Ela percebe minha dificuldade e aponta para uma caixa no canto superior direito que está literalmente rotulada "CANUDOS".

— Beleza — respondo enquanto estendo a mão para alcançar a caixa.

Quando olho para baixo, vejo que ela já está na metade do caminho de volta para a saída.

— Caroline — deixo escapar antes que eu possa me conter. Ela se vira com os olhos arregalados, mas o resto do que Taylor disse me faz parar no meio do caminho.

Amarrá-la.

Deixá-la.

Eu a mantive em meu coração por tanto tempo que ela provavelmente tem um lar permanente lá. Em algum lugar logo acima do meu ventrículo direito.

Mas o *meu* lar não é aqui. Já não é há muito tempo. Tenho uma vida inteira a um mundo de distância daqui, onde o papel pelo qual venho trabalhando pelo que parecem anos me espera. É algo que sacrifiquei literalmente *tudo* para alcançar.

Nem mesmo doze dias incríveis podem apagar isso. E em seis dias... irei embora.

— O que devo vestir? — pergunto, então.

Ela dá de ombros.

— Tanto faz. É casual, não uma estreia de um filme ou algo assim.

Concordo com a cabeça enquanto a sigo para fora do armário e vejo quando ela desaparece no salão, ficando, como sempre, um pouco fora do meu alcance.

Sempre por culpa minha.

Suspiro e me encosto na parede, surpresa quando Edie aparece na minha frente.

— Qual é o problema? — pergunta enquanto bate na caixa de canudos que estou segurando. — Não está acostumada a trabalhar tanto? Se acostumou com o conforto de Hollywood?

Eu rio e balanço a cabeça.

— Ei, eu trabalho mais de doze horas em muitos dias! Não, é que... — Olho além dela e vejo todos muito ocupados na cozinha, Maya limpando a louça ferozmente, alto o suficiente para abafar nossa conversa. — Taylor disse que Caroline sente algo por mim.

Espero a reação da vovó, mas ela só fica parada olhando para mim como se eu tivesse acabado de dizer que a grama é verde.

— Você sabia? — Suspiro, e ela revira os olhos.

— Arden. Até uma pedra numa maldita calçada consegue perceber que aquela garota sente algo por você.

— O quê... Desde quando? Quando você...

Ela dá de ombros.

— Desde sempre.

— Sempre?

— Arden. Escuta aqui. — Ela agarra meu rosto com suas mãos desgastadas, seus olhos escuros sustentando os meus. — Não brinque com o coração dessa menina, ok? Intencionalmente ou não. Te eduquei melhor do que isso. Suas ações têm consequências. Ir, ficar. Aqui, lá. Tudo bem vocês fingirem, mas não comece algo real se não tiver certeza de que pode seguir com isso.

Penso nessa última semana. Tudo começou com Caroline me empurrando em um monte de neve e terminou conosco deitadas na cama dela, de mãos dadas. Foi preciso voltar aqui para entender o dano que causei ao coração dela quando parti, há quatro anos. Durante todo esse tempo, pensei que estávamos curando nossa amizade, mas na verdade estávamos desenvolvendo algo completamente diferente. Algo muito maior e mais assustador. Tinha planejado manter contato quando fosse embora desta vez. Ligar com frequência e visitar sempre que pudesse. Mas agora... estou começando a me lembrar do motivo pelo qual tudo aconteceu do jeito que aconteceu da primeira vez. E talvez essa seja mesmo a única maneira de realmente proteger nós duas. Porque posso imaginar como ela se sentiria se eu deixasse nosso relacionamento continuar se transformando em algo mais sério desta vez.

Aceno com a cabeça para vovó para mostrar que entendo, e ela me dá um beijo na testa antes de apontar para o restaurante movimentado.

— Agora vá lá antes que a gente comece a reutilizar canudos.

Coloco um sorriso no rosto e volto ao trabalho, reprimindo meus sentimentos para percorrer o restaurante. A especialidade de Arden James.

Finalmente, à medida que o fim do expediente se aproxima, limpo a garganta e subo no balcão, gritando:

— Ei, pessoal!

Cabeças se viram e vovó aparece atrás de mim, me batendo com um cardápio para me fazer descer.

— O que há com você e essa mania de ficar subindo nas bancadas de todos os estabelecimentos de Barnwich? — diz ela, me batendo uma segunda vez. Algumas pessoas riem.

— Esta — continuo, apontando para ela, implacável — é minha avó, Edie. Ela tem comandado este restaurante aqui em Barnwich pelos últimos 35 *anos*. — Ouço alguns aplausos enquanto vovó desiste de tentar me fazer descer, ocupada demais abaixando a cabeça de vergonha. — Não sei nem dizer quantas vezes estive em uma sessão de fotos, em uma viagem para o exterior ou em uma premiação não conseguindo pensar em nada além de que queria estar aqui, em uma dessas cabines, comendo as panquecas da minha avó.

Vovó abre um sorriso, os olhos marejados enquanto ela olha para mim. Acho que nunca disse isso a ela. Gostaria de ter feito isso antes.

— De qualquer forma, só quero dizer que agradeço muito por todos vocês terem comparecido hoje para ajudar a apoiar este lugar e a minha avó. Sei que alguns de vocês viajaram de muito longe para estar aqui hoje para me ver. — Dou um rápido sorriso para uma mesa de velhinhas que adoraram *Operação*

Sparrow e viajaram a noite toda de Boston até aqui para me encontrar, e agora estão fazendo planos para aproveitar Barnwich em toda a sua glória natalina. — Espero que vocês voltem sempre para comer as panquecas. Isso realmente seria maravilhoso para mim. — Faço um gesto para vovó. — Agora, podemos dar uma salva de palmas para Edie?

A sala explode em vivas e aplausos com um impulso de Finn que me favorece na disputa de vovó contra mim, fazendo com que eu consiga puxá-la para cima do balcão. Coloco um braço em volta do ombro dela e um cara com uma câmera no final da bancada tira uma foto.

— Agora, não estarei em Barnwich por muito tempo, mas espero que vocês cuidem bem dela quando eu partir — peço, olhando em volta rapidamente para encontrar os olhos de Taylor, compartilhando silenciosamente algo entre nós.

Quando finalmente consigo me convencer a procurar Caroline, ela já desapareceu na cozinha.

Ainda bem. Estar sob os holofotes agora, na frente de todas essas pessoas, de todas essas câmeras, me lembra o motivo para eu estar aqui.

Vovó e Taylor estão certas. Tenho que ser realista. Tenho um trabalho que adoro e no qual preciso me concentrar. Ou pelo menos um trabalho com potencial para que eu goste desta vez.

Só preciso garantir a matéria na *Cosmo*. Conseguir o papel. Fazer minha vida em Los Angeles valer a pena.

E parar de querer coisas que não posso ter.

Capítulo 21

CAROLINE

DIA 9

— **Pare de balançar a perna** — pede Riley enquanto seguimos de carro pela Main Street em direção à casa de Edie para buscar Arden. Levi olha para mim pelo espelho retrovisor enquanto Riley se inclina no banco de trás, inspecionando meu rosto.

— Que foi?

— Você está nervosa?

— Não.

Empurro-a levemente de volta para o lado dela do carro, olhando pela janela para as ruas movimentadas, cheias de cachecóis, gorros de lã e os familiares copos pretos de café do Barnwich Brews, com uma melancolia menos cortante enquanto observo todo mundo. Essas pessoas vieram por causa de Arden, mas ficaram em Barnwich por causa de toda a magia natalina da cidade.

Não estou nervosa. Estou... confusa, talvez.

Acho que é uma boa palavra.

Penso em Arden contando de sua antiga paixonite em um minuto e, no minuto seguinte, de pé em cima do bar da lanchonete, dizendo: *Não estarei em Barnwich por muito tempo.* Como a mão de Austin segurou firme em meu braço na cozinha quando ela disse isso e Maya me lançou um olhar de relance. Como Arden saiu logo depois com apenas um rápido aceno de despedida, e eu digitei uma série de perguntas em nossa conversa repetidamente, antes de finalmente me decidir por:

Qual é a sua lembrança favorita envolvendo o Restaurante da Edie?

Justamente quando comecei a me perguntar como seria tê-la por perto, ou se ela poderia sentir o mesmo, ela confirmou que nunca sentiria, fechando essa porta novamente.

Observo enquanto passamos pela Cemetery Hill, e então o velho jipe de Levi diminui a velocidade quando ele vira na rua de Edie e embica na entrada. Arden sai pela porta da frente e entro em combustão internamente enquanto ela caminha em direção ao carro.

Sinto a mão de Riley pressionando meu ombro.

— Sai. Quero que Arden fique no meio.

Com um suspiro frustrado, abro a porta e dou de cara com Arden.

— Oi — cumprimenta ela, sorrindo, enrugando os cantos dos olhos. Mas tem alguma coisa diferente. Ela parece a estrela de cinema de novo, *Arden James*, e isso me desequilibra um pouquinho.

— Riley quer que você vá no meio — deixo escapar.

— Legal — reponde Arden, enquanto olho para baixo e percebo que ela está vestindo uma jaqueta de couro marrom. Essa é... é, sim. A mesma que ela usou em *Operação Sparrow*, com os broches e tudo.

— Não é possível — comento, tocando o broche da bandeira americana no ombro. — Minha avó vai desmaiar.

Arden olha para ele.

— Pois é. Pedi para a minha agente enviar com urgência quando você disse que sua avó era fã do filme.

Pela milionésima vez na minha vida, resisto à vontade de ou empurrá-la ou beijá-la.

Essa garota é uma contradição ambulante. Ela diz que está indo embora e depois faz algo significativo e atencioso. Ela diz que tinha uma queda enorme por mim, mas aí vai embora e nunca mais mantém contato. É muito confuso.

— Vamos nos atrasar! — chama Riley de dentro do carro, e Arden imediatamente passa por mim e se senta no assento do meio.

Solto um suspiro e aceno para Edie antes de entrar também.

Miles liga o rádio, mas Riley já está tagarelando com Arden. Tento me distrair do quão perto o joelho dela está do meu, me forçando a lembrar, repetidas vezes, que ela vai embora de novo em breve. Daqui a quatro dias, nossos encontros falsos acabarão. Em cinco dias, ela provavelmente já não vai estar mais aqui.

Estacionamos na rua em frente à casa dos meus avós, os carros dos meus parentes alinhados na calçada, incluindo o Toyota dos meus pais. Vovó e vovô moram nos arredores de Pittsburgh, e o horizonte fica visível à distância.

Adoro vir aqui para a festa de Hanucá todos os anos. Eu me lembro de brincar com meus irmãos e primos no quintal quando era criança, com a neve cobrindo a grama enquanto descíamos de trenó até que o cheiro de latkes nos atraísse para dentro. Mesmo que não façamos mais isso, ainda sinto a mesma sensação gostosa só de estar aqui. É um tipo de nostalgia boa, diferente do que senti dirigindo por Barnwich nos últimos fins de ano.

Saímos e caminhamos ao longo das sebes em fila única, com Arden na retaguarda. Estamos prestes a subir a entrada íngreme quando olho para trás e a vejo mordendo o lábio, com os braços cruzados sobre o peito.

Diminuo a velocidade e nós duas sincronizamos nossos passos.

— Tudo bem? — pergunto. — Você está meio quieta.

— Só estou com fome — diz ela, o que eu definitivamente entendo. Dá para praticamente sentir o cheiro dos latkes e do assado.

Só não acho que seja a verdade.

Continuamos andando mesmo assim, acelerando o passo para alcançar meus irmãos, que já estão cruzando a soleira, com as vozes da minha família vindo lá de dentro.

— Olá! — diz minha avó, o cabelo branco como a neve perfeitamente penteado no lugar, um forte contraste com seu suéter preto e cachecol floral. — Como foi a viagem?

— Boa! Não pegamos engarrafamento — diz Miles enquanto ela o abraça e depois abraça Riley, então sorri para mim.

— Caroline! — diz, me beijando na bochecha e me manchando de batom, tenho certeza. — Como está a inscrição em...

Ela congela, olhando além de mim, com os olhos arregalados.

— Arden James! — exclama.

— Obrigada por me convidar hoje...

— Ah, você é ainda mais bonita pessoalmente — diz minha avó, apertando o rosto de Arden. — Eu *amei* seu filme *Operação Sparrow*. E... — Seus olhos se transformam em dois círculos perfeitamente redondos. — Essa é a... jaqueta?!

— Você quer experimentar? — pergunta Arden, tirando a peça.

— Ah! Não posso aceitar! — responde vovó, mas já está enfiando o braço em uma das mangas.

— David! Você tem que vir conhecer a namorada de Caroline! — ela chama meu avô.

— Vovó, nós não...

Ela me cala, virando à direita e à esquerda para se inspecionar no espelho do corredor, enquanto meu avô se aproxima com uma camisa de botão listrada.

— O que é isso aqui? — cumprimenta ele, passando um braço em volta da minha cintura.

— Oi, vovô — digo, sua barba espessa arranhando meu rosto enquanto ele beija minha bochecha. Ele estende a mão, sorrindo calorosamente, para limpar a marca do batom da minha avó.

— Alguém tire uma foto minha! — pede vovó, indo até a sala de estar, onde um grupo de meus tios e tias está recostado nos sofás brancos, com alguns priminhos correndo ao redor deles, animados para receber presentes mais tarde. Meu pai pisca para mim de uma poltrona, enquanto minha mãe está em uma conversa animada com a irmã dela, suas cabeças próximas enquanto eles riem como se mamãe não tivesse, há apenas algumas noites, me dado aquela bronca gigantesca sobre bebida. Riley trota até eles, se metendo na vida de outra pessoa, para variar.

O resto de nós vai para a cozinha pegar alguma coisa para beber. Enquanto caminhamos pelos ladrilhos cor de terracota, noto minha prima Hannah, uma caloura na NYU, encostada na parede ao lado de seu irmão mais velho, Ethan, ambos segurando copos de plástico com Coca-Cola.

— Mentira! — exclama Hannah, imediatamente se endireitando. — Arden James?

— Oi — cumprimenta Arden com um pequeno aceno. Seu charme habitual, seu jeito de fazer qualquer um se sentir a única pessoa no mundo, está totalmente ausente. Uma Arden que não consigo entender tomou o lugar dela. Ela não está nem usando seu tom de pessoa famosa, como fez no restaurante.

Tem alguma coisa errada. Como se ela já estivesse a quilômetros de distância, mesmo estando bem aqui.

— Vocês duas estão namorando *mesmo*? — pergunta Hannah sem rodeios enquanto Arden serve um pouco de refrigerante em um copo no antigo frigobar no canto da cozinha. Levi pisca enquanto coloca um pouco de uísque nele antes de Miles pegar o copo para si, murmurando algo sobre ele já ter causado problemas suficientes com a mamãe por causa das duas cervejas no bar.

— Como vai a faculdade? — pergunto para mudar de assunto, servindo um copo novo de bebida para Arden.

— Ah. — Ethan ri. — Então vai ser assim.

Arden não ri. Ela não diz nada. Apenas pega sua bebida da minha mão e evita meu olhar.

Conversamos sobre a escola, o bar e o novo emprego legal de Ethan como jornalista de turismo enquanto nos servimos de aperitivos no balcão de madeira da cozinha.

— Você está trabalhando em algo novo? — Ethan finalmente pergunta a Arden, e ela assente.

— Tenho um filme da Netflix que será lançado neste verão. E acabei de fazer um teste para um papel muito legal logo antes de deixar Los Angeles.

— Se o filme lançado neste verão for *Operação Sparrow 2*, a vovó *vai* ter um ataque cardíaco — diz Hannah, e todos riem concordando.

— Ela ainda está usando... — Levi começa a perguntar no momento em que ela entra na cozinha com suas irmãs Paula e Linda para cortar o assado e acender o fogão para fazer os latkes, ainda vestindo a jaqueta de Arden.

— Talvez você não consiga sua jaqueta de volta — digo.

— Você acha que sua vó vai dormir com ela? — pergunta Arden, e todos nós assentimos enquanto vovó faz um gesto para que ajudemos a carregar a comida. Poucos minutos depois, quando o cheiro da fritura dos latkes chega até eles, todos entram na cozinha.

— Você está com fome? — minha mãe pergunta enquanto coloca o braço em volta de Arden, que assente, olhando para a panela por cima do ombro da minha avó.

— Com toda certeza.

Pegamos pratos e talheres, Arden logo atrás de mim. Reviro os olhos quando minha avó coloca um latke extra no prato dela com uma piscadela, e então paramos em frente às tigelas de molho de maçã e creme azedo. Arden olha de uma para a outra.

— Molho de maçã — digo, colocando uma colherada em um de seus latkes. — Confie em mim.

— Ela está te enganando — diz Riley, colocando creme azedo no outro.

Nós nos sentamos na sala de estar e comemos. Arden solta um assobio baixo após sua primeira mordida no assado.

— Isso é surreal.

— Não é? — pergunta Miles com seu prato cheio de comida. — Antigamente eu pedia para ela fazer isso para mim em vez de bolos de aniversário.

Arden olha para mim em busca de confirmação, e eu assinto.

— É verdade. Com velas e tudo. Todo ano.

Arden estreita os olhos, olhando de mim para Miles.

— Vocês estão mentindo.

Começamos a rir e ela balança a cabeça, mas sorri, o primeiro sorriso genuíno que vejo nela hoje.

— Vocês quase me pegaram.

— Arden — chama Levi com a boca cheia de comida —, quando você volta para Los Angeles?

— Hum. — Sua expressão muda, a cautela tomando conta. Ela encolhe os ombros e dá outra garfada. — Não sei ainda. Acho que minha agente me quer de volta no dia seguinte ao Natal.

Cinco dias.

Me ajeito na cadeira, ignorando o olhar que Levi lança para mim e me concentrando nas minhas cenouras, cortando-as em pedaços cada vez menores até que a conversa passe para quando vai ser a próxima nevasca, os restaurantes favoritos de Arden em Los Angeles, e como a colega de quarto de Hannah é irritante.

Quando terminamos de comer e vamos jogar os restos fora, Arden se inclina na minha direção, minha pele arrepiando quando ela sussurra em meu ouvido:

— O molho de maçã era a melhor opção mesmo.

— Eu sei — respondo.

No fim da tarde, todos nós nos aglomeramos na cozinha, onde meus avós pegam sua variedade de menorás, de vários formatos, tamanhos e estilos, nossa celebração longe de ser ortodoxa. Cada núcleo familiar acende uma que combine com sua personalidade, desde a mais tradicional, uma menorá dourada da árvore da vida, até a famosíssima banorá (uma menorá em formato de banana). E elas mudam a cada ano, à medida que as crianças crescem, ou bebês nascem, ou a tia Lauren dá um empurrão em alguém para acender a linda menorá de cerâmica verde.

— Arden! Você tem que acender uma! — diz minha mãe, e todos lutam para encontrar a menorá certa para ela. Enquanto as pessoas apontam uma menorá em formato de dinossauro verde ou peças de cerâmica intrincadas, debatendo cada opção, vejo o olhar de Arden pousar em uma linda menorá de kombi que sei que a vovó provavelmente comprou em uma venda de garagem. Ela não diz nada, mas também não se opõe quando Ethan coloca um pássaro dourado em suas mãos, fazendo algum comentário sobre *Operação Sparrow* que aparentemente faz todos chegarem a um consenso.

Mas quando a atenção de todos se esvai, pego a kombi rapidamente e a deslizo para a frente dela. A cabeça de Ethan se vira, sua boca se abrindo para protestar, mas estendo o pássaro dourado para ele.

— Já que quer tanto ver esse aceso, é todo seu.

Ele sorri e balança a cabeça, voltando sua atenção para a preciosa menorá de cogumelo pela qual ele luta com unhas e dentes desde os quinze anos. Os dedos de Arden tocam levemente os meus, e eu olho para cima para vê-la me dar um sorriso agradecido.

— Quantas vamos acender? — pergunta meu tio Jared enquanto passamos uma caixa de velas. Como o Hanucá começa só daqui a alguns dias, não temos exatamente uma regra a seguir. Nossa única regra é nos reunirmos todo ano em dezembro para comemorar juntos.

— Todas — afirma meu avô, e todos comemoram e concordam enquanto ele apaga as luzes.

Ajudo Arden a acender as velas da kombi, com minha família ao meu redor, e, ao fazê-lo, não consigo deixar de me sentir...

Não sei. *Completa. Orgulhosa.* Olho para todos e sinto que a parte de mim que estava faltando durante esta época do ano em Barnwich voltou ao lugar.

E mesmo que tenha alguma coisa errada com Arden, ainda estou feliz por ela estar aqui para compartilhar este momento comigo, um que nunca compartilhamos antes. Fico feliz que a matéria sobre nossos doze dias de feriado vai incluir ela acendendo uma menorá na cozinha dos meus avós. Parece que tudo o que eu escrever a partir de agora vai mostrar mais de Arden *e* mais de mim.

Meus pensamentos são interrompidos quando meu priminho Danny é empurrado pela mãe.

— Danny! Conte a história do Hanucá. Ele aprendeu no curso de hebraico.

Danny morre de vergonha enquanto murmura, engasgando, vermelho como uma beterraba, uma recontagem trêmula com direito a alguns cutucões de tia Lauren. Todos batem palmas quando ele termina, e seu pai o coloca em um banquinho para acender as velas enquanto recitamos as orações em hebraico e depois em nossa língua. Aponto para qual vela Arden deve começar acendendo e a direção em que deve seguir. Os olhos de Arden se arregalam quando ela vê toda a bancada iluminada pela luz das velas no final.

E eu a vejo relaxar. Qualquer que seja a máscara que usou desde que a pegamos em casa cai enquanto ela admira as luzes.

— Vocês acham que o alarme de incêndio pode disparar? — pergunta Tio Jared de repente.

— Talvez — responde tia Lauren, olhando para o dispositivo no canto da sala.

Meu avô acena com a mão.

— Ele está sem pilha há um ano.

— Pai! — dizem tio Jared e mamãe em uníssono, e, em uma agitação de movimentos, o momento acabou. Minha mãe pega algumas pilhas da gaveta de tralhas e tia Lauren segura firme uma cadeira da cozinha enquanto tio Jared sobe nela para ligar o alarme de incêndio.

Por fim, voltamos para a sala para trocar os presentes. As crianças mais novas vasculham uma pilha, determinadas a encontrar seus nomes e identificar o papel de embrulho da tia-avó Paula. Ela é conhecida por dar os melhores presentes.

Eu ganho dos meus avós um vale-presente da Barnes & Noble e da tia-avó Paula uma nota de cem dólares em um cartão, que ela me entrega com uma piscadela.

— Leve sua garota para algum lugar especial — diz, saindo de perto antes que eu possa protestar.

Riley tira a nota de cem da minha mão e a segura contra a luz.

— Isso mesmo, Caroline — ela diz, me dando um sorriso travesso. — Leve "sua garota" para algum lugar especial.

Pego o dinheiro de volta com um olhar furioso, e ela sai correndo para ganhar seu próprio presente.

Mas talvez eu leve. Só tenho mais *cinco dias* com Arden.

E, mais assustador do que isso, a sensação é de que uma parte dela já está indo embora aos poucos.

— Tudo bem. Amanhã — digo, virando-me para encarar Arden.

— Amanhã o quê?

— *Eu* vou planejar o que faremos amanhã — aviso, agitando o dinheiro antes de guardá-lo na bolsa. — Quer dizer, tenho certeza de que consigo pensar em alguma coisa melhor do que roubar uma árvore de Natal.

Arden ri antes de concordar.

— Combinado.

Capítulo 22

ARDEN

DIA 9-10

— **Talvez você tenha dado** o melhor presente de Hanucá que minha avó já ganhou na vida — diz Caroline enquanto seguimos para o jipe depois da festa. Esfrego os braços, sentindo o frio cortante pela ausência da jaqueta, que agora está permanentemente na posse da avó de Caroline.

— Precisava mesmo de algum espaço na minha mala, com toda a comida que vovó vai me fazer levar para casa comigo.

Chegamos ao carro e Caroline faz sinal para que eu entre antes dela.

— Você sabe que sentar no banco do meio sendo uma pessoa de pernas longas é bem...

Ela me empurra para a frente e eu caio para dentro, rindo apesar do meu humor sombrio de hoje.

Seguimos em silêncio, exceto pelo zumbido constante do rádio. Imagino que todos devem estar em coma alimentar, mas quando olho rapidamente para Caroline, vejo que sua testa está franzida.

— Ei, gente — começa ela, se inclinando para a frente. Uma onda de seu xampu floral toma conta de mim enquanto Levi abaixa o volume da música. — Vocês já pensaram em fazer alguma coisa... sei lá... relacionada ao Hanucá em Barnwich?

Miles dá de ombros, mas Levi assente. Riley também.

— Assim, eu sei que o lugar é praticamente tomado pelo *ho ho ho* do Papai Noel, mas sempre fica claro para mim em todas as festas de fim de ano, e especialmente depois dessa festa de Hanucá, que tem alguma coisa faltando — diz Levi.

— E se nós inaugurássemos tipo uma noite de Hanucá no bar? — sugere Caroline. — Poderíamos acender a menorá e...

— No *Natal*? — pergunta Miles, virando-se na cadeira para encará-la. — Ninguém iria aparecer lá.

— Não somos a única família de judeus em Barnwich — diz Levi, olhando-o rapidamente.

— Além disso, ninguém faz nada na *noite* do Natal, Miles — interrompe Riley ao meu lado. — Todo mundo simplesmente abre presentes e come, e depois não há nada para fazer em Barnwich porque está tudo fechado.

Miles pensa sobre o assunto, assentindo.

— Pode ser divertido. Talvez Barnwich precise de algumas novas tradições — digo, e Caroline vira a cabeça para olhar para mim. — Quer dizer, na pior das hipóteses, seremos apenas nós passando tempo juntos.

— Se você organizar, pode fazer no bar — diz Miles finalmente.

— Combinado. — Caroline sorri para ele enquanto se recosta no banco.

— Eu ajudo — anuncio. Caroline deixa a cabeça pender para o lado para olhar para mim.

— Será sua última noite aqui — sussurra, me lembrando do que já sei, mas assinto mesmo assim. Continuamos nos olhando até que ela pega o celular. Seu rosto fica iluminado pela luz da tela enquanto ela digita alguma coisa e depois estende o celular para mim. É a pergunta de hoje.

o papel neste filme, Hollywood, Los Angeles, ser atriz...
isso tudo ainda te faz feliz?

Mordo meu lábio enquanto olho para a estrada à nossa frente, brilhando sob os faróis do jipe de Levi.

Minha resposta imediata deveria ser *Sim! Claro!* Porque, afinal, esse é o objetivo da matéria que ela está escrevendo. Quando olho de fora, ainda parece o melhor emprego do mundo. Basicamente vivo de ficar me divertindo atuando, e recebo um dinheiro absurdo para isso.

Mas não tenho certeza de que isso é verdade.

Passei a festa inteira vendo Caroline cercada por sua família, um grupo de pessoas que a ama, que *sempre* vai amá-la. Acho que talvez seja algo de que sinto falta na minha vida. É algo que não consegui encontrar em Los Angeles, e é por isso que deixei todas as outras coisas me consumirem. Para tentar preencher o buraco que abri em meu coração quando fui embora de Barnwich.

Então, quando pego o celular dela, escrevo:

Algumas partes.

Meus pensamentos começam a ficar um pouco selvagens enquanto meus polegares deslizam pela tela, digitando.

Gosto do desafio de me tornar alguém que não sou por alguns meses e que às vezes pedaços de um personagem ficam grudados em mim muito depois de terminar as filmagens. Adoro ser capaz de mergulhar em mim mesma e extrair o tipo de emoções que raramente me permito sentir na vida real. Isso me dá um espaço para liberar um pouco da dor que senti quando saí de casa e quando meus pais me abandonaram.

Mas estou percebendo cada vez mais que atuar não pode preencher o vazio que ficou em mim, não totalmente.

Já tem um tempo que parece que estou fazendo algo errado, um atrás do outro. Como se alguma coisa estivesse faltando, embora eu não quisesse fazer nada diferente. Mas não consegui parar o fluxo das coisas por tempo suficiente para descobrir o que e colocá-las no lugar de novo. Então, na maioria dos dias eu não me sinto feliz.

E, sim, acho que esse papel no filme de Bianchi seria um bom começo. Um jeito de alavancar minha carreira na direção que sempre quis e fazer da atuação algo mais gratificante.

Mas estar de volta a Barnwich tem me mostrado que o que realmente fez falta esse tempo todo não está nos sets ou nas telas. O que me faltava era estar em um lugar onde cada canto guarda uma lembrança, onde deixei minha infância para trás, a cidade que amo, a pessoa que eu...

Paro de digitar quando a cabeça dela cai no meu ombro.

Olho para baixo e vejo que ela está dormindo de forma profunda, os cílios lançando sombras em suas bochechas, os lábios vermelhos ligeiramente entreabertos.

Eu a observo por um longo momento, meu coração batendo de forma constante porque estar tão perto dela está começando a me fazer sentir assustadoramente confortável. Poderia terminar de digitar a última palavra e deixar para ela ver depois. Dizer a ela a verdade. Dizer como me sinto atualmente, não apenas como me sentia no passado. Poderia mudar tudo.

Mas então me lembro da distância que estará entre nós em apenas alguns dias, e do aviso de Edie, no qual venho me forçando a pensar a noite toda.

Eu me lembro do que Taylor disse sobre Caroline ter a chance de viver uma vida normal, longe dos holofotes, com uma namorada normal que pode estar por perto.

Tenho sentimentos por Caroline e ela pode ter sentimentos por mim, mas... não sou a pessoa certa para ela. Minha vida, apesar dessas breves férias da realidade, ainda é um caos. E não vou arrastá-la para isso. Não estou disposta a tornar a vida dela caótica também.

Não complique as coisas, Arden.

Apago as últimas frases e aperto o botão lateral, bloqueando a tela do celular.

Depois fico sentada no escuro enquanto ela dorme, tentando descobrir como equilibrar o restante do meu tempo aqui. Sei que não posso deixá-la chegar perto demais. Nem deveria ter me oferecido para ajudar com a festa de Hanucá no bar, mas... parece impossível evitar quando cada fibra do meu ser quer tanto aproveitar cada segundo que posso com ela.

Acordo na manhã seguinte com uma ligação por FaceTime de Lillian. Meu polegar desliza cegamente pela tela do meu celular até ouvir a voz dela.

— Arden? Olá-á?

Me apoio no cotovelo, a cama do quarto de hóspedes da vovó rangendo embaixo de mim.

— Lillian — respondo enquanto olho para o celular. — São só seis da manhã *aqui*, e você está em um fuso de três horas a menos. Você dorme, por acaso?

— Dou cochilos revigorantes e tomo café expresso, querida — diz ela, tomando um gole de uma xícara de café para ilustrar o que acabou de falar. — Arden... Tenho ótimas notícias para você.

— A notícia é que você vai desligar para que eu possa dormir mais um pouco?

Ela me lança um olhar significativo.

— Melhor. Bianchi viu o lance todo com você e Caroline servindo panquecas no restaurante da sua avó. Na verdade, caramba, meio que todo mundo viu.

Lillian me mandou um zilhão de links ontem, antes da festa de Hanucá, matérias com fotos minhas e de Caroline, minhas com a minha avó no balcão do restaurante, minhas com alguns fãs. Engraçado que, assim que essa ação se revelou um sucesso, ela imediatamente mudou de opinião.

— De qualquer forma, ele quer convidar você *e* a Caroline para a festa de Natal que ele dá todo ano, aqui em Los Angeles, no dia 24.

Me sento ereta.

— *O quê?*

— Vou ficar chocada se ele não lhe der o papel até o Ano-Novo. Todo esse papinho de garota de cidade pequena foi a melhor coisa que você poderia ter feito pela sua carreira — continua ela, e eu imediatamente me irrito.

— Lillian, não é papinho. Eu *sou* uma garota da cidade pequena. Ou pelo menos eu *era* antes de... — Sento na cama, frustrada. — Por que você está dando a entender que eu não precisava assumir toda essa personalidade festeira, sendo que foi você quem me disse que essa era a única maneira de eu ser vista?

— Isso vem ao caso? Tudo o que fizemos nos trouxe até aqui. Vamos ganhar *tanto* dinheiro...

— Quem se importa com o dinheiro? Quantos milhões eu já ganhei para você até hoje? — Levanto minha voz enquanto tiro as cobertas e pulo da cama. — Perdi quase todas as pessoas com quem me importo, sem falar de mim mesma, por causa dos seus conselhos. Não tinha como eu simplesmente *fingir* ser alguém daquele jeito. Tive que me tornar aquela pessoa, e então você teve a audácia de me julgar por isso, enquanto se arrastava para me ajudar a consertar tudo. Se Bianchi não tivesse dito o que disse, você jamais teria concordado com nada disso.

— Arden, não sei do que você está reclamando. Você basicamente implorou para que eu te tornasse uma estrela, e foi o que fiz.

— Eu tinha *catorze anos* quando assinei contrato com você! Era apenas uma criança. Eu mal sou uma adulta *hoje em dia*! — Vou até a janela e enrolo os dedos em volta do peitoril. — Você sabe o que as pessoas da minha idade fazem por aqui? Elas comem cachorro-quente em jogos de basquete, andam de trenó e participam de concursos de chocolate quente.

— Arden...

— Eu tinha quinze anos quando você conseguiu colocar meu nome na lista de festas privativas pela primeira vez para sair com pessoas que tinham o dobro da minha idade. Quero dizer... que porra é essa, Lillian? — pergunto, sentindo meu sangue ferver, mas ela apenas solta um longo suspiro do outro lado da linha.

— O que você quer que eu diga, Arden? Lamento que você não tenha crescido comendo as panquecas da sua avó e tenha ficado extremamente famosa e rica em vez disso. Mas você vai ter que me ouvir: eu não sou sua mãe. Ninguém quis ter *esse* trabalho. O que eu fiz foi cuidar da sua carreira, e esse era o *meu* trabalho. E agora você vai fazer o seu. Vou encaminhar o convite para você. — Ela clica na tela e desliga na minha cara.

Jogo meu celular na cama, sentindo como se tivesse levado um tapa, e encosto a testa no vidro frio da janela embaçada. Penso em todos que íamos deixar na mão se Caroline e eu fôssemos a essa festa. Riley, Levi, Miles, os pais de Caroline e vovó, que está lá embaixo agora.

Mas apesar da raiva que estou sentindo por Lillian e do quanto não quero ir, sei que ao menos preciso mostrar a cara lá se quiser esse papel. Tenho que mostrar ao Bianchi que ele é prioridade, porque ele é. Ele tem que ser. Para mim, pelo menos.

Então vou pedir a Caroline para ir, mas não vou forçá-la a isso.

Gemo e puxo as cobertas sobre mim, mas não consigo voltar a dormir. Fico só olhando para o ventilador de teto, ouvindo vovó fazendo barulho na cozinha lá embaixo e pensando em como não quero pegar um avião para Los Angeles daqui a quatro dias, muito menos daqui a dois. O quanto não quero deixar minha avó, nem Barnwich, outra vez.

***

— Você está atrasada! — anuncia Caroline na tarde seguinte, encostada na parede do Barnwich Brews, especialmente bonita vestindo uma calça jeans desbotada e um casaco de inverno aconchegante, com seus longos cabelos levemente ondulados.

— Essa deve ser a primeira vez que você diz isso para alguém — digo, e ela responde puxando meu gorro para baixo sobre meus olhos.

Eu o ajeito de volta, inclinando a cabeça para olhar para a agora familiar cafeteria.

— Uau. Que destino *emocionante*. Foi *isso* que você planejou? Vamos impedir outro escândalo de corrupção?

— Não — responde Caroline, agarrando minha mão e me puxando para dentro — Isto é o *começo* do que planejei. Estamos aqui apenas para tomar uma bebida quentinha. Por minha conta, óbvio.

Pego uma mesa enquanto ela pede dois chocolates quentes premiados de Austin. Me jogo no sofazinho e a observo no balcão. Ela tira seu grande casaco de inverno para revelar uma camisa de gola alta justa por baixo que acentua todas as partes dela que, hum... mudaram com o tempo.

Quando a vejo começar a se virar em minha direção, forço meus olhos para baixo, fingindo ver algo incrivelmente interessante no chão.

— Tudo bem? — pergunta Caroline, me lançando um olhar estranho enquanto coloca nossas bebidas na mesa e olha para o chão em busca do que estou vendo.

— Sim. Eles, hum... trocaram o piso depois que eu fui embora, né? — pergunto, finalmente olhando para o rosto dela, esperando que ela não consiga ver o quão vermelho o meu está.

Boa, Arden.

Caroline dá de ombros e ri, procurando alguma coisa no bolso de trás.

— Aqui. — Ela desliza um livrinho de papel artesanal pela mesa. — Li a resposta que você deixou no meu celular ontem à noite, sobre sentir falta de algo. Então, quis te dar algo para guardar nesse tal espaço vazio quando você for embora. — Ela toma um gole de sua bebida enquanto eu inspeciono o presente.

É um passaporte de Barnwich que Caroline fez usando papel ofício grampeado e lápis de cor. Quando começo a folhear, ela estende a mão e aperta a minha.

— Espera! Temos que fazer uma página de cada vez. Assim, cada destino é uma surpresa.

Concordo com a cabeça e ela libera seu aperto lentamente, deixando que eu veja a primeira página.

— Chocolates quentes, como antigamente. — Aperto os olhos, encarando-a. — Achei que você tivesse dito que era para ser uma surpresa. Já estamos aqui com nossos chocolates quentes.

Observo enquanto ela procura no bolso do casaco.

— Surpresa — diz com um sorriso enquanto tira dois marshmallows gigantes de um saco e coloca um em cada copo.

— Ai, meu Deus. Eu tinha esquecido! — Balanço a cabeça, rindo. Nós sempre trazíamos nossos próprios marshmallows gigantes quando éramos crianças, porque nós duas sempre detestamos os pequenos que já vinham com o chocolate.

— Ok, passe para o próximo — diz ela, apontando para o livrinho, que contém nossa programação da noite.

Faço o que ela mandou e leio a página seguinte.

— Você está brincando comigo — digo, fechando o livro. — Vamos escrever cartas para o Papai Noel, Caroline? Quanto anos temos, dez?

— Nós já tivemos — responde ela, vestindo o casaco enquanto se levanta da cadeira e pega sua bebida. — Vamos. Vai ser divertido.

Depois de um grande suspiro, pego meu chocolate quente e a sigo em direção à porta. Ela passa pelo quadro de avisos e tira um panfleto azul brilhante do bolso, um convite para a festa de Hanucá no bar.

— Também vamos pendurar alguns desses por onde pudermos ao longo do nosso percurso — ela me diz enquanto o prende no mural. Então saímos para encarar o frio.

— Você não vai pedir ao Papai Noel um prato de espaguete com almôndegas e dois pedaços de pão de alho, vai? — brinco enquanto dou alguns passos longos para alcançá-la na calçada.

Ela bate o ombro no meu.

— Você pede um prato delicioso para o Papai Noel *uma vez* aos sete anos de idade e nunca te deixam superar isso.

— Mas ele entregou, não foi?

— Acordei com um vale-presente do Olive Garden na minha meia. Fomos no dia seguinte. Lembra? — pergunta ela.

— Lembro — respondo. — Tenho certeza de que fizemos valer nossos vinte e cinco dólares só em pãezinhos do couvert.

Atravessamos as ruas movimentadas, com as pessoas ocupadas demais olhando para as luzes e as vitrines das lojas para prestar atenção em mim nesta noite. Subimos as escadas até o prédio dos correios, um pequeno edifício histórico com uma caixa de correio etiquetada POLO NORTE bem na frente. Caroline me entrega uma caneta e papel do bolso aparentemente sem fundo do casaco, mas então fico ali parada, congelada, com a caneta no papel.

Minha lista quando criança costumava ocupar frente *e* verso do papel. Agora posso comprar praticamente tudo o que eu quiser. Tento me aproveitar da minha altura para espiar a lista que Caroline está escrevendo por cima do ombro dela, mas ela me pega no flagra.

— Ei! Nada de espiar — grita, protegendo seu papel de mim.

Você é uma graça, quero dizer a ela, mas em vez disso engulo as palavras e me contento em encarar minha folha em branco. Só há uma coisa que eu poderia escrever. Uma coisa que não posso comprar. A única coisa que eu quero, mas nunca poderei ter.

Caroline.

— Ok, pronta? — pergunta ela, olhando para mim enquanto dobra seu papel. Olho para o nome rabiscado na minha folha e, em seguida, dobro-a rapidamente antes que ela possa ver.

— Hum, sim — respondo, colocando um sorriso no rosto. Caroline estende a mão, pega meu papel e coloca os dois na caixa de correio.

— O que você escreveu? — pergunta enquanto descemos os degraus para a rua juntas.

— Isso é entre mim e o Papai Noel — respondo.

Nossa próxima parada é o sebo na esquina da Main Street com a Maple. A campainha toca acima de nós quando entramos, e a Sra. Graham, frequentadora assídua do restaurante da minha avó, acena debaixo de uma nevasca de flocos de neve de papel pendurados no teto.

Passamos por uma mesa com livros de todos os tamanhos. Cada um está embrulhado em papel vermelho e verde, com uma etiqueta marrom que oferece uma descrição muito curta e misteriosa. Uma placa acima da mesa diz ENCONTRO LITERÁRIO ACONCHEGANTE DE NATAL.

— Lembra quando costumávamos vir aqui todas as quartas-feiras, depois que minha mãe nos buscava na escola? — pergunta Caroline enquanto serpenteamos pelos corredores estreitos. Seus dedos passam pelas lombadas de cores diferentes, e tenho que resistir à vontade de estender a mão para segurá-los nos meus. Assim como fizemos aquela noite em seu quarto. Sem ninguém olhando, apenas eu e ela.

— Aham. Você sempre, sem falta, encontrava um livro novo para comprar, mesmo que não tivesse lido o último — respondo.

— E você sempre folheava o mesmo livro de receitas. Qual era mesmo? — pergunta ela, agachando para examinar uma prateleira cheia deles.

— Não me lembro — respondo, embora meus olhos o tenham encontrado imediatamente na prateleira depois que ela o mencionou.

— Este! — Ela desliza o livro para fora, a capa mostrando uma mulher familiar de meia-idade com cabelos loiros e macacão.

— Ah, é. Talvez seja esse — digo, me virando.

— Arden James! — Caroline agarra minha jaqueta e me puxa para encará-la. — Você está vermelha?!

— O quê? Não!

Seus olhos se arregalam e seu queixo cai enquanto ela olha para o livro e depois para mim algumas vezes.

— Você total tinha uma quedinha por ela! Não era? — insiste, e com isso eu finalmente esboço um sorriso, e ela me dá um tapinha de brincadeira no estômago.

— Sim. Ela *talvez* tenha sido a responsável pelo meu despertar sáfico. E daí? — brinco, roubando o livro das mãos dela.

— E eu achando que tinha sido eu — diz Caroline. A saliva fica presa na minha garganta e me faz ter um ataque de tosse, meu rosto sem dúvida ficando ainda mais vermelho. — Estou brincando, Arden. Quer dizer, pelo amor, ela toda gata *e* ainda cozinha? Eu nunca tive a menor chance — diz, depois se vira e se dirige novamente para a frente da loja, enquanto forço uma risada que soe natural.

Caroline para no quadro de avisos perto da porta da frente e tira outro panfleto do bolso.

Porém, há apenas um espaço vazio, bem no alto do quadro. Eu a observo pular para tentar alcançar uma vez, e então me posiciono atrás dela e pego o alfinete e o panfleto da mão dela.

Estendo a mão sobre Caroline e prendo o papel no espaço vazio, e então ela se vira para me encarar. Eu a vejo engolir em seco enquanto nós duas paramos por um momento, quase nenhum espaço entre nós e a parede.

— Vamos. Há mais de Barnwich para vermos hoje — ela finalmente fala, dando um puxão rápido na minha jaqueta, e a sigo de volta para a rua.

Poucos minutos depois, com bengalas doces compradas na lojinha do outro lado da rua penduradas na boca, passamos pela árvore gigante que o comitê de eventos está montando no centro da praça para a cerimônia de iluminação amanhã à noite.

— Qual será a próxima parada? — pergunta Caroline, como se ela não soubesse. Pego meu passaporte e passo para a página seguinte, onde há um pequeno desenho do Papai Noel sentado em uma cadeira grande, com uma garrafa de cerveja no porta-copos a seu lado. Olho para cima, seguindo seu olhar para o gazebo à esquerda, onde o Sr. Green vestido de Papai Noel está sentado em sua elaborada poltrona vermelha, um aquecedor apontado em sua direção e uma fila de pessoas esperando para vê-lo.

— Ah, fala sério — digo, mas ela me ignora e me puxa até o fim da fila. Me arrasto passo após passo no tapete vermelho abaixo de nós, tremendo com o ar gelado da noite.

Porém, quando Caroline se aproxima de mim em busca de calor, de repente me vejo desejando que a espera seja ainda mais longa. Deveria aproveitar nosso tempo de espera para falar sobre a festa de Natal de Bianchi, mas como posso fazer isso quando Caroline está literalmente me dando um tour de tudo de melhor que Barnwich tem a oferecer? Sei que ela disse que está fazendo isso por causa da minha resposta de ontem à noite, mas não posso deixar de me perguntar se a contagem regressiva para a despedida também está passando pela mente dela. Se ela está me mostrando tudo isso como se fossem motivos para ficar.

Se ao menos fosse assim tão simples...

Rápido demais, chegamos na frente do Papai Noel em carne e osso.

— Arden! *Sweet Caroline*! — diz o Sr. Green com um sorriso e uma voz alegre forçada enquanto um adolescente vestido de elfo do Papai Noel, parecendo preferir ser atropelado por um trenó do que passar mais uma hora usando um par de orelhas pontudas, nos faz avançar.

— *Papai Noel* — digo, retribuindo o sorriso e me inclinando para a frente. — Como está?

— Preciso de uma maldita bebida — ele sussurra, antes de colocar um sorriso alegre no rosto e gritar: — ho-ho-ho!

Nós nos encostamos na poltrona, deixando um segundo elfo bem mais entusiasmado tirar algumas fotos antes que Caroline pague uma quantia ridícula de dinheiro por duas fotos reveladas.

— Deixa comigo — diz ela pela décima vez hoje, enquanto me afasta e entrega algumas notas, fruto dos cem dólares que recebeu na noite passada.

— Você sabe que não me importo de pagar...

Ela me acena.

— O que minha tia-avó Paula diria?

Eu rio, uma sobrancelha se levantando.

— Então isso significa que sou sua garota? — pergunto antes que possa me conter.

— É — afirma Caroline, encolhendo os ombros enquanto atravessamos a rua. — Digo, pelos próximos quatro dias, certo?

Sinto uma pontada no peito ao ouvir essa resposta. Se é uma ideia tão ruim e impossível, por que ainda quero tanto ser dela?

Mas então olho para o celular de Caroline, vejo que ela está mandando uma mensagem para Taylor e empurro todos os meus sentimentos ainda mais para o fundo e os tranco na caixa de sempre, onde devem ficar.

Paramos em seguida no bar, fazendo um pequeno desvio dos planos no passaporte. O lugar está tranquilo, já que a noite está só começando, e encontramos Levi limpando copos atrás do balcão.

— Está aqui para me causar problemas com a mamãe de novo? — pergunta ele com um sorriso.

— Não. Preciso fazer xixi — diz Caroline enquanto se arrasta para o banheiro.

Me sento em uma banqueta e deslizo uma nota de dez para ele.

— Para o Sr. Green. Por minha conta.

Ele balança a cabeça e coloca o dinheiro na caixa registradora.

— O cara é muito mais forte do que eu. Eu não aguentaria ficar sentado lá, congelando, por um mês inteiro, fingindo que estou felicíssimo com isso.

Tiro mais dez, deslizando as notas enquanto Levi ri.

— Então... como vão as coisas com minha irmã? — pergunta ele.

— Boas, eu acho. — Dou de ombros. — Tipo, já faz uns dez dias desde a última vez que ela me empurrou em um monte de neve, então... — Rio, mas Levi não. Em vez disso, ele olha por cima do ombro para ter certeza de que Caroline ainda está no banheiro.

— Você não vai simplesmente desaparecer de novo, vai? — pergunta, se inclinando sobre o balcão.

Seria tão fácil mentir, balançar a cabeça e dizer para ele que eu nunca seria capaz disso, mas quando abro a boca, eu simplesmente... não consigo.

— Não sei, Levi. Não quero fazer isso — finalmente digo, sendo sincera.

— Então não *faça*.

— Não é tão simples assim.

— Arden, ela é minha irmã mais nova. Eu a amo. — Ele abaixa a cabeça, me lançando um olhar que só um irmão mais velho protetor poderia dar. — Não a machuque de novo.

Mas não consigo responder, porque Caroline está voltando pelo corredor.

— Pronta para ir? — ela pergunta, aparecendo ao meu lado enquanto eu engulo o nó na garganta.

— Aonde vocês vão? — pergunta Miles quando aparece da entrada dos fundos, carregando uma caixa enorme.

— Estamos fazendo um passeio por Barnwich — diz ela. — Ainda temos mais algumas paradas pela frente.

— Mas está tão quente e agradável aqui... — começo a dizer, mas Caroline me puxa da banqueta em direção à porta. Dou tchau para Miles e Levi, saímos do bar e descemos a rua.

Nossa próxima parada, de acordo com o passaporte, é uma loja de brinquedos *bem* lotada onde gastamos nossa mesada centenas de vezes quando crianças. Assim que passamos pela porta, vejo uma caixa gigante de coleta de doações para o hospital infantil local e puxo Caroline até ela.

— Ei, tive uma ideia. Que tal você comprar algo para mim e eu compro algo para você, e aí nós doamos os dois presentes? — pergunto.

—Isso é... muito melhor do que eu havia planejado. A gente se encontra aqui de volta em dois minutos.

Examino o arredor e, a princípio, nada me chama atenção. Mas então, numa prateleira mais baixa, vejo o conjunto de Lego da Estátua da Liberdade. Custa mais do que qualquer um deveria pagar por Legos, mas ainda é Natal se você não gastar levianamente com as pessoas que ama?

É perfeito.

Carrego a embalagem por entre a multidão até o caixa e depois até a caixa de doações, onde Caroline já está balançando a cabeça para mim.

— Para quando você passar para Columbia. — Levanto o Lego até a borda da caixa de doações e coloco o presente lá dentro.

— As crianças vão brigar por esse aí, sabe — diz Caroline, me fazendo rir. Então, com as mãos nas costas, ela tira o cachorrinho de pelúcia preto mais fofo possível e que se parece com meu neném, Neil. — Pra te fazer companhia nas noites em que você não consegue dormir.

— Obrigada — digo a ela enquanto pego a pelúcia, parte de mim meio que desejando que eu *pudesse* ficar com ela. Paro por um segundo para guardar seu rostinho na memória antes de colocá-lo delicadamente na caixa com o resto dos brinquedos.

— Se você não me der esse caminhão gigante agora, Susan... eu juro por Deus... —A voz de uma mulher percorre toda a loja. Olho na direção dela, assim como todo mundo, para ver a mão da mulher agarrada na camisa de Susan, amassando seu colarinho branco perfeitamente engomado.

— Parece que é Susan quem está prestes a dar a surra — digo a Caroline, que está na ponta dos pés para tentar conseguir um vislumbre da cena, mas não adianta.

— É melhor a gente sair daqui antes que chamem a polícia? — pergunta, estendendo a mão para mim. Apesar de saber que seria melhor não fazer isso, eu a aceito, seguindo meu coração em vez de minha cabeça, só desta vez.

Assinto e deixo que ela me puxe através da multidão e saia pela porta.

A próxima parada em nosso passaporte é a farmácia do bairro, onde costumávamos comprar guloseimas. Caroline sorri enquanto passamos pelas revistas, apontando para uma que tem meu rosto estampado na capa. Balanço a cabeça para ela e viro a revista para o outro lado enquanto ela compra um pacote dos nossos chicletes favoritos na saída.

— Qual a próxima parada? — pergunto, folheando a última página do passaporte, que... está em branco.

— Vamos só caminhar — ela responde.

Seguimos até o fim da Main Street e viramos à esquerda na esquina, seguindo por uma rua lateral, mal-iluminada em comparação com a rua principal.

— O que você e Edie planejaram para o Natal? — pergunta ela.

— Ah, hum. — *Merda*. Aqui vamos nós. — Na verdade, não vamos mais passar o Natal juntas este ano. Bianchi me convidou para uma festa de Natal, no dia 24, em Los Angeles — finalmente digo a ela, olhando para meus pés.

— *Na véspera de Natal?* — pergunta, já parecendo desapontada. Para ela, passar tempo com as pessoas que ama é melhor que qualquer coisa. Sei que os Beckett têm sua festa anual dos suéteres bregas nessa noite. Eles fazem um amigo secreto no início do mês e cada um compra um suéter para outro membro da família. É a tradição deles, então nem acredito que estou cogitando isso, mas...

— Ele convidou *nós duas*, na verdade. Mas eu juro, Caroline. Você não precisa ir. — Solto um longo suspiro, encontrando seus olhos. Falar do Natal e de Bianchi para Caroline na mesma frase soa quase errado, como se os dois nunca devessem se misturar. Como óleo e água. — Já pedi muito de você com a matéria e te forcei a entrar nessa coisa de namoro de mentira. Odiaria tirar você da sua famí...

— Eu topo — diz ela.

— Tem certeza? — pergunto. — Você realmente não tem...

Ela acena com a mão como se não fosse grande coisa, como se não estivesse completamente arrasada pelo fato de não passarmos o feriado aqui.

— Vai ser divertido. Quero dizer, quem diz não para uma viagem grátis para Los Angeles? Além disso, não podemos encerrar a matéria sem um encontro na véspera de Natal. E Bianchi certamente não vai acreditar se eu não estiver com você. Poderíamos muito bem terminar tudo com chave de ouro.

Terminar tudo.

Meu coração afunda.

Observo nossos pés baterem na calçada, entrando em sincronia enquanto o piso limpo de concreto da cidade se transforma em lajes mais escuras e irregulares, com rachaduras.

Então Caroline para e se vira. Meus olhos vagam para uma casa branca. O revestimento de vinil está solto, e uma das janelas está coberta com madeira compensada, mas eu a reconheço, e a visão faz meu coração parar por um segundo.

Minha casa.

Esta é uma parada na estrada da memória que eu prefiro esquecer. É pesado demais.

— Caroline, não quero ficar aqui — digo, me virando imediatamente na direção oposta.

— Espere. Arden, espera aí.

Ela me agarra pelo braço e tenta me virar para encará-la, mas eu me afasto de seu toque e faço exatamente o que Levi me disse para não fazer. Começo a correr pela calçada, voltando para a cidade, e a deixo sozinha.

Capítulo 23

CAROLINE

DIA 10

— **Arden, não ouse me deixar** nessa droga de calçada outra vez! — chamo atrás dela, minha voz desmoronando apesar da tentativa de soar firme.

Ela para abruptamente quando digo isso, esperando um pouco antes de se virar e caminhar de volta em minha direção.

— Por que você nos trouxe aqui? Qual foi o objetivo dessa noite inteira, Caroline?

— Como assim?

Ela dá mais um passo à frente, até que seu rosto seja iluminado pela luz da rua zumbindo acima de nós.

— Toda essa viagem pelo túnel do tempo, as cartas para o Papai Noel, o sebo, os marshmallows na cafeteria. Todos os lugares a que costumávamos ir juntas.

— Porque precisávamos fazer alguma coisa para eu reportar na matéria. — Sinto uma onda de raiva na boca do estômago quando ela inclina a cabeça para o lado.

— Foi para me fazer ficar? Ou você ainda está tentando me castigar por ter ido embora?

Cruzo os braços sobre o peito e olho nos olhos dela, embora os meus comecem a arder com lágrimas.

— Não, Arden. Não estou tentando castigar você. Essa sou eu tentando dizer adeus dessa vez, já que você não parece ser capaz de fazer isso. Já se afastando e ainda nem foi embora. Nós duas sabemos que parte de você já está naquele avião de volta para Los Angeles.

Ela agarra meu braço, balançando a cabeça.

— Caroline, estou me afastando porque eu *vou* embora.

Arranco meu braço de seu alcance.

— E faz sentido. Você já conseguiu praticamente tudo o que queria de mim e de Barnwich — continuo, com a voz embargada. — E saber que isso foi o suficiente pra você me magoa, Arden, porque eu acho que *nunca* me cansaria de você.

Ela congela, os olhos escuros estudando meu rosto, a neve começando a cair ao nosso redor.

— Isso não é verdade — sussurra, a voz trêmula enquanto ela estende a mão para tentar me aproximar, mas eu a afasto.

— *Então por que você não voltou?* — A pergunta para a qual esperei quatro anos pela resposta finalmente sai de dentro de mim.

— Porque eu nunca seria capaz de ir embora de novo! — grita ela, passando os dedos pelo cabelo com frustração. — Nunca seria capaz de deixar *você* de novo.

Eu a encaro e ela desvia o olhar, engolindo em seco, mas então continua.

— Você sabia que no primeiro Natal que passei longe, eu tinha até uma passagem comprada? Meus pais estavam felizes por terem se livrado de mim e eu ficaria com Edie por uma semana. Eu fui até o aeroporto, cheguei até o portão. Mas eu fiquei lá sentada, observando todo mundo embarcar, vendo o avião decolar. Continuei lá por horas, Caroline. Horas. Pensando em você, em Barnwich e no meu *lar*. E percebi que seria mais fácil simplesmente... nunca voltar.

— Como pode ter sido mais fácil?

— Os primeiros seis meses lá foram *muito* difíceis para mim. Tive um gostinho do quão cruel essa indústria pode ser, mesmo eu sendo só uma criança. Então, quando minha agente me disse que cortar relações com todo mundo aqui era a única maneira de me manter focada na minha carreira por tempo suficiente para vê-la decolar, me pareceu que ela estava certa. Eu sabia que se voltasse e contasse o que estava acontecendo, você e Edie me diriam para voltar para casa, e então eu nunca conseguiria insistir na minha carreira. Eu olharia por um segundo nos rostos de vocês e ficaria. Achei que, assim que me estabelecesse como atriz, poderia consertar tudo, mas quando fechei minha primeira comédia romântica na Netflix, as coisas avançaram tão rápido que eu simplesmente... perdi o controle de tudo. Eu não sabia mais onde meus pais estavam e não demorou para que eu não soubesse onde *eu* estava. O que começou como a falsa imagem cuidadosamente orquestrada de "Arden James" se tornou *real*. Me tornei a porra de uma ilusão, Caroline. Acordando na cama de estranhas, usando cocaína em todos os banheiros entre Pasadena e Malibu, vivendo noites inteiras das quais eu nem conseguia me lembrar. E quando isso aconteceu... eu soube que não poderia pôr os pés em Barnwich de novo. — Ela enxuga os olhos com as costas da mão. — Não consegui voltar para casa porque virei uma bagunça grande demais para consertar.

Arden solta uma risada, mas ainda posso ver as lágrimas em seus olhos.

— E agora não há uma única pessoa neste planeta que olharia para mim e não veria a "Arden James".

— Isso não é verdade — digo.

Existe alguém.

Sempre enxerguei Arden. A Arden com joelho esfolado, sorriso torto e uma pequena cicatriz no queixo.

Arden, minha primeira melhor amiga, meu primeiro amor e a causa do meu primeiro coração partido.

Mesmo quando ela está com postura de *Arden James*, vejo vestígios dela. A enxergo quando está na tela, perseguindo um bandido como costumávamos correr pelas ruas de Barnwich. A enxergo quando ela está no tapete vermelho, o charme em cada entrevista, como se estivéssemos no quinto ano e ela estivesse tentando convencer o Sr. Reynolds a não passar lição de casa. A enxergo quando Riley me mostra uma foto dela saindo cambaleando de algum clube, com os olhos familiares escondendo algo próximo à dor, próximo ao medo, que só eu conseguia ver, mesmo quando não queria me permitir.

Ela é *Arden James* porque ainda tem o coração de Arden, não por causa do que alguém tentou fazê-la ser.

Ela me olha, *realmente* olha para mim pelo que parece ser a primeira vez em dias. Dou um passo à frente, diminuindo a distância entre nós. Minhas mãos deslizam pelo tecido de sua jaqueta até a pele de seu pescoço, até que meus polegares acariciam suavemente suas bochechas.

— Eu enxergo você.

Ela se inclina em direção ao meu toque.

— Caroline, eu... *não posso*. Você merece coisas normais. Baile de formatura, andar de mãos dadas no intervalo das aulas e encontros fofos em cafeterias. Quer dizer, você viu como é nas últimas duas semanas. Se tem uma coisa que a minha vida *não* é, é normal. E eu moro a quase cinco mil quilômetros de distância. Não posso te pedir para...

Mas eu também não vou pedir. Não vou esperar nem mais um segundo. Em vez disso, dou a ela minha própria resposta enquanto puxo seu rosto para baixo, de encontro ao meu. Nossos lábios se chocam, o nariz dela frio ao roçar minha pele, e todos os anos de desejo, esperança e inquietação se agitam dentro de mim enquanto meus dedos se enroscam no cabelo dela.

A sensação me remete às panquecas do restaurante de Edie e ao brilho quente da menorá na festa de Hanucá da minha família. A como quando um trenó ganha velocidade e seu estômago dá um pulo na garganta. Aos primeiros flocos de neve que começam a cair pela janela ou a encontrar o presente perfeito para alguém que você ama. Parece com tudo isso, todas as coisas boas e mágicas desta época do ano e deste lugar em que crescemos, mas mil vezes melhor. Beijar Arden é a coisa mais mágica de todas.

Há uma parte de mim que ficou presa nesta calçada desde que ela partiu, esperando que voltasse para casa. Esperando que voltasse para mim. E por mais que Arden esteja aqui há mais de uma semana, só agora parece que ela realmente voltou.

Quando se afasta, eu só a permito se distanciar o suficiente para poder me concentrar em seus olhos castanhos olhando para mim. Intensos. Assustados. Ela abre a boca, mas tudo o que sai é um redemoinho de seu hálito quente no ar frio.

Seguro seu rosto em minhas mãos novamente e a olho como sempre quis olhar.

— Eu quero *você*, Arden. É tudo o que eu sempre quis. Você não consegue enxergar?

Eu te amo, é o que quero dizer. *Sempre te amei.*

Mas paro quando ela me encara, ainda sem dizer nada. Não tenho certeza de que conseguiria se tentasse, mas quando me puxa para um abraço, é um abraço que me diz tudo o que precisa ser dito. Me derreto nela enquanto a neve cai ao nosso redor.

— Pensei que você tivesse dito para não te beijar — murmura finalmente em meu cabelo.

— Pensei que você gostasse de quebrar as regras — respondo, e ela ri quando me viro e a beijo novamente, só para garantir.

Capítulo 24

ARDEN

DIA 10

Depois de deixar Caroline na casa dela, eu praticamente flutuo de volta para a casa da vovó. Tem alguma coisa em deixar uma garota em casa no final de um encontro em vez de trazê-la para a minha que dá uma sensação ainda maior de intimidade. Especialmente quando essa garota é Caroline Beckett. Tem uma leveza em todo o meu corpo que nunca senti antes em minha vida, embora esteja muito ansiosa para vê-la novamente. Para beijá-la de novo. Para ver o que quer que seja *isso* crescendo.

Fecho a porta da frente da casa da vovó e me encosto nela, pensando na forma como os dedos de Caroline se emaranharam em meu cabelo, como seu corpo esteve sob minhas mãos, sua gola alta ainda parecendo grossa demais entre nós.

Eu me pergunto por que desperdicei tanto tempo beijando qualquer outra pessoa.

E me pergunto se sequer quero beijar mais alguém novamente.

— Arden, é você? — chama vovó da sala escura.

Tiro meu casaco antes de virar o corredor e encontrá-la sentada sozinha no sofá com os pés apoiados na mesa de centro. Um filme antigo da Julia Roberts passa na TV.

— Você ainda está acordada? — pergunto, acendendo uma lâmpada antes de me sentar ao lado dela, empurrando uma tigela de pipoca pela metade que eu não sabia que estava lá.

— Ah, fui abduzida por esse maldito filme.

— Você nunca viu *Uma Linda Mulher*?

Vovó vira a cabeça para me lançar um olhar inexpressivo.

— Claro que vi *Uma Linda Mulher*! Mas com um rosto lindo desses na tela da minha televisão, como posso desligá-la?

— Você também tem uma queda pela Julia Roberts? — pergunto com um sorriso, sabendo que ela estava se referindo a Richard Gere.

Vovó ri e balança a cabeça para mim, passando a tigela de pipoca levemente escura.

— Você é a única pessoa que conheço que gosta de pipoca queimada — digo a ela, colocando algumas na boca de qualquer forma.

Ela não diz nada por um instante. Quando o faz, seus olhos parecem embaçados.

— Então, está quase no fim da sua viagem, hein, querida? — pergunta.

— É. Acho que sim — respondo, e o friozinho na barriga que venho sentindo desde o meu beijo com Caroline desaparece. — Vovó, sinto muito por não poder estar aqui no Natal. Não era assim que eu queria que tudo isso terminasse — digo novamente, assim como fiz esta manhã.

Ela move a tigela de pipoca para o chão e dá um tapinha na almofada vazia do sofá entre nós.

— Não quero ouvir nem mais um pedido de desculpas seu. Vamos aproveitar o tempo que nos resta juntas. — Sorrio para ela, embora não esteja com vontade nenhuma de sorrir, e me aconchego sob seu braço estendido. — Eu, você e a Julia — acrescenta, me fazendo rir enquanto me puxa para perto.

Assistimos ao resto do filme nessa posição, mas quando os créditos começam a subir, vovó já está dormindo ao meu lado. Saio de debaixo do braço dela e gentilmente guio seus pés para o sofá até que ela esteja deitada. Então coloco um cobertor em cima dela antes de ir para o meu quarto.

Me jogo na cama e pego meu celular para mandar uma mensagem de boa noite para Caroline, mas encontro uma mensagem de Lillian esperando por mim.

Ei. Sinto muito pelo que disse antes. Eu só estava... estressada. Só quero que tudo dê certo para você, querida. Amo você. E estou realmente animada para conhecer a famosa Caroline.

Respiro fundo e, quando solto o ar, tento me libertar de qualquer resquício de ressentimento que sinto por ela.

Estaremos as duas na festa. Até breve, Lil.

Deito na cama e fecho os olhos, imaginando Caroline e eu *juntas* em Los Angeles. Tomando café na minha cozinha pela manhã e caminhando pela praia de mãos dadas à noite. Acho que teríamos que manter um relacionamento a distância por um tempinho antes de isso ser possível, já que ela ainda tem meio ano de ensino médio e, se eu quiser que dê certo, terei que assumir o controle da minha vida. Terei que fazer algumas mudanças. Mas vou descobrir como, porque quero fazer dar certo.

E a festa de Natal do Bianchi?

Será o teste perfeito para nós duas.

Capítulo 25

CAROLINE

DIA 11

Na noite seguinte, eu me arrumo no mesmo estilo todo aquecido da noite de cantoria natalina para ver a cerimônia de iluminação da árvore de Natal, vibrando de animação pela ideia de encontrar Arden de novo.

— Você parece feliz — diz Riley, me olhando da escada enquanto mastiga um punhado de biscoitos de queijo. — Feliz demais.

Estreito os olhos para ela enquanto enrolo um cachecol no pescoço.

— Como assim?

Ela joga outro punhado de biscoitos na boca, ainda pensando. Tento ignorá-la, mas ela está mastigando mais alto que uma vaca.

— Ai, meu Deus. — Riley dá um pulo, pedaços de biscoito voando de sua boca. — Você beijou a Arden.

— O que?! Não, eu...

— Você beijou, sim! Você beijou a Arden!

Pego o pacote de biscoitos da mão dela e saio correndo pelo corredor. Não chego nem na metade do caminho até a cozinha antes que ela agarre meu braço e me jogue no chão. Então ela se senta em cima de mim enquanto eu me viro e me agito, tentando sair de debaixo dela.

— Jesus Cristo — resmungo. — O que eles estão te ensinando na aula de futebol? Jiu-jitsu?

— Conta a verdade e eu vou embora.

— Não vou...

— Caroline...

— Tá bom! Nós nos beijamos!

Ela sorri e me solta, mas não antes de puxar de volta o saco de biscoitos.

— Sabia!

Resmungo enquanto me sento.

— Satisfeita?

— Sim. — Ela estende o som do m, claramente orgulhosa de si mesma. — Como foi?

Incrível. Mudou minha vida. Valeria a pena esperar um milhão de anos. Pelo menos foi isso que eu disse à Maya e ao Austin ontem à noite.

Mas de jeito nenhum eu vou admitir isso para Riley. Dou de ombros, arrumando minha jaqueta e o cabelo com indiferença no espelho do corredor.

— Foi legal. — Encontro seu olhar no reflexo e não consigo evitar de ceder um pouquinho. — Tá, foi... muito bom.

— *Muito* bom? A garota já beijou metade de Hollywood!

— Não significa que ela seja boa nisso — murmuro, embora ela seja, sim, muito boa.

A campainha toca e eu franzo a testa, verificando meu celular para ver se tenho alguma mensagem nova, mas não tenho.

— Pensei que nos encontraríamos na... — digo, abrindo a porta da frente, esperando ver Maya ou Austin, já que Arden está jantando com Edie, mas minha voz desaparece quando percebo que é Taylor Hill parada na minha varanda.

— Quanto tempo, Beckett — diz ela enquanto estende a mão para ajeitar a ponta do meu cachecol. Ela acena na direção da cidade, onde as festividades já estão a todo vapor para o grande evento noturno de Barnwich, o som abafado de música e vozes se espalhando pela rua. — Você vai ver a cerimônia de iluminação da árvore?

— Não, eu ando assim mesmo pela casa. — Aponto para meu traje, jaqueta enorme e tudo o mais, e ela ri, agarrando minha mão e me puxando para fora.

— Vamos. Eu vou com você.

Solto a mão dela quando viramos para a calçada, e Taylor me lança um olhar curioso.

— Com medo de que os fãs dela te vejam? Eu teria largado sua mão antes de chegarmos à Main Street.

Balanço a cabeça, derrapando até parar.

— Não... Eu...

Ela se vira para mim, estudando minha expressão.

— Você parou de responder às minhas mensagens. Mal conversamos quando nos vemos. Sei que você está ocupada com a matéria e ainda estou de boa em esperar por você, Caroline. Mas eu... só quero ter certeza de que ainda tem alguma coisa pela qual esperar.

Sinto uma onda de culpa.

— Taylor, sinto muito. É só...

— A Arden — ela conclui.

Assinto, e ela inclina a cabeça para trás por um momento, a dor brilhando em seu rosto. Finalmente, ela exala e olha para mim.

— Acho que eu deveria saber desde o primeiro dia, quando ela foi buscar você na escola. Tinha... *alguma coisa* na forma como Arden olhava para você. Na forma como você olhava para ela. Ver vocês juntas na cafeteria e no restaurante, como vocês ainda orbitavam uma à outra mesmo depois de tantos anos, meio que confirmou isso, mas eu não queria admitir.

Não digo nada por um longo momento. Porque ela está certa.

Quando falo, decido apenas contar a verdade. Toda a verdade.

— Taylor, você é *muito* incrível. Mesmo. Quando Austin e Maya me disseram que você estava interessada em mim, isso nem me parecia uma possibilidade. Digo, você é *Taylor Hill*. A garota mais legal do colégio. E assim que começamos a sair, gostei tanto de você que realmente tentei sentir uma faísca, tentei fazer com que isso acontecesse. Mas é só que... sempre foi a Arden para mim. E você merece ser feliz, merece alguém que sinta algo por você sem nem tentar.

Ela assente.

— Bom... que merda. Obrigado por me falar.

Ela enfia as mãos nos bolsos enquanto caminhamos em silêncio pelo resto do caminho, diminuindo a velocidade até parar quando chegamos à Main Street e ao mar de pessoas de bochechas rosadas e pisca-piscas. Uma banda local toca música de Natal em um palco improvisado enquanto a árvore chama atenção no alto. Ao olhar para ela, não consigo deixar de pensar no que Arden disse que não pode me dar, o futuro que uma vez tentei imaginar com Taylor. Como teria sido fácil. Fácil, claro... mas não mágico. Não como ontem à noite.

Ela estende a mão para pegar a minha.

— Só não se esqueça de você mesma, Caroline. Combinado? Não se perca nela e em seu mundo e em todas as partes que ela mostra para as outras pessoas. Você também é incrível. Boa demais para não conseguir uma pessoa por completo. Para não *se sentir* como uma pessoa completa.

Assinto e aperto seus dedos.

— Não vou — digo, mas meu estômago se revira um pouquinho. Penso na matéria ainda inacabada. A inscrição para a faculdade sobre a qual quase não penso há uma semana. A festa de amanhã em Los Angeles, minha primeira véspera de Natal longe da minha família, longe de Barnwich.

Não, tudo bem. Desta vez vai ser diferente.

— E vale lembrar... — continua ela enquanto solta minha mão, andando de costas pela rua coberta de neve. — Se um dia você quiser namorar uma celebridade *local* de Barnwich, minha equipe de torcida ganhou o campeonato estadual por dois anos consecutivos.

Ela me lança aquele seu sorriso confiante que, mesmo salpicado de tristeza, me causa uma onda de alívio pelas coisas não estarem completamente arruinadas entre nós. Sorrio de volta para ela, e ela levanta a mão para acenar antes de se virar e desaparecer na multidão.

— *Caroline Beckett*, beijando Arden James e andando de mãos dadas com Taylor Hill no dia seguinte — diz uma voz familiar, me assustando. Maya aparece ao meu lado, passando o braço pelo meu.

— É *mesmo* um escândalo — continua Austin, aparecendo do meu outro lado.

Reviro os olhos e dou uma cotovelada em ambos, relaxando novamente enquanto começamos a andar no meio da multidão.

— Então *o que* rolou ali? — pergunta Maya. Finn se aproxima, mastigando um biscoito gigante de chocolate antes de estendê-lo para mim.

— Foi um adeus que já deveria ter acontecido — digo enquanto estendo a mão para quebrar um pedaço.

— Então você tá... namorando a Arden de verdade agora? — pergunta Austin.

— Não sei. — Balanço minha cabeça. — Ainda não conversamos sobre isso.

— Estavam muito ocupadas se beijando? — pergunta Finn, com pedaços de biscoito voando por toda parte.

— *Talvez* — digo, mesmo que a resposta seja definitivamente *sim*.

— Não acredito que você vai para Los Angeles amanhã — diz Maya com um calafrio. — Está frio demais aqui. Se eu perder um seio congelado, lembre-se de mim como eu era. — Ela fica com uma expressão distante nos olhos. — A garota com os melhores peitos de Barnwich.

Bufo.

— Vou me certificar de que isso esteja na sua lápide.

— Não faça como Arden e nos esqueça lá da cidade grande — diz Austin, e eu o cutuco na lateral do corpo.

— Jamais. Além do mais, estarei de volta literalmente em um dia e meio, a tempo para o evento de Hanucá no bar. Não vou demorar quatro anos para voltar.

Falando em Arden, reparo em uma pequena comoção vindo do outro lado da rua. Cabeças girando, celulares sendo tirados de bolsos.

Logo, ela surge no meio da multidão, linda como sempre, a garota mais bonita a comparecer à cerimônia de iluminação da árvore de Natal de Barnwich desde sua primeira edição, em 1885. No minuto em que a vejo, o turbilhão em minha mente se acalma, as vozes de Riley, Taylor e dos meus amigos sendo silenciadas.

— Arden! — grita Finn, tirando a mão enluvada da de Austin para acenar, fazendo com que ainda mais cabeças se virem. Os olhos dela pousam em mim e seu sorriso falso se torna genuíno.

— Oi — diz ela, com os dentes brancos brilhando, enquanto uma romântica rajada de neve cai ao nosso redor mais uma vez.

— Oi — respondo, e o braço de Maya desliza do meu para o de Austin. Finjo não perceber como os dois trocam sorrisos cúmplices e levantam as sobrancelhas.

Puxo a manga de sua jaqueta jeans muito estilosa, mas que não esquenta o suficiente.

— Você por acaso está tentando pegar hipotermia?

Ela ri, tremendo.

— Talvez? Só queria... — ela murmura algo que não consigo ouvir.

— O quê? — pergunto, me inclinando para a frente. Ela balança a cabeça.

— Nada.

— Fala.

— Nad...

— Arden.

— Só queria estar bonita! — diz ela, e eu começo a rir enquanto suas bochechas ficam ainda mais vermelhas.

Passo a mão por sua jaqueta jeans.

— Você ficaria bonita até com um macacão de neve enorme. O que, aliás, teria sido uma opção muito mais inteligente para esta noite.

Nossos dedos se entrelaçam enquanto caminhamos com o pessoal no meio da multidão, parando no caminho para decorar biscoitos de gengibre, fazer cartões de Natal e fazer carinho nas renas que conduzem os trenós pela cidade. Pegamos sidra de maçã quente no estande da Mistletoe Orchard e castanhas assadas de uma barraquinha antes de garantir um lugar com uma boa vista da árvore enquanto Austin, como vencedor do concurso, sai com Finn para receber as instruções de como acender a coisa toda.

Com Arden ao meu lado, esta noite parece mágica. Me deixo levar pelo charme de Barnwich novamente.

— Você já fez as malas para amanhã? — pergunta Arden, me oferecendo uma castanha.

Assinto.

— Acho que sim. Quero dizer, eu meio que não sei o que vestir na festa. Não tenho certeza de que tenho algo chique o sufici...

Ela acena com a mão.

— Lillian vai separar algumas opções.

— Para mim?

Arden assente e toma um gole de sidra.

— Sim. Enviei suas medidas para ela encaminhar para o meu estilista. Se você não gostar de nenhuma das opções, ela pode comprar outra coisa para você.

— Seu *estilista* — repito.

— Eu sei. Estou com vergonha de mim mesma enquanto digo isso. Juro. — Ela sorri e estremece novamente. Maya estava certa quando falou sobre o risco de perder um seio por causa do frio.

— Aqui — digo, me aproximando para puxar minha jaqueta enorme em torno dela, em uma tentativa de impedir que Arden James se transforme em um pingente de gelo em plena Main Street. Isso definitivamente não seria uma boa publicidade para Barnwich.

Suas mãos deslizam sobre minha barriga, depois meus quadris, e apertam minhas costas, e meu rosto pressiona seu queixo.

— Você está sempre muito quentinha — diz ela, abaixando a cabeça para murmurar em meu ombro.

— Você está sempre muito gelada — digo, e ela ri, com um estrondo no peito. — Dá para sentir suas mãos frias por cima da minha camisa.

Ainda assim, não posso deixar de sorrir, balançando a cabeça levemente ao perceber como é diferente tê-la tão perto. Poder realmente abraçá-la em vez de roubar um toque rápido ou um olhar de relance.

— O que foi? — pergunta Arden.

— Nada. É só que... meio que não consigo acreditar que isso é real.

— Nem eu — diz ela, me segurando um pouco mais forte enquanto o microfone ganha vida e nosso prefeito, Jeffrey Durham, grita:

— Feliz Natal, Barnwich! — A multidão grita e aplaude em resposta, e Austin nos dá um pequeno aceno lá de cima da plataforma. — Agora, para aqueles que são novos na iluminação da árvore de Natal, faz parte da tradição eu compartilhar a história da primeira vez que este evento foi realizado, há mais de cem anos, aqui mesmo nesta praça.

Arden levanta a cabeça de forma ansiosa e todos nós, nativos de Barnwich, sorrimos em antecipação.

— O ano era 1885 — dizemos em coro junto com ele, rindo enquanto ele mergulha na história de como Simon Barnwich, o tataraneto do fundador da cidade, conseguiu arranjar uma enorme quantidade de pisca-piscas de Natal poucos anos depois de eles terem sido inventados, por isso, quando ele foi acender a primeira árvore de Natal de Barnwich, as pessoas vieram de lugares distantes para assistir.

Depois, é claro, houve o incidente com o abeto-de-douglas em 1893, que incendiou metade da cidade depois que algumas lâmpadas pegaram fogo. Nunca usamos uma árvore dessa espécie desde então, mas as cerimônias de iluminação continuaram implacáveis.

Enquanto ele fala sobre como essa tradição é importante para nossa pequena cidade, unindo todos nós, as mãos de Arden se soltam ao meu redor, se enrolando no tecido da minha camisa, e fica impossível ouvir. Em vez disso, fecho os olhos com força e me permito abraçá-la, o cabelo dela voando contra minha bochecha, e todo o resto desaparece.

É quase bom demais para ser verdade.

— Uma última pergunta no nosso último encontro em Barnwich — sussurro, alto o suficiente para ela ouvir. — Do que você mais sentiu falta dos Natais daqui?

A respiração de Arden fica presa na garganta.

— Tudo — sussurra ela.

E então parece que somos apenas nós duas, embora estejamos cercadas por centenas de pessoas. Me afasto para olhar para ela, mas seus olhos ainda estão fixos na árvore, logo acima da minha cabeça.

Todos gritam:

— Três... dois... um...

Arden olha para mim no momento em que a árvore de Natal ganha vida, as luzes coloridas iluminando seu rosto. Enquanto a multidão aplaude e o volume da música de Natal aumenta, os fogos de artifício estouram acima de nós, e suas mãos deslizam para cima para segurar meu rosto, os polegares inclinando meu queixo até que seus lábios encontrem os meus.

Pela primeira vez em muito tempo, o Natal em Barnwich está longe de ser melancólico.

Capítulo 26

ARDEN

DIA 12

— **Você vem?** — vovó me chama na manhã seguinte enquanto eu me sento na cama ao lado da minha mala lotada.

Respiro fundo, depois desço a escada e a encontro parada ao lado da porta para me cumprimentar, embora ainda esteja escuro lá fora.

— Vai uma xícara de café? — pergunta, e eu assinto, seguindo-a até a cozinha.

Ela serve uma xícara para cada uma de nós, e tento não me emocionar por ser a última que tomarei em muito tempo na caneca branca levemente lascada que venho usando desde que cheguei. Por quanto tempo a vovó vai guardá-la no fundo do armário? Engulo em seco.

— Você estava de bom humor quando chegou em casa ontem à noite — diz ela, e levanto as sobrancelhas.

— Quem, eu?

Ela me lança um olhar cheio de significado.

— *Arden*. A cidade inteira viu vocês duas se beijando. As notícias correm rápido por aqui.

— O quê? — digo, recostando-me no balcão. — *Ela* que *me* beijou.

— Tenha cuidado, tá? — pede vovó, segurando a xícara de café entre as mãos. — Ainda mais lá em Hollywood. Ela vai estar totalmente desnorteada e você vai precisar dar apoio para ela.

Deveria ser difícil imaginar Caroline lá comigo, mas... não é. Quanto mais penso nisso, mais confiante me sinto de que tudo vai dar certo.

Sei que ela queria ir para Columbia, mas também há muitas faculdades boas de jornalismo em Los Angeles. Quero dizer, caramba, ela pode nem precisar mais fazer faculdade. Tenho muitos contatos, pessoas que poderiam arranjar um emprego para ela em qualquer revista ou jornal para o qual queira escrever.

— Vou cuidar dela — garanto. Vovó parece querer dizer mais alguma coisa, mas seus olhos se movem para o relógio pendurado na parede atrás de mim.

— É melhor você ir — diz, e eu concordo, tomando mais um gole de café antes de vestirmos nossas jaquetas e sairmos pela porta. — Bem — continua ela, semicerrando os olhos enquanto paramos sobre o tapete de boas-vindas —, vou sentir falta...

Meus olhos lacrimejam.

— Daquele carro.

Sigo seu olhar até o Corvette na garagem. Balanço a cabeça, fingindo estar decepcionada.

— Sabe, eu *achei mesmo* que você ia dizer...

As palavras nem saem da minha boca antes que ela me envolva em um abraço.

— Sinto sua falta o tempo todo, Arden — diz ela, e cerro a mandíbula para impedir que as lágrimas caiam. — Todos os dias.

Quando ela me solta, enfia a mão no bolso da jaqueta e tira um presentinho, embrulhado em papel vermelho e branco, amarrado com um barbante.

— Feliz Natal — diz, entregando-o para mim.

— Obrigada, vovó — respondo, sorrindo para ela sob o brilho da luz da varanda, tentando guardar na memória cada ruga ao redor de seus olhos escuros, cada fio de seu cabelo grisalho, o jeito como me sinto agora.

Ela enxuga rapidamente o rosto com as costas da mão antes de me empurrar para a frente.

— Abra mais tarde. Agora saia daqui. Você vai perder seu voo.

Concordo com a cabeça e coloco o presente no bolso enquanto viro em direção à garagem e paro.

— Ah, quase esqueci... — Viro-me para encará-la, colocando a mão no bolso para pegar as chaves do Corvette. — Feliz Natal. — Coloco-as na palma da mão dela e fecho seus dedos em torno das chaves.

Vovó abre a boca para protestar, como eu sabia que faria, mas levanto a mão para silenciá-la.

— Já está pago, não tem jeito. E é exatamente o que você merece — digo a ela, e seu rosto suaviza. — Além do mais, duvido que qualquer outra pessoa fosse ficar tão bem dirigindo aquele carro.

— Bem, não posso discordar de você — responde ela, apertando minhas mãos. — Obrigada.

Concordo com a cabeça antes de caminhar lentamente até o outro carro alugado que pedi que fosse deixado aqui esta manhã, as rodas da minha mala ricocheteando em cada rachadura na calçada. Coloco-a no porta-malas junto com minha outra bolsa antes de abrir a porta do motorista.

Respirando fundo, olho para cima e vejo vovó ainda parada ali sob o brilho das luzes de Natal que eu pendurei, uma das mãos levantada em despedida.

Antes que eu perceba, estou fechando a porta e correndo de volta pelo caminho, envolvendo-a em mais um abraço.

— Venha me visitar, ok? Me ligue a qualquer hora e eu compro uma passagem para você — digo a ela.

— Só voo de primeira classe — ela brinca, me fazendo rir.

— Com toda certeza. Vou sentir saudade, vovó — digo, e ela balança a cabeça enquanto nós duas choramos.

— Eu sei, querida. Eu sei. — Ela me aperta com mais força. Eu gostaria de não a estar abandonando. Gostaria de não estar indo embora de Barnwich.

Mas, pouco tempo depois, já estou dirigindo pela Main Street até a casa de Caroline. Estacionando do lado de fora. Mandando uma mensagem para ela para avisar que cheguei, não querendo acordar todos os Beckett. Já me despedi deles ontem à noite. Riley só me deixou sair com a condição de eu prometer ir vê-la jogar no campeonato estadual, se seu time chegar lá, e desta vez me senti confiante ao dizer *sim*. Além disso, tenho um certo medo do que ela é capaz de fazer comigo se eu não for.

Enquanto espero, tiro do bolso o presente que vovó me deu e o desembrulho com cuidado, revelando uma foto emoldurada. Somos nós em cima do balcão do restaurante dela, com grandes sorrisos no rosto. Viro e vejo a receita do bolo de carne dela colada na parte de trás.

Já consigo imaginar a receita pendurada na geladeira de aço inoxidável da minha casa em Malibu, ou nas mãos de um chef particular. Me pergunto se ele mudaria alguma coisa, se tentaria inventar moda, transformar a receita em algo que não é, algo diferente do bloco de carne perfeito que vovó faz.

Dou um pulo quando a porta do carro se abre e Caroline joga uma mochila no banco de trás. Quando ela se senta no banco da frente, estuda meu rosto, franzindo a testa.

— Você está bem?

— Sim. Está tudo bem. — Concordo com a cabeça, guardando o porta-retrato na minha bolsa e ligando o carro.

Ainda assim, ela aperta minha mão enquanto eu me afasto da sua casa, mostrando que sabe que não está nada bem.

Reprimo uma risada enquanto Caroline brinca com todos os botões de seu assento de primeira classe no avião, ofegando a cada poucos segundos enquanto descobre um novo recurso.

— Arden — sibila ela. — Arden.

— Oi?

— Olha só até onde esse assento reclina — diz, e observo por cerca de trinta segundos enquanto sua cadeira range lentamente até reclinar por completo. Ela levanta a cabeça. — Isto é ridículo!

Ela praticamente desmaia quando a comissária anota nossos pedidos e as comidas e bebidas chegam em seguida.

— Tem sanduíches enormes, todos esses salgadinhos, e você só vai pedir um café? — Ela se inclina pelo corredor. — *O que* aconteceu com você?

— Só... não estou com fome — respondo, olhando pela janela para o mar de nuvens brancas, o chão abaixo de nós fora de vista.

— Isso significa que você está nervosa — diz Caroline, com a boca cheia de comida. Bufo e olho para ela.

— Eu? Nervosa?

— Sim, *Arden James*. Eu conheço você.

Ela está certa, obviamente.

— Por que você está nervosa? — insiste.

Dou de ombros.

— Não sei. A festa. A volta para Los Angeles. A possibilidade de Bianchi descobrir a verdade. Praticamente tudo.

— Você sabe que sou uma boa jornalista. Bianchi não precisa saber que um dia nosso namoro foi falso — diz Caroline, depois dá outra mordida no sanduíche.

Foi. No *passado*. Então agora estamos namorando de verdade? Nós nos encaramos por um longo momento, até que coloco meus óculos escuros de volta e tomo outro gole de café.

— Você tem razão.

Ainda não conversamos sobre... *nós duas*. Fico esperando que ela diga alguma coisa, ou querendo eu mesma dizer alguma coisa, mas mesmo estando totalmente certa do que estamos fazendo (quero dizer, duas horas atrás eu já estava planejando nosso futuro), quero dar a Caroline uma chance de ver no que ela está se metendo antes de colocar essa pressão em cima dela.

Quero que ela saiba exatamente o que está em jogo para ela, quero lhe dar a oportunidade de mudar de ideia.

Mas espero que não mude. Quase todo mundo em Barnwich me disse para cuidar dela em Los Angeles, e é isso que pretendo fazer.

De qualquer forma, mesmo que eu quisesse, não é como se eu pudesse me inclinar no corredor do avião agora para ter uma conversinha sobre isso. Olho para todos os lados para ver se alguém está olhando, ouvindo, já sentindo o peso do que minha vida vai voltar a ser quando pousarmos em Los Angeles.

— Bem, eu devia trabalhar mais um pouco. Tenho que enviar a matéria para a *Cosmo* até as oito da manhã — diz Caroline enquanto pega seu notebook.

— Então você vai terminar depois da festa hoje à noite? — pergunto, e ela assente. — Deixa eu ler o que você escreveu até agora. — Estendo a mão para pegar o laptop, mas ela o afasta bem a tempo.

— Sem chance! Não até eu terminar — repreende ela, me surpreendendo.

— Ah, para. Você tá falando sério? — pergunto, mas Caroline simplesmente me ignora.

Então me contento em observá-la digitar, me perguntando o que está escrevendo, como vai me retratar, quanta informação pessoal ela está colocando ali. Nunca fui entrevistada por alguém que realmente me visse antes, e estou apavorada e morrendo de vontade de saber o que Caroline está contando.

— Você não precisa de uma contribuição externa? — pergunto, me inclinando no corredor para tentar dar uma espiada, mas ela desvia o computador novamente.

— Por que você não pede um sanduíche extra? Talvez você queira mais tarde, no carro, a caminho da sua casa.

— Você quer que eu... pegue um sanduíche e guarde para mais tarde? — pergunto, ignorando o fato de que ela está se esquivando de mim.

— É, tipo, na sua bolsa ou algo assim, mas... sim. Nunca se sabe.

— Você é ridícula. — Balanço a cabeça e coloco os fones de ouvido, resistindo à vontade de beijá-la pela milésima vez hoje. De uma forma estranha, isso me faz sentir um pouco mais tranquila. Nada vai mudar Caroline, nem mesmo Hollywood. Seremos capazes de fazer isso dar certo.

Então, da próxima vez que a comissária passa, eu peço o sanduíche extra.

Nunca se sabe.

Capítulo 27

CAROLINE

DIA 12

Assim que pousamos em Los Angeles, reparo que alguma coisa em Arden muda.

Tento fazer contato visual enquanto estamos sentadas no banco de trás de um Cadillac Escalade preto, mas o capuz dela ainda está puxado por cima de um boné de beisebol que ela colocou para nossa caminhada rápida pelo aeroporto, e agora Arden está... apenas olhando pela janela, com o polegar abrindo uma das hastes dos óculos de sol e fechando-a repetidamente.

Engulo a sensação de enjoo que cresce em meu peito. Aquela que me lembra dos últimos dias em Barnwich antes de nos beijarmos, como se eu já a estivesse perdendo justo quando ela finalmente estava a meu alcance.

Eu me viro para olhar para a estrada enquanto tento me livrar da sensação. Observo as palmeiras, o trânsito, e não vejo nem sinal de um único floco de neve, embora seja véspera de Natal. Tudo aqui é tão diferente de Barnwich. Sabia que seria, mas vivenciar pessoalmente é diferente.

Meu celular vibra e olho para baixo para ver um vídeo de Riley, Miles e Levi no Restaurant Depot. Eles estão comprando batatas, ovos e velas para a festa de Hanucá no bar amanhã à noite, seguindo a lista detalhada de instruções que deixei para eles. Levi empurra o carrinho a uma velocidade vertiginosa, enquanto Riley surfa em cima dos sacos de batatas e Miles persegue os dois, tentando fazer com que parem.

Sorrio para mim mesma e viro meu celular para mostrar a Arden, mas ela ainda está olhando pela janela, a um milhão de quilômetros de distância.

Depois de um tempo, atravessamos um grande conjunto de portões e entramos no condomínio dela. As casas são dezoito vezes maiores do que qualquer outra lá em Barnwich, as mansões extensas grandes o suficiente para bloquear a vista do oceano. Viramos à direita na entrada de uma casa moderna, preta e angular, cheia de janelas e de aço. É algo tão distante do que eu imaginaria para Arden que fico surpresa quando ela desafivela o cinto de segurança.

O carro para e Arden murmura um agradecimento ao motorista antes de descermos e encontrarmos uma mulher de cabelo cacheado nos esperando do lado de fora da enorme porta de vidro. O cheiro salgado do oceano nos envolve enquanto ela se aproxima, olhando para um relógio em seu pulso.

— Bem em cima da hora, James! — diz, mas então seus olhos voltam para me dar uma conferida rápida, e um grande sorriso surge em seu rosto. — Olha só, e não é que você é mesmo uma graça?

Olho para mim mesma na tentativa de ver exatamente o que ela está vendo, mas sua mão perfeitamente bem cuidada entra em meu campo de visão.

— Sou Lillian, agente da Arden.

Eu enrijeço por causa do que Arden me contou, mas aperto sua mão.

— Caroline. — Mal a solto antes que ela nos guie para dentro. Meu pescoço se inclina para trás enquanto observo o teto alto, o lustre artístico, a escada de vidro, o sofá branco de encosto reto.

É chique.

Grande.

Mas... sem vida.

Não há quadros nas paredes, nem coisas espalhadas, e aquele sofá parece tão desconfortável que provavelmente seria horrível assistir a uma maratona de filmes nele. Não há nada que faça este lugar parecer um lar. Nada que tenha a cara de *Arden*.

— Tudo bem, a equipe de cabelo e maquiagem chega daqui a meia hora. Jenna... — Lillian faz uma pausa e se corrige: — A estilista da Arden chegará uma hora depois deles. Há sucos naturais na geladeira, se você estiver com sede. Café na bancada. Vocês duas devem estar precisando de um banho, certo? Aviões são sempre tão... — Ela faz uma careta, todo o rosto se contraindo. Ela olha para o celular vibrando e, sem nem respirar, sai da sala. — Tenho que atender.

Nós duas a observamos partir.

— Ela é sempre tão...?

— É, sim — diz Arden com uma risada, mas é forçada. — É por isso que ela é a melhor do ramo. — Penso no que ela me contou sobre a criação cuidadosa da imagem de *Arden James* que Lillian preparou, tudo o que ela disse há dois dias em sua antiga casa sobre se perder na mentira.

E como ela disse *a melhor do ramo* de um jeito que não necessariamente significa uma coisa boa.

Arden aponta para cima.

— É melhor a gente se adiantar. Vou te mostrar onde você pode tomar banho.

Pego minha mochila, já cuidadosamente colocada pelo motorista na entrada.

— Devo experimentar um desses "sucos naturais"? — Provoco enquanto subimos as escadas e, finalmente, Arden sorri.

— Você está em Los Angeles agora. Eles provavelmente vão te colocar num avião de volta para casa se você não tomar um — ela diz enquanto eu a sigo pelo corredor. Ela diminui a velocidade até parar e depois abre uma porta preta para revelar um enorme quarto de hóspedes. A cama perfeitamente feita fica a meio campo de futebol de distância, e uma porta aberta ao lado mostra um banheiro de azulejos brancos.

— Que *enorme* — digo, boquiaberta enquanto observo e sinto minha mochila deslizando do meu ombro.

Arden acena com a cabeça mais adiante no corredor.

— Meu quarto é ainda maior.

— Ai, meu Deus, posso ver? — pergunto. Arden dá de ombros e agarra minha mão, me puxando até a última porta. O cheiro dela exala assim que ela o abre, a primeira vez que este lugar realmente parece ser dela.

— Puta merda.

Uma cama king. Uma parede inteira de janelas com vista para o oceano. Uma pintura legal de arte moderna acima da cabeceira de madeira escura. Uma *lareira*.

Ela me guia por outra porta, e meus olhos praticamente saltam das órbitas quando vejo seu closet. Há prateleiras do chão ao teto. Jaquetas, sapatos, camisas, vestidos e bolsas em todos os espaços disponíveis. Vejo peças que ela usou em shows e filmes, roubados do set, e vestidos usados em tapetes vermelhos que reconheço das fotos que Riley enfiou debaixo do meu nariz depois de cada estreia ou premiação.

Minha mão se estende para arrastar lantejoulas, veludos e chiffon enquanto tento entender *essa* Arden, para ver onde a *minha* Arden se encaixa no meio disso tudo.

Desta casa gigante e vazia. Do Escalade preto. Dos óculos escuros e do boné de beisebol.

Quero conhecer e aprender a amar a outra metade dela, porque sei o quanto atuação é importante para Arden. Assim como a carreira que ela construiu e esse papel com Bianchi.

Mas desde que saímos do avião, talvez desde que nos beijamos pela primeira vez, há uma voz baixinha na minha cabeça perguntando como posso me encaixar em tudo isso. Se ela quer que eu me encaixe. Um alerta que venho tentando silenciar desesperadamente.

— Tudo é tão organizado — digo. — A casa toda. Você não tem nada, sei lá... *bagunçado*? Tipo correspondência? Um diário? Roupa íntima suja jogada por aí?

Ela ri e passa os dedos pelo cabelo.

— Ah, tipo... — Ela me senta na beira da cama e abre a gaveta da mesinha de cabeceira.

Está *lotada*. Livros, páginas arrancadas de roteiros ao longo dos anos marcadas com marca-texto repetidas vezes, cartas com a letra de Edie, polaroides de sets de filmagem e premiações. Esta gaveta de trinta centímetros é a coisa mais Arden nesta casa de quase quinhentos metros quadrados. E *espera aí*... bem em cima de toda a bagunça, eu vejo. A pulseira da amizade que fiz para ela no inverno antes de ela partir e amarrei em seu pulso na cerimônia de iluminação da árvore daquele ano.

Estendo a mão e a pego, o polegar deslizando ao longo dos nós trançados.

— Você guardou? — digo.

— Claro que sim.

Ela responde tão rapidamente, com tanta certeza, que me faz olhar para cima e encontrar seus olhos escuros. Meus dedos a apertam e sinto o fio em que posso me segurar. Porque se Arden consegue manter essa pulseira na vida dela, talvez ela seja capaz de manter a mim também.

— Caroline... — ela começa, mas a voz de Lillian nos chama lá debaixo.

— Quinze minutos, mocinhas! É melhor vocês estarem prontas para a maquiagem quando o relógio marcas três horas!

Arden tira a pulseira da minha mão e a coloca de volta na gaveta, antes de fechá-la com um baque suave. Aceno com a cabeça em direção ao corredor.

— É melhor eu...

— Certo. Sim. — Nós duas nos levantamos apressadamente e Arden enfia as mãos no bolso do moletom. — Vejo você daqui a pouco.

Vou até a porta, me perguntando o que ela nunca teve a chance de dizer.

— E Caroline?

Paro derrapando e me viro, minha frequência cardíaca acelerando enquanto olho para ela.

— Sim?

— Estou, ah... — Ela hesita por um momento antes de balançar a cabeça. — Estou muito feliz que você vai estar lá comigo esta noite. Obrigada por ter vindo.

— Eu também, Arden — digo, embora não tenha certeza de que seja totalmente verdade.

Ela me joga um pedaço de papel pardo e eu consigo pegá-lo, desembrulhando um canto para ver o sanduíche guardado do avião.

— Pode combinar com o suco natural — diz ela com um sorriso.

Dou uma grande mordida e saio rindo, me sentindo um pouco melhor.

Algumas horas depois, meu couro cabeludo dói, meus cílios postiços estão incomodando meus olhos e este vestido talvez quebre uma das minhas costelas, mas eu estou... bom, *gostosa*.

Quase irreconhecível, mas ainda assim. Acho que nunca estive tão bonita.

Viro de um lado para o outro no espelho, observando o vestido verde-esmeralda esvoaçante e meu cabelo, que está meio preso e com a parte solta ondulada à perfeição, com um laço combinando se destacando contra o loiro-acobreado.

Essas pessoas de Hollywood com certeza sabem o que estão fazendo.

Mando uma foto para Austin e Maya em nosso grupo, e uma explosão de olhos de coração e pontos de exclamação chega em resposta quase imediatamente. Sorrio para mim mesma, colocando meu celular na bolsinha que Jenna me deu para combinar com a roupa antes de sair do quarto e seguir pelo corredor.

Estou prestes a começar a descer os degraus quando uma mão agarra meu pulso, me girando.

— *Arden* — sibilo quando ficamos cara a cara, mas minha respiração falha quando vejo o quão deslumbrante ela está. Todas aquelas fotos do Instagram que Riley me mostrou ao longo dos anos não são nada em comparação a vê-la glamorosa assim bem na minha frente.

Ela está usando um vestido vermelho com ombros à mostra e os lábios carnudos da mesma cor. Seu cabelo está puxado para trás, exibindo seus brincos brilhantes, e seus olhos são quase lindos demais para se olhar.

Sua mão desliza pelo meu braço até tocar suavemente meu rosto.

— Quero beijar você — sussurra ela —, mas não quero estragar sua maquiagem.

— Talvez Bianchi ache tudo mais verossímil se você fizer isso — digo, e ela sorri, os dentes brancos brilhando.

Mas então sua expressão fica séria.

— Caroline, as coisas na festa podem... Sei lá. Será tudo meio exagerado. E Bianchi vai ficar cutucando para descobrir a verdade, então *realmente* vamos estar sendo observadas. Mas eu vou estar lá para o que você precisar, tá?

Concordo.

— Eu sei que vai.

— Senhoritas, esta casa é uma câmara de eco, e se alguma de vocês arruinar um único cílio, eu mesma irei brigar com vocês quando descerem — Lillian nos chama da sala de estar.

Arden revira os olhos, mas, ainda assim, deixa seus lábios roçarem levemente nos meus. Esqueço como se respira.

Antes que eu consiga lembrar, estamos descendo as escadas e saindo pela porta para o carro que nos espera.

Mal nos sentamos no carro e os cabelos cacheados de Lillian aparecem pela janela aberta.

— Boa sorte esta noite — diz ela. Arden assente, mas seu rosto fica muito mais sério quando Lillian acrescenta: — Não estraguem tudo, ok?

A agente não diz mais nada e, com um tchauzinho dela, seguimos para a casa de Bianchi enquanto eu me irrito no banco de trás com a suposição de que Arden não trabalhou duro por isso, que nós não nos esforçamos para fazer isso dar certo. Cruzo as mãos no colo enquanto tento controlar meus nervos para me preparar para o que está por vir, mas, apesar de meus esforços, não consigo evitar ficar balançando a perna. Logo, estamos entrando em outro condomínio fechado e seguindo por um longo caminho de paralelepípedos até uma vila em estilo italiano que é tão pitoresca que me faz sentir que *eu que estou* em algum tipo de filme.

— Ei — diz Arden, estendendo a mão para acalmar minha perna inquieta enquanto o carro para. — Estamos fazendo isso há doze dias já, perto de pessoas que nos conhecem *muito* melhor. Continuar por só mais algumas horas vai ser fácil, tá? Só mais um pouco.

Ainda estamos fingindo?

Confusa, cogito perguntar isso a ela, mas me contenho. Em vez disso, abro a boca para dizer que claramente *não sou* uma atriz, mas a porta atrás dela se abre. Arden sai do carro com facilidade e vem me ajudar, colocando meu braço no dela em um movimento suave.

Sinto que vou desmaiar enquanto subimos os degraus de pedra e passamos pelas portas de madeira, então me forço a me concentrar os detalhes em vez de nas pessoas. Pisos de mármore e pé-direito alto. Guirlandas e pisca-piscas pendurados em corrimãos, castiçais romanticamente alocados. É de tirar o fôlego, mas não parece acolhedor ou aconchegante como uma verdadeira decoração de Natal. Não como as coisas são em

Barnwich. Parece quase encenado, como um filme, o que acho que faz sentido.

— Champanhe? — pergunta um homem de smoking branco, estendendo uma bandeja, e Arden pega duas taças da bandeja de prata.

— Não conte para sua mãe — sussurra ela, e eu rio. Tomo um gole surpreendentemente borbulhante e tento fingir costume enquanto andamos pela sala, passando por celebridade atrás de celebridade.

— Adorei o vestido — comenta Arden sobre um vestido bufante que sei que ela detestou. — Sou uma grande fã do seu último lançamento — diz ela sobre um filme que *ninguém*, nem minha avó, achou bom.

É tão surreal vê-la cumprimentar e conversar casualmente com essas pessoas como se elas fossem clientes regulares do Restaurante da Edie e não vencedoras do Oscar.

Acho... que é uma parte comum da vida dela.

Mas esta é a visão mais de perto que já tive da *Arden James*. E não posso deixar de notar como parece falsa. O quão horroroso é saber que Arden é tão incrível e essas pessoas só queiram a versão idiota dela.

E definitivamente não posso ignorar a pontada quando Melanie Jacobs, alguém que com certeza já vi em uma revista de fofocas com a mão na cintura de Arden, vem até nós. Claro que ela é linda e dá um beijo lento na bochecha de Arden, deixando uma mancha de batom vermelho no lugar.

Sem pensar, estendo a mão para limpá-la, mas Arden segura meu braço antes que eu consiga, me impedindo.

— Não é nada de mais — murmura, e toma um gole rápido de seu copo.

É demais para mim.

— Você deve ser namorada da Arden — diz Melanie com um olhar avaliador, seguido por um sorriso divertido que faz eu me sentir com cerca de cinco centímetros de altura. Ela se inclina para Arden e sussurra algo em seu ouvido antes de rir.

Por um momento, vejo um lampejo de algo familiar no rosto de Arden, mas então ela ri e ele desaparece. Ela até deixa minha mão cair enquanto eu termino o resto do meu champanhe.

Não sei por que pensei que Arden conseguiria me ajudar nessa situação, quando ela nem consegue ajudar a si mesma.

— Ora, ora, ora — diz uma voz quando entramos em uma sala de jantar perto da entrada, Arden limpando a bochecha rapidamente, agora que Melanie se foi. O próprio Bianchi vem em nossa direção vestindo um smoking preto, com uma taça na mão e o cabelo rebelde como sempre. — O que temos aqui?

Vejo Arden mudar ligeiramente, seu corpo quase um amortecedor entre mim e Bianchi. Mas ele passa a mão livre por ela e a estende para mim.

— Caroline, certo? — Ele sorri quando eu a pego e assinto, concordando. Seus olhos vão do meu rosto para o de Arden, um olhar intenso, como se ele estivesse procurando por algo. Tentando farejar a mentira. — Vocês duas causaram uma agitação *e tanto*.

— Como eu te disse — diz Arden, com um sorriso malicioso que não reconheço aparecendo em seus lábios. — Sou boa em me manter em alta.

Ele ri e desliza a mão na palma dela. Então ele se inclina para a frente e sussurra:

— Vamos encontrar um momento para conversar esta noite. A sós. Sobre o filme. — Endireitando a postura, ele estuda nós duas novamente, os olhos se movendo desta vez para onde meu braço está entrelaçado ao de Arden, a mão segurando seu antebraço. — Estou ansioso para ler a matéria amanhã, Caroline. — Mas ele se afasta antes que eu possa dizer qualquer coisa.

À medida que a noite avança, comemos aperitivos sofisticados servidos em bandejas brilhantes e Arden continua a se transformar em alguém completamente diferente, cheia de sorrisos falsos e risadas forçadas, que deixa os outros falarem comigo com desdém, enquanto eu tropeço em conversa após conversa com pessoas cujo os olhos ficam cheios de desinteresse imediatamente.

— Que estranho — diz Steven Bronkowski, duas vezes vencedor do Oscar, quando eu conto a ele sobre a reportagem que escrevi sobre a receita de biscoito de Natal de cinco gerações, mencionando inclusive o assassinato.

— Ah! Que, hm... *divertido* — diz Alana Patrick, diretora indicada ao Oscar, quando faço uma piada sobre Arden e eu termos roubado uma árvore da fazenda dos Swanson, antes de se afastar sem dizer mais nada.

— Isso é... fascinante — diz Julia McDower, ex-estrela infantil, depois que falo sobre o quão antiga é nossa cerimônia tradicional de iluminação da árvore.

— Como aquele discurso que Garry Ryan fez no Emmy deste ano — diz Arden, fazendo as duas caírem na gargalhada. Julia concorda com a cabeça enquanto meu rosto assume seis tons diferentes de vermelho. — Falando nisso, você está prestes a ganhar um. Sua nova série parece incrível!

Mais uma vez, Arden habilmente redireciona a conversa, e o que ela me contou na entrada de sua antiga casa sobre sua personalidade faz cada vez mais sentido. A necessidade de esconder quem ela é faz cada vez mais sentido.

Porque as pessoas aqui simplesmente não se importam com quem somos e qual lugar chamamos de lar.

E isso me faz sentir ainda mais falta de Barnwich. Sentir falta da véspera de Natal que poderíamos estar tendo, com biscoitos, risadas e neve. Indo encontrar Austin e Maya para trocar presentes. Vestindo suéteres feios que toda a minha família usaria de acordo com a tradição dos Beckett.

A cada minuto que passa, fica cada vez mais difícil de me segurar àquele fio da minha Arden que me passou segurança na casa dela. E meus medos se tornam cada vez mais reais.

Tenho medo de não me encaixar aqui. De nunca conseguir fazer parte da vida que ela criou neste lugar para si mesma.

Medo da minha Arden não ser ela por completo, mas sim um pedaço de si que ela não quer que ninguém veja, não importa como os últimos doze dias em Barnwich tenham sido.

— Caroline?

Meus olhos se fixam em seu rosto ao perceber que ela estava falando comigo.

— Sim?

— Perguntei se você quer tirar uma foto. — Ela aponta para um cara andando com uma câmera, a poucos metros de nós, tirando fotos de alguns dos convidados.

Concordo com a cabeça quando Arden o chama e, sem nenhum traço de constrangimento ou hesitação, ela pega minha mão. Meus olhos se movem rapidamente para o rosto dela enquanto o fotógrafo segura a câmera, para observá-la por um momento antes que o flash nos atinja. E não posso deixar de sentir meu coração apertar quando parece que uma completa estranha está parada ao meu lado.

Posamos e sorrimos, e quando o fotógrafo se afasta, vejo Bianchi acenando para Arden, fazendo sinal para que ela finalmente se junte a ele em um escritório perto da entrada.

— Me deseje sorte — sussurra ela, a mão deslizando tão rapidamente para longe da minha que eu não conseguiria segurá-la, mesmo que quisesse.

E enquanto a vejo partir, um borrão vermelho, sei que ela não precisa de sorte. Arden pertence a este lugar.

Ela é a melhor atriz que já vi, porque quase me convenceu de que o que tínhamos poderia ser real.

Capítulo 28

ARDEN

DIA 12

Quinze minutos depois de deixá-la, saio do escritório, meus olhos examinando a multidão em busca de Caroline.

Finalmente a localizo no canto, segurando sua taça de champanhe com força. Atravesso a sala cheia de pessoas em sua direção, acenando com a cabeça para um ex-colega de elenco que eu completamente odiava. Mas não vou deixar nem mesmo seu rosto oleoso acabar com a minha alegria.

— Venha aqui — digo, deixando a bebida dela de lado e puxando-a para a sala ao lado, que está tão cheia quanto a anterior, com pessoas dançando lentamente ao som da banda ao vivo que toca música instrumental de Natal.

Eu a puxo para perto, seu cabelo cheiroso roçando meu queixo.

— Eu consegui o papel — sussurro. Ela levanta a cabeça para olhar nos meus olhos. — Nós conseguimos.

— Mentira, Arden! — Ela sorri, apertando a mão em meu ombro. — Estou tão feliz por você.

Observo seu rosto. Ela está sorrindo, mas tem alguma coisa errada com os cantos de sua boca e com os arredores dos olhos. Ela deve estar chateada por causa da matéria. Com o fato de eu ter conseguido o papel antes mesmo de ter ido ao ar, então meio que não faz mais diferença.

— Olha, a matéria ainda vai ser publicada, e mal posso esperar para ler. Para ver como você me vê. — Passo a mão pelo seu rosto, suave como uma pena, esperando ver uma mudança em sua expressão.

— Só... termina essa dança comigo — pede ela, me puxando para mais perto.

— Caroline...

— Arden.

Meu sangue gela, mesmo quando sua bochecha roça a minha. Fecho os olhos com força, querendo parar o tempo, com medo do que está por vir quando a música terminar. O que pode ter acontecido nos últimos quinze minutos? Como pude estragar as coisas em tão pouco tempo?

Quero dizer, claro, eu sei que não foi uma noite perfeita. Tiveram vezes em que foi meio estranho tentar navegar entre as conversas com todas aquelas pessoas, mas não achei que estivesse sendo *tão* ruim.

Tento acalmar meus pensamentos desesperados e absorver o máximo que posso dela. O cheiro, o jeito como ela se encaixa em meus braços, a maneira como me sinto quando ela está tão colada em mim. Quando ela está sequer *próxima* de mim.

Penso na expressão no rosto de Caroline no primeiro dia em que apareci no restaurante, e na maneira como ela cortou aquele abeto como um maldito lenhador, e nos dedos dela deslizando pelo meu braço para se entrelaçar aos meus na cama dela. Me lembro de sua boca com gosto de chocolate quente e menta quando ela me beijou, da pulseira da amizade que está acumulando poeira na minha mesinha de cabeceira, da caixa de matérias de jornal que ela coleciona. Do *eu te enxergo* dela.

Não estou pronta para que nada disso acabe.

Quando a nota final toca, ficamos exatamente onde estamos. Tenho medo de me mexer. Até de respirar.

Finalmente, ela se afasta, me guiando para uma porta que leva a uma varanda de pedra mal-iluminada que se estende por toda a extensão da casa.

— Arden — diz ela, com a voz embargada, os olhos castanhos bem fechados. — Eu... acho que precisamos ser realistas.

— O que você...

— Nunca pensei que veria você de novo — diz ela, abrindo os olhos e fixando-os nos meus. — Quando você não voltou para casa naquele primeiro Natal, e um ano se transformou em dois e depois em três sem uma ligação ou visita, eu disse a mim mesma que era isso. Nunca pensei que cairia de uma escada do lado de fora do restaurante da Edie e veria você olhando para mim.

Ela faz uma pausa, uma lágrima escorrendo pelo seu rosto. Estendo a mão para limpá-la, mas ela pega minha mão e a puxa para baixo entre nós.

— Acho... — Caroline respira fundo, olhando para mim. — Acho que precisamos ser honestas com a gente. Você tem uma *vida* aqui, Arden. Uma vida na qual não me encaixo. Uma vida que não me inclui e nunca me incluiu. E você acabou de conseguir o papel da sua vida, o que só vai tornar isso mais real.

— Caroline, não precisa ser assim. Você pode se encaixar na minha vida aqui. Você *pode*. — Levo um segundo para tirar o desespero da minha voz. — Escuta, eu sei que fiquei com medo no começo, mas passei muito tempo pensando, e há várias faculdades boas de jornalismo aqui. Quero dizer, você poderia se mudar para cá no outono e eu provavelmente te conseguiria um emprego de redatora onde você quisesse. Como você sempre sonhou.

Ela balança a cabeça em negação.

— Mas esse não é o meu sonho. É o seu, Arden. Isso não tem como dar certo, mas acho que você já sabia disso. — Ela aperta minha mão, mas é como se seus dedos apertassem o meu coração. — É por isso que você ficou longe todos esses anos. Foi o que você tentou me avisar antes de nos beijarmos. Foi por isso que você nunca entrou em contato. Não foi só porque você pensou que nunca seria capaz de ir embora. É porque você sabia, no fundo, que também nunca seria capaz de me levar com você.

Não digo nada.

Não consigo dizer nada, porque, de certa forma... ela está certa.

E eu odeio isso.

— A gente pode ter passado esses últimos doze dias juntas, e meu Deus! — Ela ri, com os olhos cheios de lágrimas. — Fico muito feliz por termos tido esse tempo. — Sua mão desliza pelo meu braço até encostar na minha bochecha. Me viro, tentando memorizar a pressão da ponta dos dedos dela, a sensação da palma da mão dela contra a minha pele. — Mas isso é tudo o que podemos ter.

Ela se estica e seus lábios roçam minha bochecha. Então fecho os olhos, abaixando a cabeça até que nossas testas se toquem.

— Dessa vez, sou eu quem vai embora — sussurra ela, e então a sinto deslizar para longe de mim, leve como uma pluma.

Quando abro os olhos, ela se foi, deixando o ar vazio onde estava parada.

Eu me agarro ao corrimão dourado ornamentado, tentando recuperar o fôlego, mas minha cabeça está girando.

Caroline. Ela...

— Merda — sussurro. — *Merda*!

— Vai um cigarro? — uma voz pergunta da escuridão.

Viro-me e vejo Bianchi caminhando em minha direção. Ele se inclina no corrimão ao meu lado, com um cigarro pendurado na ponta dos dedos.

— Não, eu... — Limpo o rosto com as costas da mão e tento me recompor. — O que você está fazendo aqui?

— Me escondendo disso tudo. — Ele ri. — Nunca gostei muito de festas.

Puxo minha mão do metal frio e começo a andar.

Bianchi me segue com uma expressão curiosa no rosto.

— Eu... — Lágrimas brotam em meus olhos enquanto eu luto para segurá-las. Mas então derrapo e paro na frente dele. — Você sabe o verdadeiro motivo pelo qual eu queria esse papel? Queria algo que parecesse real e honesto. Algo que soasse verdadeiro para *mim*, porque nada na minha vida ou até mesmo na minha carreira tem sido real há muito tempo.

Ele balança a cabeça, estudando meu rosto enquanto dá uma tragada.

— Mas a grande ironia é que você só me deu o papel porque eu menti — digo, rindo sem humor. — Eu *menti*. Eu não namorava a Caroline até a semana passada. Claro, eu *era* a garota da cidade pequena que estava apaixonada pela melhor amiga e sonhava em sair da boa e velha Barnwich, mas um dia fui embora, disse que voltaria e nunca voltei. Nem uma única vez!

— Até agora — diz ele.

— Como se isso importasse. — Balanço a cabeça e a deixo cair para trás até conseguir ver as estrelas.

Fico esperando que ele me ataque por tudo que fiz. Espero que ele tire o papel de mim. Mas, em vez disso, quando viro a cabeça para olhar, ele apenas sorri para si mesmo e dá outra tragada no cigarro.

— Sabe — começa ele —, gosto muito mais de você quando *está* sendo honesta. Seu teste foi muito bom, mas isso... isso foi melhor.

Ele apaga o cigarro e fica cara a cara comigo.

— O quê? — pergunto.

— Arden, fala sério. Você realmente acha que caí em todo aquele papinho entre você e sua agente? — Ele ri, balançando a cabeça. — Você se sai muito melhor com um roteiro.

— Você sabia o tempo todo? E simplesmente deixou rolar? — pergunto, e ele assente. — Mas por quê?

— Queria ver até onde você estava disposta a ir para conseguir o papel. Queria ver se você é tão comprometida quanto eu — responde ele.

— Ótimo — resmungo, irritada. Passo as mãos pelo rosto até lembrar que estou toda maquiada.

— Sabe, você e eu não somos tão diferentes, Arden James. Cresci em uma pequena cidade em Ohio, o que, para essas pessoas — ele aponta para todos do outro lado da janela —, basicamente significa que somos do mesmo lugar.

Não posso deixar de rir disso. Nunca li essa informação sobre ele. Assim como ninguém sabia sobre Barnwich até esta semana.

— Desisti de muita coisa para estar onde estou hoje. Coisas que eu nunca quis perder. Mas empregos como o seu e o meu podem... consumir tudo, às vezes. Agora, olhando para trás, não tenho tanta certeza de que eu tinha mesmo que desistir de tudo. Esta indústria pode ser tudo ou nada, mas a vida não precisa ser assim. Sabe, Arden, não há nada de errado em ter alguém que o ajuda a encontrar o caminho quando você não consegue ver a floresta por causa das árvores. Se eu tivesse tido alguém assim, talvez as coisas não tivessem acontecido como aconteceram.

— O que você está dizendo? — pergunto.

— Você sabe tão bem quanto eu que se pode acreditar em *algumas* coisas que se lê internet — diz ele, usando minhas próprias palavras do dia do teste.

O alcoolismo.

Não era apenas fofoca.

— Perdi família, amigos e mais de mim mesmo do que gostaria de admitir, até mesmo para meu terapeuta. Vejo muito de mim em você. A única diferença é que eu tenho 46 anos e você ainda tem a vida toda pela frente. Eu vejo o que esta indústria faz com os adolescentes. Vi o que ela fez com você nos últimos anos. Só... não deixe que isso te custe mais ninguém — diz ele, se afastando do corrimão para se dirigir à porta. — Não deixe que isso te consuma ainda mais. Você tem talento demais para isso — acrescenta, antes de desaparecer de volta na multidão.

Fico ali, olhando pela ampla janela de vidro para as pessoas que andam lá dentro, me sentindo tão... *distante* delas, embora eu seja *como* elas. A noite toda fui igualmente falsa. Tão falsa quanto cada um ali. Inferno, estamos todos aqui na véspera de Natal, em vez de estarmos com as pessoas com quem realmente queremos estar. Tudo porque isso é o esperado de nós.

Mas... eu nunca quis estar em todas as capas de revistas, em todas as festas importantes, no fundo vazio de cada garrafa.

Tudo que eu sempre quis fazer foi atuar.

Todo o resto que veio com essa vida foi escolhido para mim por pessoas que queriam lucrar às minhas custas. Que me disseram que isso era necessário, sendo que agora consigo ver que não era. Pessoas como...

Lillian.

Capítulo 29

CAROLINE

DIA 12

— **É o melhor mesmo** — diz Lillian, me vendo jogar minhas coisas dentro da mochila o mais rápido possível, minha maquiagem toda borrada, com certeza.

Quando voltei da festa, ela comprou minha passagem de volta para Barnwich antes mesmo que eu pudesse tirar os sapatos.

Ela encolhe os ombros e olha para o celular, teclando com os polegares.

— Quero dizer, essa imagem está dando certo para este projeto, mas vai saber o que acontecerá depois deste filme. Quem *Arden James* precisará ser em seguida.

Me concentro em enfiar minha nécessaire em um bolso lateral, tentando lutar contra as palavras que ameaçam sair.

Mas não consigo. Talvez seja o champanhe, ou talvez seja o fato de Arden nunca ter tido ninguém para defendê-la nos últimos quatro anos. De qualquer forma, mesmo que eu esteja com o coração partido, não vou ficar aqui sentada em silêncio, deixando essa mulher agir como se ela se importasse com Arden.

— Ela é uma pessoa, não uma imagem, Lillian. Ela é... *Arden* — digo, e seu olhar encontra o meu novamente. — Ela não pode simplesmente *ser* ela mesma?

Lillian sorri, mas de maneira condescendente.

— Ah, Caroline. Não leve isso para o lado pessoal. São só negócios. — Ela aponta a cabeça para o rosto de Arden na capa de uma série de revistas sobre a cômoda. — *Bons* negócios, aliás.

Uma notificação do aplicativo de carro particular chega no meu celular. Espelho seu sorriso de merda enquanto me abaixo para pegar minha mala feita.

— São mesmo? Porque a Arden já é famosa. Ela conseguiu. O que acontecerá quando ela perceber que não precisa de alguém a manipulando para continuar tendo uma carreira de sucesso? Porque me parece que um dia, mesmo que seja daqui a alguns anos, ela vai se dar conta de que quer mais ser ela mesma do que qualquer merda que você queira que ela seja. As rachaduras já estão se formando. — Penso em Arden me beijando do lado de fora de sua antiga casa. O sorriso dela na Cemetery Hill, andando de trenó com meus amigos. Correndo pelo corredor depois do jogo de basquete. — E é melhor você ter cuidado. Porque depois disso? Não haverá nenhum negócio para você.

Os olhos de Lillian estão arregalados quando passo por ela em direção ao corredor e bato a porta do quarto atrás de mim. Ela não diz uma palavra enquanto desço as escadas e saio para o carro que me levará ao aeroporto, em direção a minha casa.

Mesmo assim, por mais forte que eu finja ser neste momento, choro durante toda a viagem e depois durante o voo de volta para Barnwich. Mantenho meu moletom sobre a cabeça enquanto olho para a tela do meu notebook em meio às lágrimas, com trechos de uma matéria que preciso terminar de escrever me encarando de volta, e tudo parecendo diferente agora. Doloroso.

Faltam apenas algumas horas para o meu prazo. O que eu vou fazer?

Capítulo 30

ARDEN

DIA 12

Antes que eu perceba, estou empurrando as portas da casa de Bianchi e correndo. Desço a calçada de cascalhos e entro no carro que me espera.

— Para casa, por favor! Rápido.

Corremos noite adentro, meus dedos batendo ansiosamente na maçaneta da porta. Depois de um tempo, estendo a mão e tiro os grampos do meu coque, deixando meu cabelo cair em cascata sobre meus ombros. O tempo todo, a única coisa em que consigo pensar é que todos esses anos, todo esse tempo fingindo ser outra pessoa, ainda havia alguém que sempre *me* enxergou, que via o meu verdadeiro eu, mesmo quando eu não conseguia.

E mesmo depois dos últimos doze dias, eu simplesmente escolhi toda essa *mentira* ao invés *dela*. De novo.

O caminho sinuoso até minha casa parece interminável. Parece que passaram horas quando finalmente vejo o brilho da luz da varanda da frente.

Salto do carro, com o coração batendo forte, e entro, chamando o nome dela no saguão.

— Caroline?

Tiro os saltos e corro escada acima, depois pelo corredor, antes de finalmente irromper no quarto de hóspedes.

No quarto de hóspedes *vazio*.

Acendo a luz para ver a cama cuidadosamente feita. Os únicos vestígios de que ela esteve aqui são o vestido que estava usando e um cartão postal de Barnwich que ela comprou na cidade no dia em que nos beijamos, bem em cima dele.

— Ela foi embora — diz uma voz atrás de mim, e me viro para encontrar Lillian encostada na porta.

— O quê? Como? Eu estava com ela há uma hora — respondo.

— Ela não se encaixa aqui. E você não se encaixa naquele lugar. Arden, eu te fiz um favor, querida.

Um favor?

Ando em direção a ela, minha mão se fechando em punho ao meu lado.

— O que você fez? — pergunto.

— Eu a coloquei em um voo o mais rápido possível, antes que ela mudasse de ideia. — Ela dá de ombros, um sorriso presunçoso se espalhando por seu rosto. — Não se preocupe, vamos deixar a matéria ir ao ar para que sua amiguinha também possa tirar algum proveito de tudo isso.

Amiguinha?

Lillian coloca as mãos nos meus ombros.

— Agora você pode se concentrar no que realmente importa: este filme. Depois nos prêmios. Nas publicidades. E sabe-se lá o que mais. — Seus olhos brilham ao pensar em tudo. — Vamos. Vou ligar para a Jenna, ela pode vir consertar sua maquiagem e aí nós vamos levar você de volta para aquela festa. Talvez você até encontre uma garota que te ajude a esquecer tudo isso. — Ela balança os dedos vagamente, mas pensar nisso me deixa enjoada.

Balanço a cabeça, finalmente capaz de enxergar a verdade.

— Quando eu tinha dezesseis anos e me emancipei, coloquei toda a minha confiança em você, Lillian. Cheguei a achar que você estava cuidando de mim esse tempo todo, tomando conta de mim como meus pais nunca fizeram, mas agora eu consigo ver tudo. Você nunca foi melhor do que eles. Passei esses últimos doze dias sendo lembrada de como é ter pessoas que realmente se importam comigo. E não vou desistir deles. Não por fama ou dinheiro... — Dou mais um passo até estarmos cara a cara. — E especialmente não por você.

— Ok. Você pode parar com o drama, querida.

— Você está demitida. — Dou outro passo em direção a ela, fazendo-a voltar para o corredor. — Saia da minha casa.

Lillian fica ali parada com o queixo praticamente no chão. Pela primeira vez, não há uma única palavra saindo de sua boca. Ela caminha com raiva em direção ao corredor.

— Ah, e Lil? — chamo. Ela se vira para olhar para mim com presunção, como se pensasse que eu não seria capaz de demiti-la. — Fique à vontade para pegar um suco natural antes de sair. Querida — acrescento, antes de fechar a porta do quarto na cara dela.

Dou um passo para trás até que minhas panturrilhas batam na beira da cama, depois caio em cima do vestido de Caroline. Estendo a mão pelas costas e pego o cartão postal. Um mapa de Barnwich. As estradas familiares. O restaurante da Edie. Meu lar.

Lágrimas enchem meus olhos enquanto seguro o cartão sobre meu coração, sozinha nesta casa grande e vazia mais uma vez, me perguntando como pude me convencer que amá-la poderia ter sido mentira.

Capítulo 31

CAROLINE

Assim que o avião pousa, praticamente corro pelo aeroporto para os braços de Austin e Maya, que vieram me buscar. Liguei para eles do portão do aeroporto em Los Angeles para contar o que aconteceu. Eles me abraçam e eu enterro meu rosto no peito de Austin.

— Obrigada por terem vindo em pleno Natal — digo.

— Qualquer coisa por você, Beckett — diz Maya.

— O ronco da minha tia-avó Bett em nosso quarto de hóspedes não deixou ninguém dormir lá em casa a noite toda — acrescenta Austin, me fazendo rir enquanto ele me aperta com mais força e depois me leva para o carro que nos espera.

Maya senta comigo no banco de trás e me deixa descansar a cabeça em seu ombro, enquanto Austin nos leva de carro pelo trajeto de duas horas até Barnwich. Ao descermos pela Main Street totalmente deserta, olho pela janela para a árvore de Natal brilhante no centro da praça, me lembrando do brilho dela no rosto de Arden, da sensação dos lábios frios pressionados contra os meus.

Só que agora a memória dói.

— Não tenho ideia de como vou terminar este artigo antes das oito da manhã. — Rio em meio às lágrimas, balançando a cabeça.

— Você é Caroline Beckett— diz Austin. — Você vai dar um jeito.

— Vai, Caroline! — concorda Maya,. me apertando com mais força. — E se não conseguir, seu portfólio para Columbia é tão bom que você nem precisava mesmo do artigo, pra começo de conversa. Cuide de você mesma.

— Nos avise se precisar de alguma coisa, tá? — Austin diz enquanto diminui a velocidade até parar em frente à minha casa. — Tenho uma nova receita de café com chocolate branco que acho que você vai gostar.

— Estamos a apenas uma mensagem de distância — acrescenta Maya. — Feliz Natal, Caroline.

Os dois me abraçam antes de eu pegar minha bolsa no porta-malas e entrar. A casa está escura e silenciosa, exceto pela nossa árvore brilhando na sala de estar, com nossas meias gastas esperando por nós logo abaixo. Meus pais provavelmente estavam dormindo quando mandei uma mensagem dizendo que estava saindo de Los Angeles, e eles não me esperavam de volta até a tarde.

Vou na ponta dos pés até meu quarto e acendo a luz.

— *Jesus Cristo.*

— Epa — diz Riley, dando uma mordida casual em um biscoito de açúcar cuidadosamente decorado, vestindo o suéter feio que comprei para ela, como se não tivesse acabado de me causar um ataque cardíaco.

— O que você está fazendo aqui? E esses são os biscoitos de Natal do papai? São seis da manhã!

Ela mastiga fazendo barulho, imperturbável.

— Austin e Maya me disseram que você estava voltando para casa.

Gemo e desabo na cama ao lado dela. Ela estende a outra metade do biscoito, que eu pego.

— Você está bem? — pergunta ela, se deitando ao meu lado.

Solto um longo suspiro.

— Não sei.

— Não tem problema não saber.

Ficamos ali em silêncio por um longo momento.

— Não sei como terminar a matéria.

— Como assim?

— Quando concordei em escrever, pensei que seria igual a todos os meus outros artigos. Fazer perguntas, captar a história, a pessoa, sob uma nova perspectiva e ser honesta. Pensei que conseguiria escrever sem estar muito envolvida, embora, tecnicamente, já estivesse.

Riley balança a cabeça, virando de lado para olhar para mim.

— Mas parece que não tenho mais como fazer isso. Porque estou profundamente envolvida nisso tudo. Não posso ser objetiva porque... — Deixo escapar um suspiro frustrado. — Por causa do que sinto por ela. Para escrever a reportagem que eles querem, tenho que fingir que sinto coisas que realmente sinto, mas que não posso mais me permitir sentir. É como se eu não tivesse ideia de qual é a verdade, Riley. E estou bloqueada porque não quero estragar tudo para ela com o Bianchi e...

— Só... — Ela exala. — Escreva uma matéria que mostrará para as pessoas a Arden exatamente como você a vê. Porque, na boa, Caroline? Essa é a Arden verdadeira. Esse é a Arden que o mundo merece conhecer. A Arden que a própria *Arden* merece reencontrar.

Mordo o lábio e me viro para olhar para Riley, atordoada.

— Até que esse foi um conselho bastante decente.

Ela sorri para mim e rouba o último pedaço de biscoito da minha mão.

— Sim, bem, além de ser a mais bonita, claramente sou a mais inteligente da família, então...

Empurro seu ombro e nós duas rimos.

— Você precisa de mais alguma coisa? — pergunta ela, e eu balanço minha cabeça, negando. Riley se levanta, com migalhas de biscoito caindo de seu suéter enquanto ela se dirige para a porta. — Vou dormir por algumas horas antes que papai nos acorde para abrir as lembrancinhas das nossas meias. — Ela abafa um bocejo. — Feliz Natal, Caroline.

— Feliz Hanucá, Riley — digo, antes que ela saia pela porta e volte para seu quarto.

Então me sento, pego meu notebook na bolsa e o abro para constatar que só tenho duas horas para colocar esta matéria no mundo. Abro meu documento do Word, finalmente sabendo o que preciso dizer.

Capítulo 32

ARDEN

Acordo com meu celular vibrando ruidosamente contra minha fronha.

Gemendo, esfrego os olhos e o agarro enquanto me sento para ver um mar de notificações até onde o polegar consegue rolar.

Em pleno Natal?

Jogo as pernas para fora da cama, o chão de mármore frio sob meus pés enquanto toco no link que está sendo compartilhado um milhão de vezes.

A matéria de Caroline.

Meu coração aperta quando ele se abre. Quando a página carrega e vejo o título, minhas sobrancelhas sobem até a linha do cabelo.

"Meus doze dias de Arden James."

Me ajeito na cama antes de continuar lendo.

> *Sempre pensei nela como duas pessoas distintas.*
>
> *Tem a Arden James. A garota que todos vocês veem. Aquela que está nas capas das revistas e nos filmes. A que mora em uma mansão moderna e um tanto fria no Pacífico e que parece passar mais tempo fora de casa do que dentro dela. Um enigma.*
>
> *E também tem a Arden. Apenas Arden. A garota de Barnwich, Pensilvânia, que se preocupa profundamente*

com as pessoas que ama, mais do que gosta de demonstrar, e que exibe suas emoções com transparência.

Eu sei disso porque Arden já foi tudo o que uma pessoa poderia ser para mim.

Minha melhor amiga.

Minha confidente.

Minha primeira paixão.

Algumas vezes, ela foi a última pessoa que eu gostaria de ver... mas na maioria das vezes ela é a primeira.

Entretanto, há uma coisa que eu sei que é verdade no meio de tudo isso:

Eu sempre, sempre, a amei.

Eu a amei quando ela me deu sua jaqueta para amarrar na cintura quando eu fiz xixi nas calças no terceiro ano. Eu a amei quando ela colocou molho picante no achocolatado de Matt Fincher depois que ele zombou das minhas tranças. Eu a amei enquanto ela sonhava com uma vida melhor do que a que tinha.

E eu a amei quando ela se mudou para a Califórnia e me deixou para trás, parada na calçada com lágrimas escorrendo pelo meu rosto. Acho que aquele foi o momento em que mais a amei. É um saco perceber que, às vezes, você não sabe realmente o que sente por uma pessoa até que ela vá embora.

Então, quando ela finalmente, depois de tanto tempo, voltou para casa no Natal, pareceu ser uma segunda chance de redescobrir a minha Arden (bem, ao menos depois que eu superei a vontade de dar um soco nela). E esses últimos doze dias juntas em plenas festas de fim de ano em Barnwich foram mais do que eu poderia esperar.

Lágrimas enchem meus olhos enquanto leio sobre todas as nossas aventuras em Barnwich, vendo tudo através dos olhos de Caroline. Ela dá vida à cidade, porém, mais do que isso, ela *me* traz à vida. Uma versão de mim que eu realmente reconheço, mesmo que ainda esteja juntando as peças.

> *Não sei o que vai acontecer comigo e com Arden, mas o que sei com certeza é que, na verdade, só existe uma Arden. Ela ainda está descobrindo exatamente quais partes pertencem a ela, quais partes pertencem a todos vocês e quais partes nunca deveriam ter existido, mas foram criadas como uma narrativa de Hollywood que foi escrita quando ela era jovem demais para saber que nunca precisou disso.*
>
> *Porque essa é a outra verdade. Ela nunca precisou disso. Para mim, ela nunca precisou ser outra pessoa além dela mesma. Espero que, ao ler isso, vocês sintam o mesmo.*
>
> *Sou tão grata por todas as diferentes maneiras pelas quais consegui me apaixonar por Arden.*
>
> *Não tive tempo de fazer a décima segunda pergunta para ela em nosso último dia juntas, mas a que tenho agora é a que mais gostaria de ter feito.*
>
> *Arden, você acha que voltará para Barnwich algum dia?*
>
> *Talvez você volte. Talvez não volte nunca mais.*
>
> *De qualquer forma, sei que uma parte de mim estará sempre esperando.*

Deixo meu celular cair na cama e me deito no travesseiro, sentindo meu coração bater forte no peito enquanto deixo suas palavras serem absorvidas.

Caroline me enxerga.

Caroline me ama.

Caroline está me esperando.

Você acha que voltará para Barnwich algum dia?

E é aí que percebo.

Não preciso fazer tudo de novo.

Sou eu quem toma as decisões agora. Sou eu quem decido o que faço. Onde eu moro. *Como* eu vivo. Não preciso desistir da minha vida, da minha casa e das pessoas que amo para ter uma carreira. Sim, às vezes posso perder algumas coisas de um lado ou do outro, mas não tudo. Não as coisas que importam. Minhas raízes podem cavar fundo no chão e ainda se estender por uma longa distância, como a vovó disse. Não posso ter tudo, mas posso ter muito mais do que já tive.

Posso ter...

Me sento ereta, meus olhos indo para minha mala ainda pronta, no canto do meu quarto.

... *Caroline.*

Capítulo 33

CAROLINE

— **Aqui está!** — falo alto enquanto apoio uma bandeja fumegante de latkes em uma mesa já cheia de comida. As pessoas atacam os bolinhos no segundo em que solto a bandeja. O Sr. Green, que está finalmente sem seu traje de Papai Noel, literalmente me dá uma cotovelada para abrir caminho.

— Esta foi uma ótima ideia, Caroline — diz ele com a boca cheia de comida. — Sempre me perguntei quando Barnwich começaria a incluir todos nós, judeus, nas festividades de fim de ano.

Quase desmaio no meio do bar.

— *Você é judeu?*

Ele aponta um latke para mim.

— Não se deixe enganar pela fantasia de Papai Noel.

Sorrio e me inclino contra o balcão do bar enquanto ele se afasta para se sentar com um grupo de turistas na mesa do canto. Riley gira em seu banquinho, enquanto Miles e Levi apoiam os cotovelos no lado oposto.

— Um evento de Hanucá em Barnwich durante o Natal — diz Levi com um assobio, enquanto todos nós olhamos para o bar lotado.

As pessoas de Barnwich *vieram*. Examino a multidão de rostos conhecidos, meus pais, nossas amigas de cantoria, Josephine, Ruth, Shirley e Clara, alguns proprietários do comércio local, até mesmo algumas pessoas que conheço da escola estão perto da porta, rindo com Austin e Maya.

Riley assente.

— Quem poderia imaginar?

— Parece que os Beckett criaram sua própria tradição em Barnwich — diz Miles, me batendo de leve com seu pano de prato. Olho para ele, que sorri. — Agora você vai ter que voltar da cidade grande para casa no ano que vem.

— Passar o feriado em Barnwich? — digo, devolvendo o sorriso. — Não perderia isso por nada no mundo.

É verdade. É incrível saber que, de agora em diante, sempre poderemos celebrar todas as partes de nós com as pessoas que mais amamos. Por isso odeio o fato de que, mesmo estando em uma sala tão cheia como esta, ainda parece que falta alguém.

Enquanto Riley tenta convencer Levi e Miles a lhe darem um copo de whisky com gelo, me viro e volto para a cozinha para ver se Edie precisa de ajuda. Ela assumiu o controle por hoje, com a ajuda de Finn e Tom, e os dois de alguma forma inexplicável voltaram a usar suas bandanas iguais.

— Como está indo, Edie? — pergunto enquanto entro, e ela imediatamente passa um braço em volta da minha cintura enquanto olha para o assado no forno, preparado com a receita roubada da minha avó. Levi jogou seu charme e ela cedeu quando ouviu o que nós estávamos planejando. Ou talvez tenha sido culpa das piña coladas.

— Está indo. — Ela me dá um aperto, depois vira a cabeça para olhar para mim e diz, com a voz suave: — Aquele foi um artigo e tanto, querida.

— Obrigada, Edie — sussurro. — Eu só... precisava escrever a verdade. Mostrar a Arden como sempre a vi.

— Bem, você certamente fez isso.

— Você teve notícias dela? — pergunto antes que possa me conter.

Ela balança a cabeça, negando, e eu assinto, tentando afastar as lágrimas que ardem em meus olhos.

Claro que não.

— Vou tomar um pouco de ar — digo, e ela dá um tapinha no meu braço antes de me soltar.

Nem me preocupo em vestir uma jaqueta antes de passar pela porta dos fundos. Barnwich está tão silenciosa, cheia de neve e perfeita do lado de fora que nem me importo com o frio enquanto ando lentamente até a frente.

Solto um longo suspiro e inclino a cabeça para trás, fechando os olhos com força.

Espero que as lágrimas caiam, mas neste momento, apesar de tudo, não consigo evitar a sensação de... bom...

Completude.

Não completamente judia nem completamente cristã, mas completamente *eu*. Eu. Caroline Beckett. Mesmo que eu não entre para Columbia com a inscrição que enviei esta tarde. Mesmo que eu não me apaixone por outra pessoa por mais uma década. Mesmo que eu nunca mais veja ou ouça falar de Arden James de no...

— Sim — uma voz corta o silêncio.

Abro os olhos, baixando a cabeça para encontrar uma figura parada sob o brilho laranja da luz da rua.

— Arden? O que você está fazendo aqui?

Quero ir em direção a ela, mas meus pés parecem congelados no concreto.

— Sim — diz ela novamente, e eu franzo a testa.

— O quê?

— A resposta para a sua pergunta. Na matéria — explica ela, fazendo o que não consigo e dando um passo mais para perto. — Sim. Vou voltar para Barnwich.

Inclino a cabeça para o lado, com receio de me deixar acreditar que isso tem um significado maior.

— Mas por quanto tempo? — pergunto, e minha voz sai embargada.

— Bem, pelo menos até o verão. Talvez por mais um tempo, se eu conseguir convencer o Bianchi a gravar o filme aqui.

Fico em choque.

— Calma. O quê? Aqui, tipo... aqui em *Barnwich*?

— Sim, Caroline. — Ela ri, e o som preenche todas as partes vazias de mim.

— Você não perdeu o papel?

Ela sorri.

— Ser sincera tem suas vantagens. — Nós nos encaramos por um longo momento. — Você sabe disso — diz ela, mais calma agora.

— Arden, eu...

— Você escreveu uma matéria incrível, Caroline — interrompe ela. — Tudo o que você disse foi... Meu Deus, você acertou em cheio. — Ela olha para os próprios pés. — Adoro atuar, mas as escolhas que fiz aos catorze anos foram me matando lentamente, de várias formas. Acho que depois desse papel de Bianchi, eu... preciso de uma folga. Preciso descobrir exatamente o que eu quero fazer. Como quero que meu trabalho como atriz seja.

— Tenho certeza de que Lillian está super animada com isso.

Ela sorri ao me ouvir falar e balança a cabeça.

— Eu a demiti ontem à noite.

— Você *o quê*?

— Ela nunca me enxergou. Ela foi tão ruim quanto meus pais. Caroline, estar de volta aqui, estar em casa nas últimas duas semanas, fez com que eu me sentisse mais completa do que nunca. Me fez perceber o que eu quero. Quem eu quero ser. Para a vovó. Para o mundo inteiro. Para mim mesma, e... para *você*. Mesmo que demore um pouco para descobrir como. — Ela respira fundo e se aproxima mais um passo até estar a apenas trinta centímetros de distância. — Te ver indo embora ontem foi...

Ela não termina a frase. Não precisa. Porque eu sei. Ser a pessoa que partiu foi tão difícil quanto ser a pessoa deixada para trás.

— Eu não deveria ter saído correndo daquele jeito — admito, e desta vez ela me deixa falar. — Foi... assustador, se posso dizer a verdade. Me senti muito deslocada. Como se eu não pertencesse àquele lugar com você.

— Eu entendo.

— Eu sei. E foi isso que eu percebi quando saí. Que talvez eu devesse confiar mais em você.

— Você deveria — diz ela, engolindo em seco. — Porque eu... eu amo você, Caroline. Te amo há tanto tempo que é... ridi... — Ela ri, balançando a cabeça. — *Ridículo*. — Mas então assume uma expressão séria. — Sei que estraguei muita coisa na minha vida, já fugi de muita coisa. Mas eu quero estar com você. Quero voltar para casa. E não sei se isso vai dar certo. Pode ser que você passe a me odiar profundamente em uma semana, canse de mim antes do Dia dos Namorados. Inferno, você pode até querer levar a Taylor Hill ao baile. Tudo isso me assusta, mas eu quero tentar, Caroline. Porque se eu não tentar, passarei a vida inteira me perguntando...

As palavras nem acabaram de sair de sua boca quando eu me jogo em Arden e meus lábios encontram os dela de forma desajeitada. Ela passa os braços em volta da minha cintura e depois me leva para trás até que eu esteja presa contra a parede de tijolos do bar.

Arden James, Arden James, Arden James.

O nome dela ecoa na minha cabeça, enchendo meu peito até parecer o único pensamento que já tive na vida.

Nos beijamos nas ruas cheias de neve de Barnwich, onde nos apaixonamos pela primeira vez. O lugar no qual ela me deixou, o lugar no qual ela voltou para mim.

— Inacreditável — diz Riley da porta, assustando nós duas. — Vim ver se você queria ter a honra de acender as velas e te encontro *aos beijos*? Que anfitriã!

Nós duas rimos, e Arden lhe lança um sorriso tímido.

— Feliz Hanucá? — tenta ela.

Riley revira os olhos e então corre para dentro na nossa frente.

Arden estende a mão para segurar a minha, e o contato resulta em faíscas que me percorrem como nos velhos tempos. Sua boca se abre com aquele sorriso torto e, pela primeira vez desde que ela voltou, não quero que o tempo passe mais devagar. Dessa vez, mal posso esperar...

Para descobrir todas as partes dela que são novas, todas as partes dela que permaneceram iguais, todas as partes de *nós* que ainda nem existem.

E quando ela para no batente da porta para me puxar para um beijo debaixo do visco, não consigo deixar de me perguntar se meus doze dias com Arden James podem se transformar em uma vida inteira.

AGRADECIMENTOS

Alyson

Gostaria de agradecer à minha editora, Alexa Pastor, por contribuir com os comentários mais construtivos que uma mulher poderia querer, sem deixar de me aplaudir durante todo o caminho. Já são três livros lançados e ainda não sei como você consegue olhar para um primeiro rascunho e extrair as melhores partes de cada história. E obrigada ao resto da equipe da Simon & Schuster.

Obrigada à minha agente e amiga, Emily Van Beek, por sempre se colocar à disposição para o que precisarmos. E por nos ajudar a encontrar as histórias certas para contar.

À mamãe, ao papai, ao Luke e à Aimee, obrigada por sempre me apoiarem. E agradeço especialmente ao meu irmão, Mike, que dirigiu até nossa casa para cuidar de Poppy para que Rachael e eu pudéssemos cumprir nossos prazos tantas vezes que perdi as contas.

À minha esposa, obrigado por se encarregar de organizar o rascunho deste livro quando eu estava com dificuldades. E por sempre saber exatamente como acalmar minha ansiedade quando ela fica muito em evidência. Você é minha luz no meio da escuridão e eu te amo muito.

Para Poppy. Você é a razão pela qual sempre continuarei escrevendo! Tudo o que eu fizer de agora em diante será sempre por você. Você é a pessoinha mais corajosa, mais durona e mais linda que já conheci. Espero que um dia você possa ler todos esses livros que sua mãe e eu estamos escrevendo e encontrar pedaços de si mesma neles. Espero que eles te ajudem de alguma forma. Te amo, Linguine.

Rachael

Me sinto imensamente grata todos os dias às pessoas que me possibilitam escrever histórias e compartilhá-las com o mundo. Nenhum dos meus livros existiria sem aqueles citados a seguir.

Em primeiro lugar, como sempre, um grande obrigada a Alexa Pastor, que esteve ao meu lado em cada um dos meus seis livros. Percorremos uma jornada e tanto, e ter alguém tão talentosa como você, que sempre traz à tona o que há de melhor em minhas ideias, é algo que nunca vou deixar de valorizar.

A Justin Chanda e ao restante da equipe incrível da Simon & Schuster, que fizeram de tudo para me dar muito apoio e carinho ao longo dos anos.

Para Emily van Beek, a melhor dos melhores. Ter você ao meu lado é o maior dos presentes. Não acho que alguém além de você tenha conseguido me deixar tão animada e inspirada com as possibilidades para minha carreira e os livros que virão.

Para Sydney Meve e o resto da equipe do Folio Jr.

Aos meus amigos e familiares, mãe, Ed, Judy, Mike, Luke e Aimee. Mesmo que Luke ganhe todas as partidas de Moonrakers pelo resto da eternidade, as noites de jogos sempre serão minhas noites favoritas.

Obrigada, obrigada, *obrigada* aos meus leitores. Por suas mensagens, suas postagens, suas palavras, seus comentários. Vocês são o motivo pelo qual eu coloco minhas histórias neste mundo.

Como sempre, para Alyson. Alyson, nossa história de amor é melhor do que qualquer livro que eu poderia escrever. Você me deu o maior dos presentes.

E para Poppy. Você é a melhor parte de mim. Mas, por favor, pare de pular do sofá. Te amo, Scoob.

Este livro, composto na fonte Fairfield,
foi impresso em papel Ivory Slim 65g/m² na gráfica Grafilar.
São Paulo, Brasil, novembro de 2024.